# 헬드라이브
# Hell Drive

엽사 판타지 장편소설
FANTASY STORY & ADVENTURE

# 헬 드라이브 4

초판 1쇄 인쇄 / 2010년 5월 31일
초판 1쇄 발행 / 2010년 6월 9일

지은이 / 엽사

발행인 / 오영배
편집장 / 김경인, 지영훈
편집 / 윤대호, 김재영, 김유경
펴낸 곳 / (주)삼양출판사 · 드림북스

주소 / 서울특별시 강북구 미아8동 322-10호
대표 전화 / 02-980-2112   팩스 / 02-983-0660
편집부 전화 / 02-980-2116   팩스 / 02-983-8201
블로그 / blog.naver.com/dreambookss

등록번호 / 제9-00046호
등록일자 / 1999년 3월 11일

ⓒ 엽사, 2010

값 8,000원

(주)삼양출판사 · 드림북스의 서면 허락 없이는 어떠한
형태나 수단으로도 이 책의 내용을 이용하지 못합니다.

ISBN 978-89-542-3764-2   04810
ISBN 978-89-542-3683-6   (세트)

* 지은이와 협의하에 인지는 생략합니다.
* 잘못된 책은 구입한 곳에서 바꾸어 드립니다.

# Hell Drive

## 헬드라이브 ④

엽사 판타지 장편소설
FANTASY STORY & ADVENTURE

dream books
드림북스

# Hell Drive
헬드라이브

제1화  같은 신세끼리 잘해 보자 | 007

제2화  지흘의 몰락 | 035

제3화  마법램프 | 063

제4화  술탄의 일족 | 099

제5화  오브의 비밀 | 137

제6화　아자라스의 죽음이 남긴 파장 | 165

제7화　너구리 가면 | 211

제8화　리자크, 베인, 그리고 너구리 가면 | 245

제9화　리버 | 293

제10화　딥블루에 닥친 불행 | 321

제1화
**같은 신세끼리 잘해 보자**

아자라스를 해치운 람스는 곧장 헬 게이트를 타고 메딘 산으로 돌아왔다.
"돌아오셨습니까?"
마을 사람들을 돌보던 제자들이 람스에게 달려왔다.
"가신 일은……."
오드만의 물음에 람스는 간결하게 대답했다.
"정리했다."
"어떤 놈들이었습니까?"
물어보는 리자크의 표정이 험악하게 일그러져 있었다. 이번 사건으로 불타 버린 마을은 바로 그의 고향이기도 했다.

"수계 마법을 쓰더군."

오드만의 표정에 근심이 어렸다.

"리버스 조직에 수계 마법을 쓰는 마법사들이 관련되어 있다니. 혹시 놈들의 배후에 청탑이 있는 것은 아닐까요?"

청탑. 물을 근본으로 하는 모든 마탑의 근원이자 뿌리. 그 저력은 능히 일개 왕국에 견줄 만하다.

만약 그들의 배후에 청탑이 있다면 사건은 생각보다 훨씬 심각해진다.

"그건 아닐 것이다."

람스가 담담하게 대답했다.

그는 적탑에 있을 때 청탑주를 본 적이 있었다. 당시 청탑주 아쿠아와 적탑주 루비는 리버스라는 이름의 조직에 대해 조사하고 있었다.

아쿠아가 연기를 한 것이 아니라면 이번 사건엔 청탑이 관련되지 않았다.

"수계 마법을 쓰는 자들이 청탑과 관련이 없다라. 어쩌면 청탑 내부에 우리가 알지 못하는 문제가 있는지도 모르겠습니다."

오드만의 말에 람스는 고개를 끄덕였다.

아자라스와 그의 얼음궁전에 대한 소식을 전한 람스가 고개를 돌렸다.

잿더미로 변해 버린 가옥들과 망연자실한 표정의 마을 사람들의 모습.

일대를 둘러본 람스의 표정이 무겁게 변했다.

생각보다 마을의 피해는 극심했다. 거의 모든 가옥이 불에 타 버려서 당장 마을 사람들은 거리에 나앉아야 할 입장이었다. 부상자들도 적지 않았다.

서른 명이 넘는 부상자들 가운데 심각한 상태인 환자도 있었다.

"위험한 환자들도 있었지만, 다행히 사형이 만든 포션으로 위기를 넘겼습니다."

"방금 오드만이 포션을 만들었다고 말했느냐?"

리자크가 사형이라고 부르는 사람은 오드만밖에 없다.

"네. 사형께서 포션을 만드셨습니다."

람스가 확인하듯 오드만을 돌아봤다.

람스가 오드만을 안 지 꽤 오래되었지만, 그에게 이런 재주가 있다는 말은 처음 듣는 것이었다.

오드만이 대수롭지 않은 투로 말했다.

"아는 사람 중에 연금술사가 있었습니다. 포션 제조법은 그때 알게 된 것입니다."

별일 아니라는 듯 말했지만, 실상은 그렇지 않았다.

그가 만든 포션의 효능은 실로 대단했다.

아니, 효과는 일반 포션들보다 못했을지 몰라도 마을 사람들에겐 그야말로 명약이 따로 없었다.

당장 죽을 사람을 살려놓고, 심각한 상태를 완화시켰기 때문이다.

"재료만 넉넉했다면 좀 더 제대로 된 것을 만들 수 있었을 텐데……."

오드만은 급조한 포션에 대해 아쉬움을 토로했다.

람스는 대견한 표정으로 오드만을 보았다.

오드만은 항상 스스로를 '쓸데없이 나이만 먹은 노인'이라고 말했다. 하지만 그는 결코 나이만 많은 노인이 아니었다. 위기의 순간이 오자 누구보다도 밝게 빛나고 있지 않은가.

'오드만은 마법사가 되기 위해 오랜 세월 세상을 떠돌았다고 했었지. 그때 포션 제조법을 배웠을 수도 있겠군.'

평생 동안 노력했으니, 우연하게 포션 제조법을 알게 되었다 한들 이상한 일은 아니다.

"고맙다."

람스는 진심을 담아 말했다.

만약 마을 사람이 하나라도 죽었다면 그는 마음에 큰 짐을 지게 되었을 것이다.

"아닙니다. 마땅히 제가 해야 할 일이었는걸요."

람스의 칭찬에 오드만은 황송한 표정으로 뒷머리만 긁적였다.

두 사람의 나이 차는 상당하지만, 서로를 대하는 모습은 일반적인 스승과 제자처럼 자연스러웠다.

"다친 사람들을 만나 보고 싶군."

람스의 말에 오드만이 나섰다.

"부상자들은 냇가 근처에 모아두었습니다. 제가 안내하겠습니다."

\* \* \*

부상자들은 개울가에 마련된 장소에서 쉬고 있었다.

그 수는 20명 정도였는데, 증상이 양호한 10명은 치료를 받고 돌아갔다고 했다.

람스는 부상자들을 일일이 살폈다.

남아 있는 10명의 환자 중 상태가 심각한 사람은 3명이었다.

그들의 상처를 살펴본 람스는 리자크의 말을 실감할 수 있었다.

'오드만의 포션이 아니었으면 큰일 날 뻔했군.'

다행히 환자들은 안정을 찾아가고 있었다.

관리만 잘한다면 오래지 않아 자리를 털고 일어날 수 있을 것이다.

문득, 오드만이 만들었다는 포션이 궁금했다.

"남은 포션이 있는가?"

"예비로 하나 남겨둔 것이 있습니다."

오드만이 품에서 작은 유리병을 꺼내어 스승에게 건네주었다.

람스는 유리병의 뚜껑을 열고 포션을 맛봤다.

톡 쏘는 독특한 맛과 함께 알싸한 향이 입안에 퍼졌다.

'진통제 성분과 치유력을 높여주는 성분 약간. 그리고 정신을 맑게 해주는 향을 첨가했군.'

오드만의 말처럼 포션은 그리 높은 등급의 물건이 아니었다. 하지만 급하게 만든 것을 생각하면 높게 평가할 수 있는 물건이었다.

'포션이라. 앞으로를 생각한다면 이런 물건들도 잊지 않고 챙겨야겠군.'

그는 지금까지 적수를 거의 만나지 못했다. 그를 따르는 마족들도 불가사의한 치유력을 가진 존재들이 대부분이다. 그런 이유로 그는 포션과 같은 치료약의 필요성을 느끼지 못했다.

하지만 이젠 사정이 다르다.

당장 그의 두 제자들만 해도 평범한 인간이 아닌가.

언제 또 이런 일이 생기지 않으리라 장담할 수 없는 상황이다.

'하지만 무엇보다 중요한 것은 이런 일이 다시는 발생하지 않도록 노력하는 것이지.'

환자들의 상태를 돌본 람스는 제자들과 앞으로의 일을 논의했다.

"무엇보다 가장 중요한 것은 마을을 복원시키는 것입니다."

오드만이 진지한 표정으로 말했다.

이번 사건은 어디까지나 헬리오스 마탑으로 인해 벌어진 일이다. 그로 인해 발생한 마을 사람들의 피해를 최대한 보상해 주어야 한다.

"위로의 말을 전하는 것은 아무런 도움이 안 됩니다. 실질적으로 그들을 도와줄 방법을 모색해야 합니다."

"그래서 마을을 복원하자는 말인가?"

"네. 모든 가옥이 불타 버렸습니다. 마을 사람들은 당장 오늘 저녁부터 찬바람을 맞으며 잠을 청해야 하는 입장입니다."

람스는 그의 말이 옳다고 판단했다.

"좋다. 마을 복원을 최우선 과제로 삼겠다."

스승의 결정에 누구보다 기뻐한 사람은 리자크였다.

정든 고향이 사라져 누구보다도 가슴 아파하던 차에 람스가 복원하겠다는 의지를 보이니 저도 모르게 환호성을 질렀다.

"이 기쁜 소식을 당장 마을 사람들에게 알려야겠습니다."

무작정 뛰어나가려는 리자크를 오드만이 말렸다.

"아직은 때가 아니다. 그들에게 알리기 전에 우선 우리 문제부터 해결해야 한다."

"문제요?"

리자크가 고개를 갸웃거렸다.

마을을 재건하기로 마음먹었으면 그냥 실행하면 되지 또 무슨 논의가 필요하단 말인가.

"마을을 재건하는 일은 말처럼 쉬운 일이 아니다."

오드만의 말에 리자크는 흥분을 참지 못했다.

"무슨 소리예요, 사형! 방금 전까진 마을을 복원해야 한다고 했잖아요. 그런데 이제 와 쉽지 않다고요? 설마 사형은 집 잃은 사람들을 이대로 방치하자는 소립니까? 우리 헬리오스 마탑 때문에 이렇게 된 사람들을?"

"진정해. 내 말은 그런 뜻이 아니다. 마을은 반드시 재건해야 한다. 그건 틀림없는 사실이다."

"그럼, 대체 뭐가 문제예요? 돈요? 충분하지는 않지만 스승님께서 구해 오신 자금이 있잖아요. 그 돈만 있으면 문제없는 거 아니에요?"

"돈 문제를 말하는 것이 아니다."

"그럼 뭐가 문젠데요?"

"마을 재건으로 인해 우리의 계획에 차질이 생기는 것."

"계획요?"

리자크가 눈을 휘둥그레 떴다.

계획이라니?

마을을 복원하는 것과 헬리오스 마탑의 계획이 무슨 상관이란 말인가. 아니, 애초부터 그들에게 계획이라는 것이 있기는 했던가?

오드만이 멀뚱한 표정의 그를 보며 말했다.

"잊었니? 집을 잃은 것은 마을 사람들뿐만이 아니야."

"아!"

뒤늦게 깨달은 리자크가 탄식을 흘렸다.

헬리오스 마탑.

마을 사람들이 집과 터전을 잃어버렸듯, 그들 역시 마탑을 잃었다.

오드만의 설명이 이어졌다.

"물론, 네 말대로 우리에겐 적지 않은 돈이 있다."

람스가 여행 도중 술탄에게서 받은 금화들. 엄청난 금액의 금화가 지하에 묻혀 있다.

"우린 그 돈으로 메딘 산 일대를 개발하려 했었지. 빠듯하긴 하지만 불가능한 일은 아니었다. 하지만 이젠 상황이 달라졌다. 마을을 복원해야 하기 때문이다. 알다시피 마을 하나를 새로 만드는 일에는 어마어마한 자금이 들어간다."

오드만은 리자크를 보며 말했다.

"어쩌면 우린 메딘 산 개발을 포기해야 할지도 모른다."

"그렇군요."

리자크의 표정이 어두워졌다.

그도 눈치가 있다.

오드만은 메딘 산 개발만을 언급했지만, 아마도 헬리오스 마탑을 짓는 것도 어려워질 것이다. 그만큼 마을을 복원하는 데 많은 돈이 들어간다.

"마을 복원도 단순히 돈만 있다고 해결되는 문제는 아니다."

"건축 자재가 많이 필요할까요?"

"그건 오히려 문제가 안 되지. 필요한 건축 자재는 메딘 산에서 구하면 된다. 문제는 인부들이다."

"사람이라면 마을 주민들을 활용하면……."

"리자크. 마을을 새로 만드는 데 기간이 얼마나 걸릴 것 같으냐?"

"글쎄요. 적어도 몇 개월은……."

"본래 이 마을엔 30여 호 정도의 가옥이 있었다. 그 정도를 새로 지으려면 아무리 적게 잡아도 2년은 걸린다."

오드만의 설명에 리자크가 깜짝 놀라며 반문했다.

"그렇게나 오래 걸릴까요?"

"2년도 짧게 잡은 거다."

"생각보다 너무 오래 걸리는군요."

"그렇지. 2년은 무척 긴 시간이다. 그 기간 동안 마을 주민들에게 생업을 포기해가며 공사를 도와달라고 말할 수는 없다."

리자크는 고개를 저었다.

"집이 완성되기도 전에 모두 굶어죽겠죠."

"그렇지. 이번 일로 마을 사람들이 잃은 것은 집뿐만이 아니니까. 당장 내일 먹을 식량부터 걱정인 사람들에게 집을 지을 테니 2년만 도와달라고 부탁할 수는 없다. 그렇게 하는 건

가뜩이나 힘들어진 마을 주민들에게 더 큰 짐을 지우게 되는 격이다."

"비용을 지불하면 어떨까요? 그들에게 일을 시키는 대신 적당한 인건비를 지불하면."

"건축 일엔 문외한인 사람들이다. 과연 그들이 제대로 된 집을 지을 수 있을까?"

"그럼 어떻게 해야……."

"사람을 써야 해. 제대로 된 건축가들이 많이 필요하다. 막일을 해줄 사람도 구해야 한다."

"그러려면 돈이 많이 들겠군요."

"문제는 그뿐만이 아니다. 집 한두 채가 아닌 마을 전체를 새로 짓는 일이라면 아무래도 계획 단계에서부터 철저히 해야 한다. 마구잡이로 짓다간 모든 게 엉망이 될 게다. 모두에게 공평할 수 있도록 최대한 신경 써서 마을을 구성해야 한다. 그러려면 설계사도 필요하다. 그리고 이 모든 일을 시작하기에 앞서 영주들의 허락도 필요하다."

리자크가 난감한 표정으로 뒷머리를 긁었다.

"꽤 복잡한데요."

"마을을 만든다는 건 결코 쉬운 일이 아니지."

오드만과 리자크의 얼굴이 어두워졌다.

마을 재건.

생각하면 할수록 쉽게 시작할 일이 아니었다.

두 사람의 대화를 잠자코 듣고만 있던 람스가 드디어 입을 열었다.

"할 일은 그게 다인가?"

"세부적으로 고민해야 할 부분이 훨씬 더 많긴 하지만, 지금 당장 고민할 내용은 대충 이 정도입니다."

"그렇군. 알겠다. 그럼 시작하도록 하지."

"네?"

람스의 말에 오드만이 눈을 크게 떴다.

시작이라니?

당장 아무것도 의논한 것이 없는데 뭘 시작한다는 말인가?

'내 말을 못 알아들으신 것은 아닐 테고……'

스승은 이쪽 세상에 대한 경험은 부족하지만, 무척 지혜로운 사람이다. 마을 재건의 어려움 정도는 충분히 파악하고 있을 터. 그럼에도 이처럼 말한다는 것은 나름의 대책이 있다는 뜻일 것이다.

람스가 짧고 분명한 목소리로 물었다.

"그 복잡한 일 중에서 가장 먼저 해야 할 일이 뭔가?"

오드만이 잠시 생각한 후 답했다.

"천막을 구해오는 게 가장 먼저입니다."

"천막?"

"집은 하루 이틀에 지어지는 것이 아닙니다. 집이 완성되는 동안 마을 사람들이 머물 곳이 필요합니다."

"그래서 천막이 필요하단 말이군."

"그렇습니다."

람스는 머뭇거리지 않았다.

그는 즉시 헬 게이트를 열었다.

"다녀오지."

멍하니 그의 뒤에 앉아 있던 넬이 헬 게이트가 사라지기 직전 람스를 따라 들어갔다.

헬 게이트와 함께 스승이 사라지자 리자크가 질렸다는 표정을 지었다.

"역시 과감하시네요."

그의 스승인 람스는 평소 차분하고 여유가 넘치는 사람이지만, 일단 무언가 해야 할 일이 생기면 일고의 고민도 없이 과감하게 행동한다.

"그게 바로 스승님의 가장 큰 장점이지. 일을 처리함에 있어 충분히 숙고하고, 일단 마음의 결정을 내리면 뒤돌아보지 않는 점. 그러니 실수가 적고 일처리가 빠른 게다."

"제가 보기엔 귀찮으니까 후다닥 해치워 버리는 것 같은데요?"

"허허. 보는 사람에 따라서는 그렇게 판단할 수도 있겠구나. 그나저나 우리도 슬슬 준비를 해야지?"

오드만이 허리를 두드리며 몸을 일으켰다.

피곤하다. 그래도 쉴 수는 없다. 할 일이 산더미처럼 밀려 있기 때문이다.

"난 부상자들을 돌보도록 하지."

"그럼 전 잠시 이스턴에 다녀오겠습니다."

"이스턴은 왜?"

"혹시 영주의 지원을 얻을 수 있지 않을까 해서요."

오드만이 가만 생각하더니 고개를 끄덕이며 말했다.

"과연 그렇구나. 이곳은 영주의 땅. 그리고 이곳 주민은 영주의 영주민이기도 하지."

"말만 잘하면 지원을 얻어낼 수 있을 겁니다."

"글쎄다. 영지전으로 금고가 바닥난 지금 영주에게 과연 그런 여유가 있을지 모르겠구나."

"시도는 해 봐야죠."

"알아서 잘 하리라 믿는다. 그나저나 기왕에 이스턴에 갈 거였으면 스승님과 함께 갈 걸 그랬구나."

"물어보기도 전에 가 버리셨으니 어쩔 수 없죠. 그리 먼 길도 아니니까 금방 다녀오겠습니다."

리자크는 늙은 사형에게 꾸벅 인사를 하곤 곧장 이스턴을 향해 떠났다.

부지런히 달려가는 사제의 뒷모습을 보며 오드만이 끌끌 혀를 찼다.

"스승님이나 사제나…… 다들 성질이 불처럼 급하군."

그러다 스스로를 떠올리며 헛웃음을 지었다.

"그러고 보니 나도 불 마법을 익혔군. 그럼, 불처럼 화끈하게 일을 시작해 볼까?"

오드만이 소매를 걷으며 환자들에게로 걸어갔다.

\* \* \*

천막을 사러 간 람스는 불과 몇 시간 만에 마을로 돌아왔다.
"다녀왔다."
오드만이 그를 맞았다.
"고생하셨습니다. 그런데 가신 일은……."
람스는 천막을 사러 갔었다.
그러나 정작 돌아온 그는 빈손이다.
천막을 구하지 못한 걸까?
"천막이라면…… 가져왔다."
부드러운 목소리로 대답한 람스가 넬을 돌아보았다.
그의 시선을 받은 넬이 빨간 입술을 달싹이며 중얼거렸다.
"다크니스."
그녀의 목소리가 떨어지기 무섭게 그림자 속에서 검은 형체가 튀어나왔다.
"끼기기긱!"
저쪽 세상의 왕이자 넬의 슬레이브인 다크니스였다.
쿠쿠쿵!

마왕. 그 거대한 존재함이 대지 위에 깊은 그늘을 드리웠다.
"헛!"
오드만은 흠칫 몸을 떨었다.
마왕의 엄청난 존재감은 아무리 시간이 지나도 도통 적응이 되지 않는다.
'스승님은 어떻게 저런 괴물과 함께 다니실 수 있는 건지.'
어쩌다 한 번 보게 되는 자신이 이러할진데, 항상 함께하는 스승님은 대체 얼마나 큰 압력을 견디고 있는 것일까.
'그런데 마왕은 왜 부르신 거지?'
그때, 넬이 마왕에게 명령했다.
"뱉어."
넬의 명령에 다크니스가 몸을 비틀며 묘한 소음을 토했다.
"끼기긱!"
쇳소리가 섞인 불쾌한 소음이다.
'반항하는군.'
오드만은 마왕의 반응이 넬에 대한 반항이라는 것을 눈치챘다. 넬은 아직 마왕을 완전히 정복하지 못했다.
넬이 무표정한 얼굴로 다시 명령했다.
"뱉어."
"끼기긱!"
다크니스가 몸을 배배 꼰다.
'못 들은 척하는군.'

그 행동이 꼭 말 안 듣는 사춘기 소년 같은 반응이었다.
넬이 다시 명령했다.
"뱉어. 퉤퉤."
따라 하라는 듯 그녀가 입으로 소릴 낸다.
그녀의 정성에 마음이 움직인 걸까?
다크니스가 못 이기는 척 입을 열었다.
쩌억!
상어의 입처럼 길게 벌어진 다크니스의 입에서 물건들이 우르르 쏟아졌다.
너른 공터에 수북하게 쏟아진 내용물은 다름 아닌 천막의 재료들이었다.
"천막을…… 마왕님의 몸속에 실어 오셨군요."
오드만은 아연실색했다.
'물론, 다크니스가 먹어 치운다 해서 물건이 상하는 것은 아니지만…….'
마왕 다크니스의 양식은 마나다.
그 외의 모든 물질은 소화되지 않고 배 속에 남아 있게 된다.
게다가 다크니스가 먹어 치운 물건들은 짐승들의 위장에서 꺼낸 것들과 달리 위액이나 점액으로 끈적거리지도 않았다. 집어넣을 때의 상태 그대로 뽀송뽀송했다.
다크니스가 물질과 반물질의 중간 단계의 생물이기 때문이다.

 아무리 그렇다 해도 누군가의 배 속에 들어 있던 물건이라 생각하니 여간 꺼림칙한 게 아니다.

 '아니, 그것보다 천하의 마왕을 가방으로 사용할 생각을 하는 스승님의 무신경함이 더 두렵구나.'

 정말 가공할 만한 과감함이다.

 오드만이 굳이 마왕을 이용한 이유를 물으니 람스는 태연하게 대답했다.

 "게이트를 여는 데는 마력이 소모된다."

 맙소사! 마력이 소모된다는 이유로 마왕을 가방으로 사용하다니. 그 과감함도 놀랍지만 무엇보다 발상 자체가 파격적이다. 천하의 어떤 사람도 마왕을 가방으로 사용할 생각은 하지 못할 것이다.

 "그나저나 잡동사니도 제법 많군요."

 다크니스가 토해낸 것은 천막만이 아니었다.

 오가는 길에 삼킨 듯 쓸모없는 잡동사니도 잔뜩 있었다.

 볼품없는 돌멩이에 구겨진 동전, 더러운 인형과 산짐승까지······.

 막상 쏟아낸 물건들을 정리해 보니 천막보다 잡동사니가 더 많을 지경이다.

 "허. 많이도 잡수셨군."

 오드만이 잡동사니를 뒤적거리며 중얼거렸다.

그의 말에 다크니스가 큰 눈을 뒤룩뒤룩 굴리더니 몸을 배배 꼬며 묘한 소리를 냈다.

"끼기긱!"

그 모습이 꼭 낄낄거리고 웃는 아이처럼 보였다.

"칭찬으로 한 말이 아닌데……."

오드만이 어색한 표정으로 말했다.

"끼기긱!"

다크니스가 다시 한 번 몸을 꼬며 반응했다.

"아무래도 다크니스는 오드만이 좋은 모양이군."

마왕의 행동을 살핀 람스가 부드럽게 웃었다.

"허허."

오드만은 헛웃음을 흘렸다.

마왕의 관심이라니.

이걸 좋아해야 할지 슬퍼해야 할지.

"천막의 수는 충분한가?"

람스가 물었다.

"충분합니다. 다만……."

"천막의 상태가 좋지 않은가?"

람스의 눈빛이 스산해진다. 상태가 안 좋으면 당장 판매상을 찾아가 족칠 기세다.

"아닙니다. 물건의 상태는 훌륭합니다."

당연한 이야기다. 순진한 람스를 속여 먹으려고 하는 상인을 스키머가 점잖게 협박해서 강탈하다시피 구해 온 물건이니까.

"그럼?"

뭐가 문제냐는 물음이다.

"천막은 충분한데, 막상 천막을 칠 공간이 충분하지 않습니다."

이곳은 깊은 산속이다.

사방이 나무와 수풀로 뒤덮여 있고, 공터라곤 대개 비탈진 언덕이다.

천막을 세우기에 적합한 곳이 매우 드물었다.

"가장 적당한 곳은 마을이 있던 장소입니다만……."

집터가 있는 자리는 적당히 바닥도 다져져 있어서 천막을 세우기에 더없이 좋다. 문제는 그 자리에 불탄 목재들이 쓰레기 더미처럼 쌓여 있다는 점이다. 그걸 다 치우려면 시간이 얼마나 걸릴지 알 수 없다.

"잔해를 치우는 것도 큰일이군요."

오드만이 한숨을 포옥 내쉬었다.

그때였다.

"끼기긱!"

갑자기 다크니스가 끽끽거리며 울었다.

넬이 다크니스를 내려다보더니 멍한 표정으로 그 말을 통역했다.

"내가 해."
"내가 해? 잔해를 넬이 치우겠다는 소리야?"
넬은 고개를 저었다.
그러곤 다크니스를 내려다보았다.
람스는 이내 그녀의 말뜻을 이해했다.
"다크니스가 하겠다는 말이군."
"끼기긱!"
다크니스가 대답이라도 하듯 소릴 질렀다.
"아! 그렇게 하면 되겠군요."
오드만이 손바닥을 두드리며 탄성을 질렀다.
"천막을 옮겨 오듯 다크니스가 잔해를 정리하면 되겠어요."
"그렇군."
람스도 고개를 끄덕였다.
"끼기긱!"
자신의 뜻이 제대로 전달되자 기분이 좋은 듯 다크니스가 몸을 배배 꼬았다.
"좋다. 한번 해 봐라."
람스의 허락이 떨어졌다.
"끼긱!"
다크니스가 짧게 소리를 치더니 대뜸 검은 몸뚱이를 부풀렸다. 곧 다크니스의 검은 몸뚱이가 거대한 애드벌룬처럼 커졌다.

"어쩐지 의욕에 넘치는데요?"

오드만이 람스에게 귓속말로 말했다.

천하의 마왕이 마을 재건에 이처럼 적극적으로 나설 줄이야. 예상 밖의 일이다.

"끼기기긱!"

잿더미를 향해 뒹굴뒹굴 굴러가던 다크니스가 넬을 돌아보며 소란스럽게 떠들었다.

따라오라는 소리였다.

넬과 마왕은 영적으로 연결되어 있다. 그렇다 보니 마왕은 넬에게서 일정 영역 이상은 벗어날 수 없었다.

넬이 마왕을 향해 타박타박 걸어갔다.

마왕은 데굴데굴 굴러가다 다시 넬을 돌아보며 소란스럽게 떠들었다. 그럼 다시 넬이 마왕을 따라갔다.

그렇게 몇 차례 이동을 반복하자 잿더미가 된 가옥 앞에 이를 수 있었다.

쩌어업!

마왕이 잿더미를 향해 큰 입을 벌렸다.

그 모습을 가만히 지켜보고 있던 오드만이 천막으로 눈을 돌렸다.

"아무리 마왕님이라도 저 큰 걸 먹어 치우는 데는 시간이 필요할 테니까 우선은 짐이라도 정리해야……."

콰드득!

"……한입에 끝나는군요."

인간에겐 거대한 잔해였지만, 마왕에겐 식후 간식거리도 되지 않았다.

"끼기기긱!"

순식간에 잔해를 정리한 다크니스가 오드만을 돌아보며 소란스럽게 떠들었다.

으쓱하는 것 같기도 하고, 잘 봤냐고 묻는 것 같기도 했다.

그렇게 다크니스는 넬을 끌고 다니며 잔해들을 정리했다. 특이한 것은 집 한 채를 정리할 때마다 오드만을 돌아보며 시끄럽게 떠든다는 거였다.

"어지간히도 자네가 좋은 모양이군."

람스의 말에 오드만은 어색하게 웃었다.

"대체 마왕님께서 왜 날 좋아하는 거지?"

\* \* \*

오드만은 마왕의 갑작스런 친근감 표시에 당황을 감추지 못했지만, 다행히 마왕이 관심을 가지는 인물은 그 하나만이 아니었다.

볼일 때문에 이스턴 마을에 갔던 리자크가 돌아오자 다크니스가 다시 소란스럽게 떠들며 그를 반겼다.

"마왕님께서 왜 저렇게 떠드는 거죠?"

리자크가 난폭한 기세의 다크니스를 보며 움찔한 표정으로 물었다. 오드만이 다크니스와 사제를 번갈아보더니 한숨과 함께 말했다.

"아무래도 널 좋아하는 모양이다."

"좋아해요? 절요? 왜요?"

"글쎄다. 난들 이유를 알 수가 있나."

리자크가 손으로 가슴을 가리며 물었다.

"설마 마왕이 남색……인 건…….."

"그럴지도 모르지. 나도 좋아하는 것 같으니까."

오드만의 말에 리자크가 질색을 했다.

"사형을요? 거참, 마왕님의 취향도 독특하시네요."

오드만이 눈을 게슴츠레 떴다.

"무슨 뜻이냐?"

"하하하. 아니 별 뜻은 아니고요. 그런데 마왕님이 왜 우릴 좋아하는 걸까요?"

오드만이 어깨를 으쓱해 보였다.

"나도 모르겠구나. 마왕님의 취향을 한낱 인간이 어찌 짐작할 수 있겠느냐."

그때, 그들 곁으로 넬이 다가왔다.

그녀의 그림자에서 다크니스가 튀어나오더니 두 사람을 향해 한참 동안 소란스럽게 떠들었다. 그러곤 번역하라는 듯 넬을 쳐다봤다.

넬이 알았다는 듯 고개를 끄덕이며 입을 열었다.

"같은 신세끼리 잘해 보자."

"……?"

"……?"

넬의 말에 오드만과 리자크는 혼란에 빠졌다.

같은 신세라니? 대체 무슨 소릴까?

"설마……."

리자크가 어색한 표정으로 사형을 보며 말문을 열었다.

"우리나 마왕님이나 스승님에게 당하는 건 마찬가지니까……."

오드만 역시 일그러진 표정으로 리자크를 봤다.

"같은 신세라는 게…… 스승님께 당하는 처지라는 뜻?"

분명 당한다는 차원에서 보면 같은 신세이긴 하다.

물론, 제자들은 마법을 수련하기 위한 고련이었고, 마왕은 길들인다는 명목이었으니 목적 자체는 완전히 달랐지만 말이다.

"끼기기기긱!"

마왕 다크니스가 촉수를 뻗어 오드만과 리자크의 어깨를 감쌌다. 그 모습이 꼭 어깨동무를 한 것처럼 느껴졌다.

"끼기기긱!"

넬이 다크니스를 대신해 말했다.

"동료."

"……."

"……."

"끼기기긱!"

"함께 이 고난을 잘 헤쳐 나가보자."

"……."

"……."

"끼긱! 끼기기긱!"

"그런데 서열은 내가 제일 높은 거다."

"……."

"……."

"끼르르르륵!"

"그래서 그러는데 마나 좀 나눠주면 안 되겠니?"

"……!"

"……!"

다크니스의 말과 행동에 오드만과 리자크는 웃어야 될지 울어야 될지 망설이고 말았다.

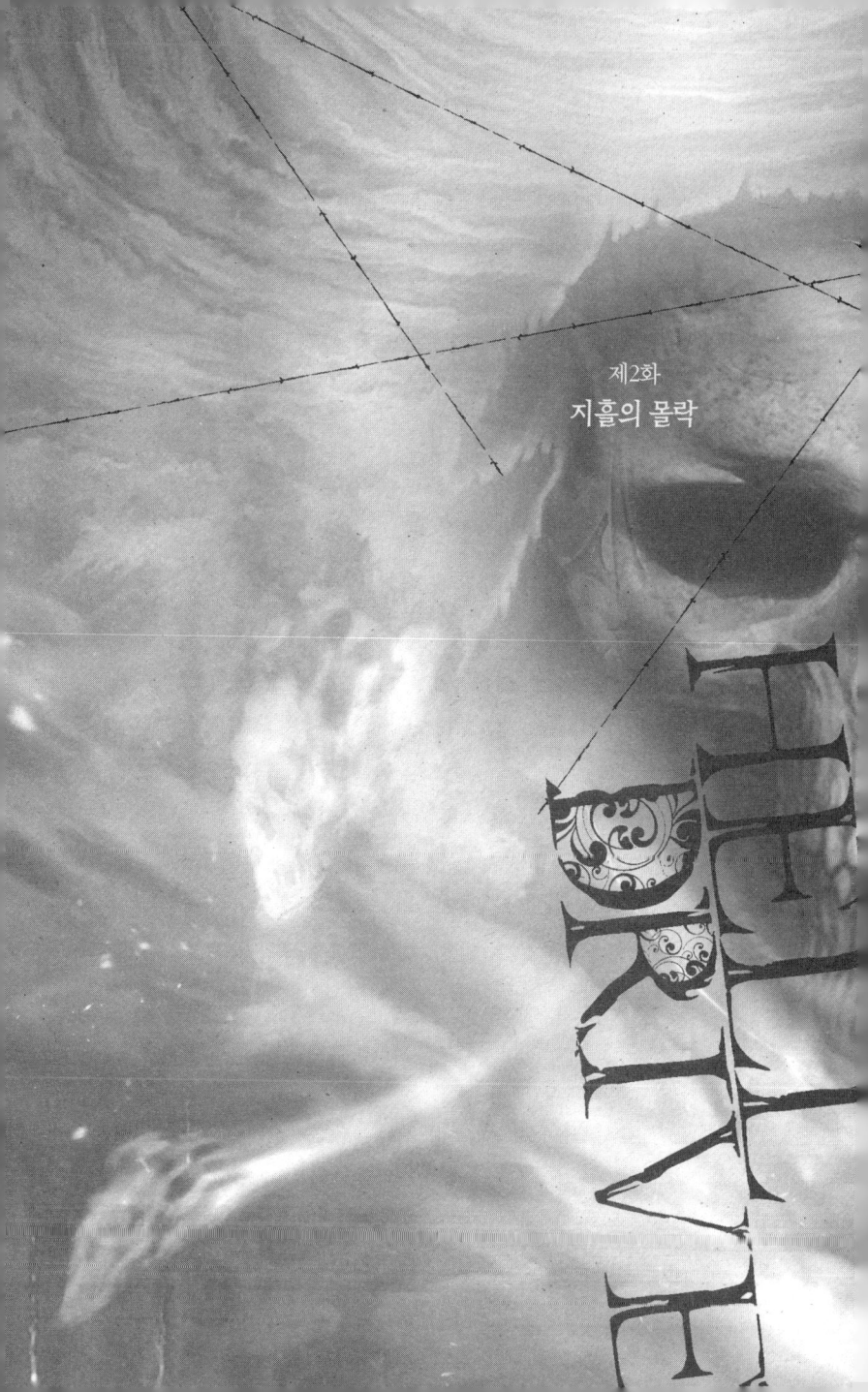

 마을 사람들을 위한 천막이 완성되었을 때, 리자크가 람스를 찾아가 말했다.
"아무래도 문제가 생긴 것 같습니다."
"무슨 일인가?"
"스승님께서 잠시 자리를 비운 사이, 전 이스턴의 영주를 만나러 갔었습니다. 영주에게 이곳의 상황을 알리고 지원을 받아낼 계획이었습니다."
"영주가 지원을 거부하던가?"
"그 정도 수준이면 상관이 없을 텐데……."
 오드만이 대화에 끼어들며 물었다.

"그보다 심각한 일이란 말인가?"

리자크가 고개를 끄덕였다.

"네. 영주 지흘은 이곳에 대한 지원을 약속할 수 없음은 물론, 이 지역에 대한 헬리오스 마탑의 권한도 인정할 수 없다고 말했습니다."

"역시."

오드만은 고개를 끄덕였다. 순순히 일이 처리되지 않을 것임을 그는 이미 직감하고 있었다.

람스가 리자크에게 물었다.

"어째서라고 하던가?"

그의 목소리는 평소와 조금도 다를 바가 없어서, 지흘 영주의 무도덕한 행동에도 전혀 화를 내지 않는 것처럼 보였다.

"글쎄요. 이런저런 핑계를 대기만 하고……. 도무지 제 이야기를 들으려고 하지 않더군요."

"망할 인간."

오드만은 조용히 지흘을 욕했다.

"지흘이 이런 식으로 나오다니. 정말 큰일입니다."

메딘 산은 지흘 영주의 땅. 이곳 주민 또한 지흘의 영주민, 그의 소유물이다.

그가 허락하지 않으면 개발은 물론이고, 파괴된 마을을 복구시킬 수도 없다. 말하자면 남의 재산에 함부로 손을 대는 모양새가 되는 것이다.

그래서 영지전을 핑계로 지흘에게 메딘 산의 권한을 받아낸 것인데……. 이제 와 지흘은 그때의 계약을 손바닥 뒤집듯 파기한 것이다.

람스가 물었다.

"영주의 허락이 꼭 필요한가?"

마을을 재건해주는 데도 영주의 허락이 필요하다는 상황이 쉽게 납득되지 않았다.

"네. 영주의 허락이 없으면 곤란합니다. 허락 없이 함부로 작업을 진행하다간 영주의 재산을 침해했다는 이유로 공격을 받을 수도 있습니다."

람스는 영주에게서 공격을 받을 수도 있다는 말에도 별반 표정 변화가 없었다. 그에게 있어 영주의 공격은 하찮은 벌레의 발버둥만도 못하다.

하지만 그도 영주가 계약을 파기했다는 점만은 중요하게 생각했다.

"그를 만나야겠군."

람스는 즉시 헬 게이트를 열었다.

헬 게이트로 걸어 들어가려는 람스를 오드만이 가로막았다.

"스승님. 잠시만."

"……"

람스가 그를 묵묵히 바라봤다.

왜냐고 묻는 것이다.

"아무런 준비도 없이 이렇게 불쑥 가시면 안 됩니다."
"그를 만나는 데도 준비가 필요한가?"
그의 미간에 고랑이 파였다.
뭐가 이렇게 복잡하냐는 표정이다.
"무작정 그를 만나기보다는 뭔가 대책을 세우고 만나는 것이 좋지 않겠습니까?"
"대책이라면 세워 놨다."
람스의 담담한 대답에 오드만은 몰래 한숨을 쉬었다.
물론, 세워두셨겠지.
단순하고 과감한 방법으로.
어쩌면 람스의 분노로 이스턴 마을이 지도에서 사라지게 될지도 모른다.
아무렴. 지흘 영주는 다른 사람도 아닌 람스와의 계약을 파기했다.
마계의 모든 종족들이 두려워하는 파멸과의 계약을.
그를 따르는 수많은 마족들이 이 사실을 알게 되면 당장 포악한 이빨이 이스턴으로 향할 것이다.
골칫덩이 영주 때문에 도시 하나가 지도에서 사라지는 일만은 막아야 했다.
"아마도 영주는 이 일에 만반의 준비를 갖췄을 겁니다."
"그의 병사들은 두렵지 않다."
"그런 의미가 아니라 명분을 말하는 것입니다. 저희에겐 명분이 없습니다."

"그는 계약을 어겼다."

"네. 분명 그랬지요. 하지만 구두였습니다. 구두 계약은 증거가 될 수 없습니다. 아마도 영주는 그걸 꼬투리 잡을 것이 분명합니다."

오드만은 이 핑계로 람스의 행동을 막으려고 했다. 하지만 의외로 그의 말에 람스는 대수롭지 않다는 투로 말했다.

"계약의 증거라면 있다. 걱정하지 말도록."

"네?"

오드만은 당황했다.

계약의 증거가 있다니? 분명 문서 하나 남기지 않고 당사자들끼리 구두로 계약한 것을 두 눈으로 직접 봤는데.

어쨌든 더 이상 람스를 막을 구실은 사라진 셈이다.

"다녀오지."

람스가 헬 게이트로 걸어 들어갔다.

당황한 오드만과 리자크가 그를 따라 헬 게이트로 몸을 날렸다.

"자, 잠깐만요. 스승님."

쩌어어억!

그들 세 사람을 삼킨 헬 게이트가 요란한 소음과 함께 닫혔다.

* * *

람스와 제자들은 순식간에 영주의 저택에 도착할 수 있었다.

"영주를 만나고 싶소."

저택의 정문을 지키고 선 병사에게 리자크가 점잖게 말했다.

병사들은 람스와 그의 일행을 보더니 거만한 목소리로 외쳤다.

"영주님과의 면담은 허락할 수 없소."

"무슨 이유요?"

"영주님께선 중요한 업무를 보고 계시오."

"그럼 언제쯤 면담이 가능할까요?"

"당분간은 사사로운 면담을 하고 싶지 않다고 하셨소."

말인즉, 면담이 언제쯤 가능할지 알 수 없다는 뜻이다.

"그게 말이 됩니까?"

리자크는 버럭 고함을 질렀다.

병사들의 분위기로 보아 영주가 사전에 명령을 내린 것이 분명하다. 고의로 헬리오스 마탑과의 접촉을 피하고 있는 것이다.

"감히 영주님의 명령에 저항하는 것이냐?"

병사들의 분위기가 삼엄해졌다.

창을 꼬나들고 일행을 노려보는 모습이 제법 험상궂다.

절대로 통과시켜주지 않겠다는 의지가 넘친다.

물론 그들의 그런 의지 또한 영주의 지시 때문일 것이다.

"어떻게 할까요?"

리자크와 병사들 간의 대화를 듣고 있던 오드만이 조마조마한 심정으로 람스에게 물었다.

람스는 잠시의 주저도 없이 말했다.

"들어간다."

오드만은 한숨을 쉬었다.

'역시 이렇게 됐구나.'

생각했던 대로 강행돌파다.

이렇게 된 이상 그를 막을 방법은 없다.

'차라리 스승님께서 손을 쓰시기 전에…….'

오드만과 리자크가 서로를 바라봤다.

스승님은 평수엔 점잖고 차분하지만, 일단 손을 쓰게 되는 상황이 오면 추호도 사정을 봐주지 않는다.

그럴 바엔 차라리 자신들이 나서는 편이 좋을 것이다.

서로의 뜻을 확인한 오드만과 리자크는 누가 먼저랄 것도 없이 병사들을 향해 달려들었다.

퍼퍽!

위세 등등하게 소리치던 병사들은 저항할 틈도 없이 허무하게 쓰러졌다.

리자크가 현관을 활짝 열었다.

"들어가시죠. 스승님."

람스는 리자크가 열어놓은 현관을 통해 자신의 집인 양 저택 안으로 들어갔다.

       \*   \*   \*

지흘은 식사를 하고 있었다.

점심과 저녁 사이의 시각.

간식을 즐길 시간에 먹는 것치곤 지나칠 정도로 호화로운 식단이었다.

"바쁘시다더니 식사 중이셨군요."

목소리와 함께 지흘의 맞은편에 한 남자가 앉았다.

람스였다.

그 행동이 너무나 자연스러워 지흘은 자신이 그를 초대한 것은 아닐까 의심했을 정도였다.

"탑주!"

뒤늦게 지흘이 그를 불렀다.

고개를 돌려 보니 람스 외에도 두 명이 더 있다.

헬리오스 마탑의 제자들이었다.

지흘은 속으로 무능한 병사들을 욕했다.

'머저리 같은 녀석들. 분명 내 집 안에 이 녀석들을 들이지

말라고 했는데도······.'
 짜증이 치밀어 올랐다. 입맛이 확 달아나며, 방금 전까지 그의 혀를 자극하던 기름진 음식들이 느끼하게 느껴졌다.
 그는 냅킨으로 입을 대충 닦아내며 물었다.
 "무슨 일이오? 그대를 초대한 기억은 없는 것 같은데."
 불쾌함이 역력한 목소리였다.
 며칠 전, 상냥하고 간곡한 태도로 부탁하던 사람이 과연 이 사람이 맞을까 의심스러울 정도다.
 람스는 특유의 부드러운 표정으로 입을 열었다.
 "한 가지 확인하고 싶은 것이 있어 왔습니다."
 "무엇이오?"
 "제자에게 들으니 영주님과의 계약에 변화가 생겼다고 하더군요."
 "계약?"
 지흘이 한쪽 눈 꼬리를 슬며시 들어올렸다.
 무슨 소리냐라는 표정이다.
 "불과 3일 전에 한 계약을 벌써 잊으셨는지······."
 "3일 전? 아! 계약. 그렇지. 영주와 그런 일을 한 적이 있었지. 그런데 그게 어쨌다고?"
 "계약에 문제가 생겼다고 들었습니다."
 "문제! 그렇군. 그 이야기였군. 제대로 들었네. 우리의 계약에 약간의 변화가 생긴 것은 사실일세."

"어떻게 된 일인지 궁금하군요."

"그것이 뭐랄까…… 상황이 좀 달라졌네."

지흘은 느리게 말을 이어가는 와중에 손을 부산스럽게 움직였다. 지저분한 냅킨에 다시 한 번 손을 닦고, 괜스레 물 한 잔을 마시다가, 이번엔 식탁보 끝을 손가락으로 비벼댔다.

"……."

람스는 참을성 있게 대답을 기다렸다.

미적대던 지흘이 헛기침을 하며 말을 이었다.

"계약을 할 때와 지금은 상황이 달라졌네."

"달라졌다? 무엇이 말입니까?"

"리만 영주와의 관계가 달라졌네."

리만 영주. 그는 이스턴에 이웃한 라말 영지의 영주다. 또한 지흘 영주와 몇 년째 지루한 영지전을 벌이고 있는 당사자이기도 했다.

"그제 그에게서 한 통의 전갈이 도착했지. 어떤 내용인 줄 아는가? 바로 영지전을 중단하겠다는 통보였다네. 하하하. 놀랍지 않은가? 그 영지전에 미친 골통 녀석이 갑자기 전쟁을 그만두겠다고 말한 거야. 게다가 내게서 빼앗아간 땅과 광산들도 모조리 돌려준다더군."

당시의 상황이 떠오른 지흘은 한껏 고무된 표정으로 두 주먹을 허공에 휘두르며 빠른 목소리로 말을 이었다.

"맙소사. 그 미치광이에게 대체 무슨 일이 생긴 거지? 알타

신의 축복이라도 내려진 걸까? 아니면 화장실에서 미끄러져 머리라도 다친 걸까? 이유야 어떻든 난 더 이상 영지전을 치르지 않아도 되게 된 걸세."

람스는 놀라지 않았다.

리만의 갑작스런 심경 변화. 그것은 바로 그가 지시한 것이었다.

라함을 어지럽히던 네크로맨서를 제거한 람스는 꼭두각시 인형이 된 리만을 노예로 받아들였다. 그가 노예에게 가장 처음 내린 명령이 바로 영지를 잘 경영하라는 것이었다.

리만은 그의 명령을 충실히 따랐다.

지흘에게 영지전을 중단하자고 제의한 것도 그 때문이었다.

영지전을 치르면서 영지를 잘 경영할 수는 없기 때문이다.

"흥미로운 이야기로군요. 그런데 그게 우리의 계약과 어떤 관계가 있는지 모르겠습니다."

"모르겠니? 더 이상 난 영지전을 할 필요가 없게 된 걸세. 전쟁이 끝나고 평화가 도래했다는 말일세. 이 말은 또한 리만 녀석의 더러운 흑마법사를 두려워할 필요가 없어졌다는 소리이기도 하지. 그리고 탑주, 당신의 도움 역시 필요 없게 되었다는 말과도 일맥상통하네."

전쟁을 할 필요가 없어졌으니 계약은 무효라는 설명이다.

람스가 피식 웃으며 말했다.

"기억하기론 우리의 계약 관계는 전쟁의 유무와는 상관이 없는 것으로 알고 있습니다만."

람스의 말에 지흘의 표정이 축 늘어졌다.

그는 의자에 몸을 뉘이며 심드렁한 목소리로 말했다.

"무슨 소린가? 우리의 계약에 언제 그런 이야기를 했었지? 난 전쟁을 도와주면 메딘 산을 넘겨주겠다는 말밖에 하지 않은 것 같은데. 그렇게 자신만만하게 말하는 걸 보니 증거라도 있는 모양인데, 보여줄 수 있나?"

지흘의 말에 오드만과 리자크는 동시에 고개를 흔들었다.

'끝이군.'

영주는 결국 선을 넘었다.

이제 남은 것은 스승님의 화려한 응징뿐.

애초에 다른 사람도 아닌 스승님을 속이려 한 것이 실수다.

지흘이 스승님의 정체를 알게 되면 과연 어떤 표정을 지을까.

천하의 마왕을 지르밟고, 공포로 대변되는 마족들을 지배하는 마계의 군주라는 걸 알게 되면 말이다.

하지만 정작 상황은 그들의 생각과는 다른 방향으로 흘러갔다.

람스는 흥분하여 날뛰지 않았다.

애초에 그는 제자들의 생각처럼 경솔한 인물이 아니었다.

그럼에도 불구하고 제자들이 람스를 그렇게 생각한 것은 어디까지나 그의 출신이 마계이고, 그를 따르는 마족들의 성격이 불처럼 급하기 때문이다.

정작 람스 본인은 한없이 냉정했으며, 또한 인간다운 일처리를 선호했다. 누구보다 중간계를 동경한 사람이 바로 람스가 아닌가.

"증거라면 있습니다."

람스는 소매에서 한 장의 종이를 꺼냈다.

"그게 무엇이지?"

"계약서입니다."

"계약서라고?"

지흘이 입술을 뒤틀며 이죽거렸다.

"흥! 어디서 어쭙잖은 수작을. 우리의 계약은 처음부터 끝까지 구두로 이루어졌다. 계약서 같은 게 남아 있을 리 없지 않은가?"

"글쎄요. 꼭 계약을 글로 남겨야 할 필요가 있을까요?"

람스가 종이를 펼쳤다.

생각대로 종이엔 계약이라고 할 수 있는 내용의 글은 담겨 있지 않았다. 대신 복잡한 마법 문양이 새겨져 있을 뿐이었다.

종이를 내려다본 지흘이 싸늘한 코웃음을 쳤다.

"흥. 어디 한번 보여줘 보게. 그 계약서라는 것을 말일세."

람스는 대답 대신 종이의 한 부분을 가볍게 눌렀다.

순간, 종이에 그려진 마법 문양이 빛을 발하며 누군가의 목소리가 흘러나왔다.

지흘의 몰락 49

"이야기를 들었는지 모르지만, 현재 이스턴은 이웃 영지인 라함 영지와 영지전을 하고 있소."

목소리는 지흘의 것이었다.

이어 계약 당시 람스와 지흘이 나눈 대화가 고스란히 흘러나왔다.

"……!"

거만하게 앉아 있던 지흘의 표정이 일그러졌다.

반면 람스는 여유가 넘쳤다.

"보는 바와 같이 계약서는 확실히 남아 있습니다."

"……!"

지흘의 인상이 일그러졌다.

'어쩐지 마법사치고는 거래를 허술하게 한다 했더니.'

설마 이런 것을 준비해두었을 줄이야.

하지만 이미 내친걸음이다.

이대로 호락호락 넘어갈 생각은 추호도 없다.

'영지전도 취소된 마당에 메딘 산을 공짜로 먹으려고 하다니.'

지흘은 억지를 쓰기로 마음먹었다.

"이건 사기다!"

지흘이 자리에서 벌떡 몸을 일으키며 소리쳤다.

"사기?"

"그렇다. 사기."

"대체 뭐가 사기라는 것인지 모르겠군요. 보다시피 당시 우리가 나눴던 대화는 이렇게 고스란히 남아 있는데 말입니다."

"이건 현실적이지 않아! 마법으로 만든 소리다. 그래, 마법! 더러운 마법사. 이 종이에 저장된 목소리가 사악한 마법으로 조작되지 않았다는 증거가 어디에 있지? 아니, 틀림없이 조작되었다. 난 이런 말을 한 기억이 없어!"

자신의 목소리. 이보다 확실한 증거는 없다. 그럼에도 불구하고 지흘은 사기라며 목소리를 높였다.

"목소리를 담는 마법이라고? 들어 본 적도 없다. 흥! 제아무리 내 목소리를 흉내 낸다고 해도 난 결코 인정하지 않을 것이다."

당연히 들어 본 적이 없을 것이다.

이 마법은 중간계의 것이 아닌 마계의 것이었기 때문이다.

"이건 당신의 목소리가 맞습니다. 이 마법은 단지 목소리를 담아두는 기능을 할 뿐이니까요."

"헛소리! 너희 마법사들은 항상 그런 식이지. 간교한 속임수로 사람들을 현혹하거든. 흥! 할 수만 있다면 얼마든지 권리를 주장해도 좋다. 앞서 말한 것처럼 난 인정하지 않을 테니까."

지흘은 목에 핏대를 세우며 호통을 쳤다.

누가 봐도 억지가 분명했다.

오드만과 리자크는 속으로 생각했다.

이번에야말로 스승님께선 참지 않을 거라고.

불쌍한 지흘. 상대가 누군지도 모르고 너무 날뛰었다. 아마 그는 뼛조각 하나 남기지 못한 채 소멸될 것이다.

하지만 람스는 이번에도 화를 내지 않았다.

비단 화를 내지 않았을 뿐만 아니라 더 이상 자신의 주장을 내세우지도 않았다. 그는 자리에서 일어나며 흥분한 지흘에게 말했다.

"인정하지 못하시겠다면 좋습니다. 더는 강요하지 않겠습니다."

"하하. 이제야 말귀를 알아듣는군. 어설픈 사기는 내게 통하지 않는다는 것을 잘 알았겠지? 주제를 알았으면 당장 내 저택에서 떠나도록!"

오만방자한 지흘의 태도에 람스는 홀연히 웃었다.

그는 제자들과 함께 식탁을 떠나며 이렇게 말했다.

"곧 다시 만나게 될 것이오. 영주."

\*    \*    \*

"휴."

지흘의 저택을 나서며 오드만과 리자크는 안도의 한숨을 내쉬었다.

"다들 긴장한 모양이구나."

람스의 말에 리자크가 뒷머리를 긁적이며 대답했다.

"전 스승님께서 영주를 날려 버릴까 봐 간이 조마조마했습니다."

람스는 소리 없는 미소를 보이며 말했다.

"지흘은 비록 좋은 사람은 아니지만, 그렇다고 날려 버리고 싶을 정도로 나쁜 사람도 아니다."

리자크가 속으로 참 다행이라고 생각했다. 일이 생길 때마다 상대를 날려 버린다면, 아마 세상에 온전하게 남아 있을 사람이 한 명도 없을 것이다.

"그런데 그 종이는 뭡니까?"

오드만은 람스가 계약서라며 보여주었던 종이에 관심을 보였다.

목소리를 저장하는 마법이라니.

회탑의 마법 중에 그와 비슷한 마법이 있다는 말은 들어 본 적이 있지만, 화염계인 람스가 그러한 마법을 알고 있다고 생각되지는 않았다.

"마족의 마법이다. 영주와 회의를 하는 동안 스키머가 그 종이에 모든 목소리를 담아두었지."

"아! 그래서 굳이 계약서를 만들지 않으셨던 거군요."

"목소리를 저장하는 것만큼 확실한 것은 없으니까."

"하지만 지흘은 자신의 목소리조차 거짓이라고 우기고 있군요. 지흘 그 작자가 발뺌을 할 땐, 저도 모르게 주먹을 불끈

줄 정도였습니다."

리자크가 주먹을 흔들며 말했다.

아쉬울 땐 '탑주님, 탑주님' 하며 굽실거리던 작자가 상황이 달라지니 이내 태도가 달라져 버렸다. 그 거만한 모습에 절로 욕이 튀어나왔다.

"그를 처리하는 건 쉬운 일이지. 하지만 매사를 그런 식으로 처리할 수는 없다. 적어도 이 세계에서는."

"앞으로 어떻게 하실 생각이십니까?"

"지흘에게 현실을 깨닫게 해줄 생각이다."

"……?"

람스의 말에 오드만과 리자크는 의문을 떠올렸다.

현실을 깨닫게 해줘? 대체 어떻게?

스승에게 물어보니 그저 기다려 보면 알게 될 거라고만 대답해주었다.

덕분에 두 사람의 의문은 더욱 짙어지게 되었다.

\* \* \*

그로부터 며칠 후, 람스의 말은 그대로 실현되었다.

날이 밝기 무섭게 수하들을 이끌고 메딘 산을 찾아온 지흘이 대뜸 람스에게 매달렸다.

"타, 탑주. 도와주시오!"

지흘의 음성엔 간절한 기색이 역력했다.

불과 며칠 전과는 판이하게 달라진 태도.

오드만과 리자크는 갑자기 변한 지흘의 태도에 눈을 휘둥그레 떴다.

그 거만하던 사람이 불과 며칠 만에 스승의 바짓가랑이를 붙들고 애원하다니.

놀랄 일이다.

'어떻게?'

순간적으로 떠오른 생각은 마족들이다.

마족들이 그들 몰래 지흘을 협박한 건 아닐까?

지금까지 봐온 그들의 성향을 떠올리면 충분히 가능한 일이다.

'하지만 분명 스승님께서 그런 방식으로는 일을 처리하지 않겠다고 말씀하셨는데?'

마족들이 협박한 게 아니면 대체 어떻게 된 일이란 말인가.

아무리 머리를 굴려 봐도 이해할 수 없는 일이다.

'직접 들어 보면 알겠지.'

제자들은 람스와 지흘의 대화에 촉각을 곤두세웠다.

"무슨 일이오?"

명상에 잠겨 있던 람스가 눈을 뜨며 물었다.

람스의 눈치를 살피며 지흘이 떨리는 목소리로 간청했다.

"헬리오스 마탑의 도움이…… 탑주의 도움이 절실히 필요하네. 제발 날 좀 도와주게."

"무슨 일인지 알아야 도와줄지 말지 결정할 게 아니겠소?"

람스의 음성은 담담했다. 어느새 말투도 존대에서 평대로 바뀌었다. 하지만 지흘은 찬물 더운물을 가릴 처지가 아니었다.

"그것이…… 며칠 전 리만 영주에게서 전갈이 왔네."

이어진 지흘의 이야기는 아래와 같았다.

며칠 전, 정확하게 말하면 람스가 왔다 간 바로 다음 날. 리만 영주의 전갈이 지흘의 저택으로 날아왔다. 그 내용을 훑어본 지흘은 깜짝 놀라지 않을 수 없었다.

"뭐, 뭣이? 영지전을 다시 시작하자고? 영토와 광산도 돌려주지 못하겠다고?"

영지전 재개.

지흘의 입장에선 그야말로 마른하늘에 날벼락과 같은 사건이었다.

"이 인간이 정말 제대로 미쳤구나. 그만두자던 전쟁을 다시 시작하자고 개소리를 하는 걸 보면!"

지흘은 리만의 뻔뻔함에 분개했다.

이대로 두고 볼 수 없다고 생각한 그는 호위병들을 이끌고 리만을 찾아갔다.

"이게 어떻게 된 일이오? 이 서신의 내용이 사실이오?"

그는 리만의 질 나쁜 농담이길 바랐다.

식사 중이던 리만은 고개도 돌리지 않은 채 대답했다.

"사실이오!"

그 태연한 말과 행동에 지흘은 머리꼭지가 돌아 버릴 지경이었다. 간신히 화를 참으며 다시 물었다.

"어째서 전쟁을 다시 시작하잔 말이오!"

"상황이 변했기 때문이오."

"사, 상황이 변해? 대체 무슨 상황이 변했단 말이오?"

"그런 게 있소. 당신이 알 필요는 없고……. 어쨌든 우리의 계약은 그 서신대로 모두 원점으로 돌아갔음을 알기 바라오."

"이, 이보시오. 리만 영주. 그게 말이나 되는 소리요? 귀족이 스스로 약조한 것을 지키지 않다니? 당신이 그러고도 귀족이라 할 수 있겠소?"

지흘이 안달이 난 목소리로 따지자 리만은 손가락으로 귀를 후비며 딴청을 부렸다.

"약조? 내가 무슨 약조를 했단 말이오? 허허, 이거 참. 나이를 먹어서 그런지 아무것도 생각이 나지 않는구려."

"핑계를 대려거든 제대로 대시오. 지금이 그런 시답잖은 농담이나 할 때요?"

"좀 살살 말하시오. 그러고 보니 영주와 그런 말을 했던 것 같기도 하군."

"물론이오. 틀림없이 했었소."

"그런데 기억이 제대로 안 나는구려. 아! 그러면 되겠군. 영주, 당신의 말이 사실이라면 증거를 보여주시오."

"증거?"

"우리가 뭔가 계약을 했다면 계약서 같은 증거가 남아 있지 않겠소? 그 계약서를 보면 나도 기억이 날 듯하구려."

지흘은 이를 빠득 갈았다.

"지켜본 사람들이 많소! 그들이 증인이 될 것이오."

"그럼, 어디 들어 봅시다. 혹시나 해서 말하는 것인데, 증인이랍시고 그쪽 사람을 내세우면 곤란하오."

"회담장엔 그쪽의 사람들도 많았소."

"이쪽 사람들이라……."

리만이 뒤를 돌아보며 물었다.

"누구 지흘 영주의 증인이 될 사람이 있는가?"

그의 배후를 지키고 선 기사들은 미동도 않았다. 어차피 한통속이다. 리만의 뜻을 거스르면서까지 증인이 될 사람은 아무도 없었다.

지흘은 가슴을 치며 후회했다.

'불찰이로다. 다른 귀족을 증인으로 내세우거나 서류를 만들어 놓을 것을…….'

설마 증거가 없다는 이유로 이렇듯 하루아침에 말이 바뀔 줄이야.

"이러는 법이 어디 있소. 리만 영주! 우리 다시 한 번 잘 이야기를 해 봅시다."

"영주가 무슨 말을 해도 내 생각엔 변함이 없소. 잊지 마시오. 다음 영지전은 일주일 후요. 당신과 내 영지의 모든 것을 걸고 사생결단을 낼 터이니 만반의 준비를 해두는 것이 좋을 것이오."

지흘은 협박도 해 보고 간청도 해 봤지만, 리만의 고집을 꺾을 수는 없었다. 결국 지흘은 어깨를 축 늘어뜨린 채 리만의 저택을 나설 수밖에 없었다.

"저런……. 영지전이 재개된다니 큰일이구려."

람스는 안타까운 양 혀를 찼다.

그를 지켜보고 있는 제자들의 표정 위로 미소가 떠올랐다.

'이제 보니 그런 것이었군.'

'리만을 이용해서 복수를 한 것이로구나.'

그들은 이제야 어떻게 된 사정인지 알게 되었다.

람스는 리만을 이용하여 헬리오스 마탑을 배신한 지흘을 압박한 것이다.

애초에 지흘이 헬리오스 마탑을 배신한 이유는 그들이 필요 없어졌기 때문이다.

그래서 람스는 노예인 리만에게 영지전을 재개할 것을 명령했다. 리만은 그 명령에 충실히 따랐다. 그 과정에서 벌어진 여러 가지 상황은 람스가 지흘에게 받은 모욕을 그대로 되갚아준 것에 불과했다.

제반 사정을 알게 된 제자들은 묘한 표정을 지었다.

'확실히 폭력적이지는 않지만…….'
'그렇다고 인간적이라고 할 수도…….'
그러나 정작 람스 본인은 작금의 상황을 무척 마음에 들어 했다. 적어도 손에 피를 묻힐 일은 없었다. 상대를 죽이지 않았으니 다분히 중간계다운 방식이라고 그는 생각했다.
"영지전을 다시 하게 되었다니 불행한 일이구려. 모쪼록 영주님의 승전을 기대하겠소."
남의 일인 양 말하는 람스의 태도에 지흘은 애가 탔다.
"타, 탑주!"
영지전이 벌어지면 그의 영지는 필패다.
리만에겐 막강한 마법으로 무장한 마법사가 있다. 그의 기사와 병사들로는 마법사를 막을 도리가 없는 것이다.
리만의 네크로맨서들은 이미 람스에 의해 제거된 상태지만, 지흘은 이를 알지 못했다. 만약 리만에게 네크로맨서가 없다는 사실을 알았다면 지흘은 결코 람스에게 매달리지 않았을 것이다.
"탑주! 한 번만 도와주시게. 이번만 도와준다면 내 뭐든 약속하겠네. 그렇지, 메딘 산. 그 권리를 주겠네."
지흘의 간청에도 람스는 시큰둥했다.
"글쎄. 그 일이라면 이미 좋지 못한 경험을 한 터라……."
지흘 영주를 못 믿겠다는 뜻을 분명히 보였다.
속이 바싹 타들어 간 지흘은 가슴을 두드리며 외쳤다.

"예전의 일은 내 실수였네. 이번은 정말일세. 탑주! 한 번만 사정을 봐주게. 이, 이러면 어떻겠나. 제대로 된 계약서를 작성하고 증인을 세우도록 하세. 아니. 아예 소유권을 넘기겠네. 그렇게 되면 상황이 어떻게 바뀌든 메딘 산은 탑주의 소유물이 될 걸세."

그의 이야기를 가만히 들어 본 람스가 못 이기는 척 고개를 끄덕였다.

"알겠습니다. 영주님의 사정이 딱하니 이번 한 번만 부탁을 들어드리지요."

그의 말에 지흘은 돌아가신 부모님이 돌아온 것처럼 환호성을 지르며 기뻐했다.

"고맙소. 탑주. 정말 고맙소!"

그는 람스의 손을 잡고 감사의 말을 거듭하더니 미리 준비해 온 서류에 서명했다. 그것은 메딘 산을 람스에게 넘긴다는 내용의 서류였다.

람스는 메딘 산 외에도 몇 가지 사안을 더 제의했다.

영주는 람스가 말한 내용을 모두 받아들였다.

사정이 워낙 급한지라 거부할 여유가 없었다.

"고맙소. 탑주. 그럼 4일 후 내 저택에서 봅시다."

헬리오스 마탑의 협조를 구한 지흘은 희희낙락한 얼굴로 돌아갔다.

메딘 산을 찾을 때만 해도 불안에 떨던 그가 돌아갈 때는 풍경을 감상하며 느긋하게 이동했다.

하지만 그렇게 웃을 수 있는 것도 저택에 도착하기 전까지의 얘기였다.

밤늦은 시각, 저택에 도착하니 한 통의 서신이 그를 기다리고 있었다.

서신은 리만이 보낸 것이었다.

> 지난 며칠간 심사숙고한 결과, 양측의 상당한 피해를 감수하며 영지전을 할 필요가 없을 것 같다는 결론에 도달했소. (……중략……) 상기와 같은 이유로 예정된 영지전은 없던 것으로…….

잠시 뒤, 지흘의 비명과 같은 외침이 터져 나왔다.

"리이마아아아아안!"

그렇게 꼼수를 부리려던 지흘은 메딘 산과 그의 주민 일부를 잃고 말았다.

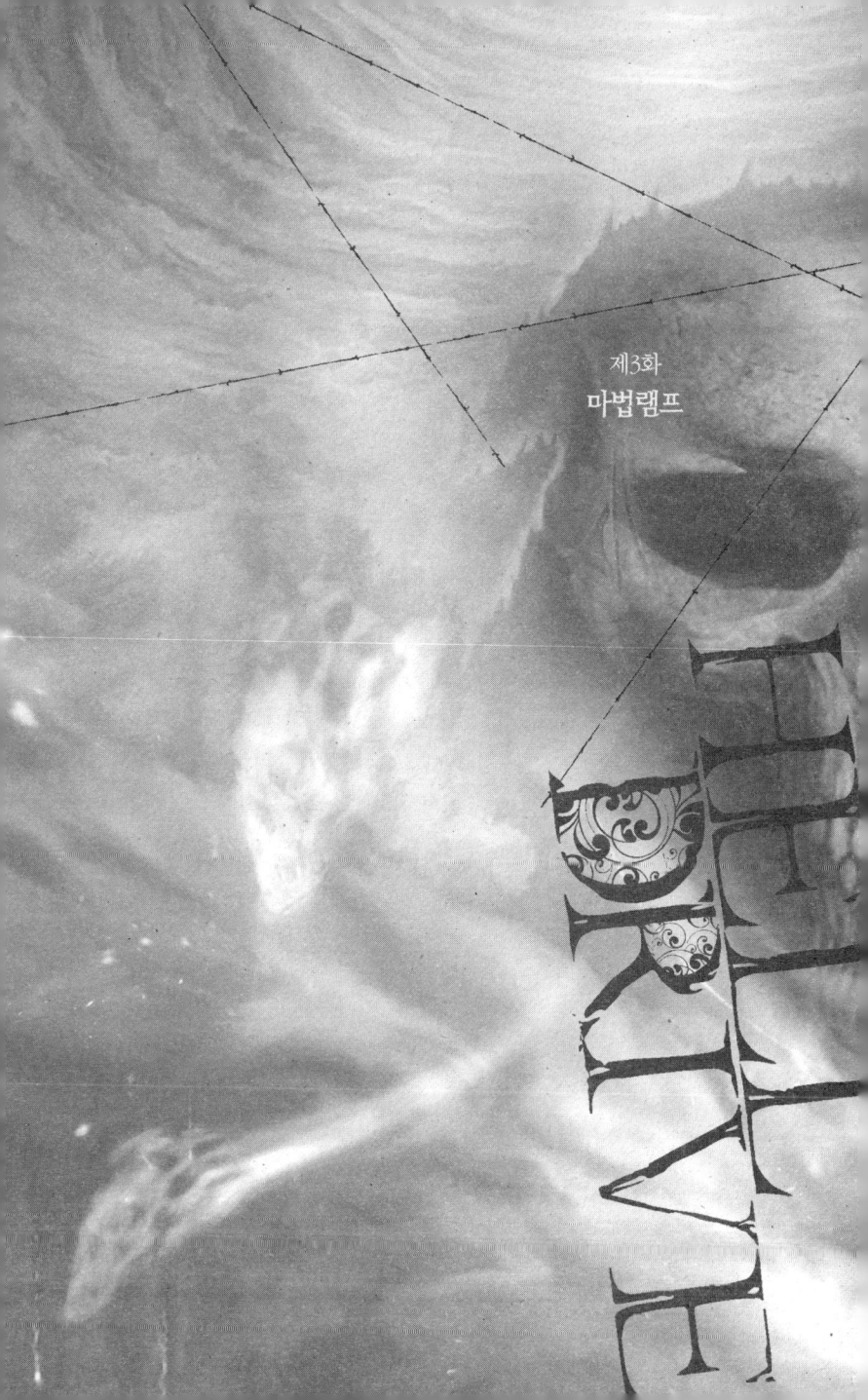

 지흘 영주에게서 메딘 산의 권리를 획득한 람스는 본격적으로 마을 재건에 돌입했다.
 마을 하나를 새로 건설하는 일은 생각보다 비용이 많이 든다. 다행히 헬리오스 마탑엔 람스가 벌어온 돈이 넉넉하게 있었다.
 하지만 돈만으로 모든 문제가 해결되는 것은 아니었다.
 "사람을 구하기가 쉽지 않군요."
 이스턴에 다녀온 리자크가 한숨을 쉬었다.
 영주의 허락이 떨어진 지 일주일이 지났지만 아직 마을 재건은 시작도 못하고 있었다.

"뭐가 문제야?"

람스가 물었다.

"여러 길드에 도시 개발 경험이 있는 전문가들을 수소문해 봤는데, 예상외로 적당한 사람을 구하기가 힘듭니다."

"도시 개발 전문가?"

"네. 사형께서 기왕 하는 것이면 제대로 하는 것이 좋을 것이라고 해서요. 아는 인맥을 통해서 사람을 구해 보는데 쉽지 않을 것 같습니다."

"그렇다고 이렇게 공사를 미뤄둘 수는 없을 듯한데?"

집을 잃어버린 사람들은 천막에서 생활하고 있다. 간신히 비바람을 맞는 신세는 면했지만, 그 면면은 난민들과 크게 다를 바가 없었다.

"그건 그렇습니다만……."

리자크는 난감한 표정으로 뒷머리를 긁적였다.

그라고 지금의 상황이 만족스러운 건 아니다.

하루라도 빨리 마을 사람들에게 집을 지어주고 싶다. 하지만 제대로 하자는 오드만의 말도 일리가 있어 이러지도, 저러지도 못하는 상황이 되었다.

"아무래도 오드만과 이야기를 해 봐야겠군."

"사형을 부를까요?"

람스가 고개를 끄덕였다.

잠시 후, 리자크가 오드만과 함께 돌아왔다.

"피곤해 보이는군."

"마을 일로 이것저것 생각할 것이 많아서……."

마을 재건에 누구보다 신경을 쓰고 있는 사람이 바로 오드만이었다.

그는 경험이 풍부하고 아는 것도 많았다.

아는 것이 많다 보니 자연 보이는 것도 많았다.

마을 재건. 리자크에겐 그저 집 몇 채만 뚝딱 지으면 그만인 일이었지만, 그에겐 그렇지 않았다.

가옥의 구성, 배치, 전체적인 마을의 모양에서부터 가옥의 내부 구조, 창문의 위치, 가구의 배치까지 모든 사안을 고려하느라 그야말로 눈알이 빠지도록 고민을 거듭했다.

"단순히 마을을 재건하는 것이라면 크게 신경 쓸 필요가 없겠지요. 하지만 그 마을이 헬리오스 마탑의 영역 안에 있다면 이야기가 다릅니다."

람스는 그의 생각에 동의했다.

"메딘 산이 우리 헬리오스 마탑의 영역이 된 이상, 그들에게 신경을 쓰는 것은 당연한 일이다. 그런데 리자크의 말을 들으니 사람을 구하는 게 쉽지 않다고 하던데……."

"처음부터 예상한 일이었습니다. 수도라면 모를까 한적한 시골에서 도시 개발에 경험이 있는 전문가를 구하기란 그야말로 하늘의 별따기처럼 어려운 일이니까요."

오드만의 표정이 극도로 어두워졌다.

할 일은 산더미 같은데, 정작 해결되는 일은 하나도 없다.

다른 건 차치하고서라도 일단 사람을 구하는 일조차 쉽지 않다.

마을을 꾸미는 데는 많은 인력이 소요된다.

건축 설계사와 공사 전체를 관리 감독할 감독관, 작업을 주도할 목수들, 그리고 허드렛일을 맡게 될 노동자까지.

그러나 전문가는 고사하고 허드렛일을 할 노동자조차 구하기가 쉽지 않았다.

워낙 외진 곳이라 임금을 더 준다고 해도 다들 꺼리는 것이다.

'정말 큰일이구나. 이래선 겨울이 오기 전까지 집을 한 채도 못 짓겠구나.'

겨울까지 집이 완성되지 않으면 마을 주민들은 큰 고초를 겪게 된다. 어떻게든 그런 파국은 막아 보고 싶지만, 상황이 여의치 않았다.

답답한 현실에 오드만은 입안이 바짝바짝 마를 지경이었다.

그러한 사정은 리자크도 다를 바 없었다.

제자들이 고민하는 모습을 가만 살펴보던 람스가 불쑥 물었다.

"그 전문가 말인데, 꼭 인간이어야 하는가?"

"네?"

제자들은 눈을 휘둥그레 떴다.

전문가가 인간이어야 하냐고? 이게 무슨 소린가. 인간이 아니면 설마 짐승이 일을 한단 말인가?

"내 말은 설계 일을 마족이 대신하면 안 되는가 하는 소리일세."

"마족요?"

오드만은 람스가 말하는 바가 무엇인지 이내 눈치챘다.

람스는 마계의 절대자.

그를 따르는 마족의 수가 이루 헤아릴 수 없이 많다. 그 중엔 높은 지능을 가진 마족도 있을 것이다.

"특별히 안 될 것은 없습니다만…… 그렇게 해도 될까요?"

오드만이 조심스럽게 람스의 눈치를 살폈다.

지금까지 살펴본 바에 의하면 람스는 중간계의 일에는 될 수 있으면 마족을 동원하지 않으려고 했다. 심지어 지흘 영주의 일도 마족을 동원하면 쉽게 해결될 일이었음에도 번거로운 방법을 택하지 않았던가.

람스가 빙그레 웃으며 대꾸했다.

"좋은 일과 복수에 관한 일에는 힘을 아끼지 않는다가 내 철학이다."

"그, 그렇군요."

막상 고개를 끄덕이며 대답을 하면서도 오드만은 그 기준이 무언지 아리송했다. 좋은 일이나 복수의 기준이 뭔지 궁금했다.

그는 복잡하게 고민했지만, 실상은 간단했다.

한 마디로 말해 람스 마음대로였다.

어쨌든 오드만으로서는 마족들이 도와준다면 대환영이었다.

"그런데 마족이 복잡한 건축 설계를 제대로 할 수 있을까요?"

『흐흐흐, 네 녀석이 감히 마족을 우습게 여기는구나.』

오드만의 말이 끝나기 무섭게 검은 오라를 풍기며 스키머가 모습을 드러냈다.

스키머가 오드만을 향해 눈을 부라렸다.

"방금 전의 그 발언은 날 무시한 거라고 봐도 되겠지?"

오드만은 엉덩이에 불이 붙은 망아지처럼 펄쩍 뛰며 손사래를 쳤다.

"그, 그럴 리가요. 제가 어찌 감히 장로님을 무시할 수 있겠습니까."

"흐흐흐. 그래? 난 또 날 무시하는 소리인 줄 알았더니."

한 마디 말로 오드만을 눌러 버린 스키머가 람스에게 고개를 숙였다.

"주인님. 제게 맡겨주십시오. 결코 실망시켜드리지 않겠습니다."

"직접 할 생각인가?"

"주인님께서 신경 쓰시는 일인데, 어찌 아랫것들을 시키겠습니까?"

"알겠다. 걱정하는 오드만을 위해서라도 제대로 하도록."

"멋지게 완성해 보이겠습니다. 주인님."

스키머는 흰 이를 드러내며 강한 자신감을 보였다.

"그럼 설계 쪽은 됐고, 남은 건 일꾼이로군. 몇 명이나 필요하지?"

람스가 오드만에게 물었다.

"많을수록 좋습니다만, 돈을 많이 준다고 해도 정작 오려는 사람이 없어 고민입니다."

"오지 않겠다는 사람을 굳이 불러들일 필요는 없지. 일꾼은 많으면 많을수록 좋다 했지?"

잠시 생각하던 람스가 헬 게이트를 열며 말했다.

"적당히 천 명 정도만 부르면 되겠군."

"네?"

오드만이 놀란 외침을 토하는 사이, 람스는 벌써 헬 게이트에 대고 소리쳤다.

"디스터. 힘 좀 쓰는 애들로 적당히 천 명만 데려와라."

헬 게이트 너머에서 디스터의 목소리가 들려왔다.

"힘 좀 쓰는 녀석들 말이군요. 알겠습니다."

곧 지축을 뒤흔드는 굉음과 함께 헬 게이트에서 거대한 존재들이 튀어나오기 시작했다. 커다란 헬 게이트가 좁아 보일 정도로 엄청난 마물들이었다.

"히익!"

오드만과 리자크는 비명을 질렀다.

'뭐, 뭐가 저렇게 커?'

디스터가 보낸 힘 좀 쓰는 녀석들은 정말이지 커도 너무 컸다. 헬 게이트를 나온 마물이 굽은 허리를 펴자 아름드리 거목을 굽어볼 수 있을 정도였다.

"이런 마물이 천 마리나?"

오드만과 리자크의 얼굴이 하얗게 질려 버렸다.

이런 거대한 괴물이 천 마리나 나왔다간 당장 메딘 산이 마물 소굴로 전락해 버릴 것이다.

두 사람은 람스에게 매달렸다.

"스, 스승님. 마물은 안 됩니다!"

"왜? 일 시킬 사람이 필요하다면서?"

"그, 그래도 마물은 곤란합니다. 저렇게 커다란 마물들이 돌아다니면 외지인이 우리 마탑을 어떻게 생각하겠습니까!"

람스가 가만 생각해 보니 과연 일리가 있었다.

그는 마계에서 오랜 기간 지낸 덕에 마물을 이상하게 생각하지 않지만, 다른 사람들은 기겁을 할 것이 분명했다.

"어쩔 수 없지. 너희들, 들어가."

람스의 명령에 어슬렁거리며 중간계로 나오던 마물들이 찍 소리 한 번 못하고 마계로 돌아갔다.

마물들이 모두 돌아가자 람스가 다시 헬 게이트 너머로 소리쳤다.

"디스터. 이놈들은 너무 크다. 적당한 마물들로 보내라."

"적당하고 힘센 놈들 말입죠? 알겠습니다."

곧 디스터가 새로 보낸 마물들이 중간계로 넘어왔다.

새롭게 등장한 마물들을 본 제자들은 이번에도 안색이 창백해졌다.

"확실히 덩치는 작아졌지만……."

"이 녀석들은 너무 험악하게 생겼잖아."

디스터가 새로 보낸 마물들은 그야말로 지옥에서 막 기어 올라온 악마처럼 흉측했다. 그 형상이 얼마나 두렵던지 우연히 근처를 지나던 마을 사람이 비명을 지르며 그대로 졸도했을 정도였다.

"역시 이번에도 곤란한 모양이군."

람스가 턱을 쓰다듬으며 곤란한 표정을 지었다.

덩치가 커도 안 되고 흉악하게 생겨도 곤란하다라.

"그럼 힘은 좀 부족하더라도 사람들이 싫어하지 않을 놈들로 불러야겠군."

람스는 헬 게이트 너머로 다시 명령을 내렸다. 이번에도 디스터는 그의 명령을 충실히 따랐다.

곧 새로운 마물들이 모습을 드러냈다.

초조한 심정으로 지켜보던 제자들은 새로 등장한 마물들을 보고 침을 꼴깍꼴깍 삼켰다.

"확실히 이번 마물은 크지도 않고, 험악하지도 않지만……."

"저, 저건 너무 야하잖아."

이번 마물은 암컷이었는데, 마물답지 않게 아름다운 외모를 자랑했다. 욕망으로 똘똘 뭉쳐진 검은 요정 같은 느낌이랄까. 문제는 마물들의 차림이 너무 민망하다는 데 있었다.

웃옷은 아예 입지도 않아서 출렁거리는 가슴이 고스란히 보이는 데다, 아래도 옷이라고 불릴 만한 것을 거의 걸치지 않았다.

그야말로 아랫도리에 낙엽 한 장 붙여놓은 꼴이다.

마물을 본 리자크는 학질 걸린 사람처럼 손발을 부르르 떨며 연신 침을 꼴깍꼴깍 삼켰고, 여자에 대한 미련을 일찌감치 던져 버린 오드만도 얼굴을 붉히며 시선을 어디에 두어야 할지 난감해했다.

"이번에도 안 돼?"

제자들의 반응만으로도 람스는 이 마물 역시 안 된다는 걸 깨달았다. 움직이는 욕망덩어리들을 급히 마계로 보내놓고는 잠시 고민했다.

"이도 저도 안 된다면 어떻게 한다?"

고민하던 람스에게 스키머가 조언했다.

"주인님. 차라리 저의 졸개들이 어떻겠습니까."

"암흑의 종자들?"

"네. 암흑의 종자들은 겉모습이 보통 사람들과 거의 다르지 않습니다. 분장만 잘 한다면 충분히 사람처럼 보일 수 있을 것입니다."

제자들은 스키머의 말에 귀가 솔깃했다.

암흑의 종자들이 무언지는 몰라도 사람과 비슷하다면 대환영이다. 적어도 크고 험악하며 헐벗기까지 한 마물들보다는 나을 듯싶었다.

"하지만 암흑의 종자들은 힘이 약하지 않느냐?"

"적어도 인간들보다는 강합니다. 또한 마물들보다 지능이 높아 일을 시키기 편할 것입니다."

람스가 잠시 생각해 보더니 고개를 끄덕였다.

"약골인 게 마음에 걸리지만, 그게 좋을 듯하군."

"그럼 당장 부르겠습니다."

람스에게 공손히 고개를 숙인 스키머가 헬 게이트 너머로 명령을 내렸다. 곧 음산한 기운과 함께 검은 무리가 나타났다.

긴장하며 지켜보던 제자들도 이번엔 안도의 한숨을 쉴 수 있었다. 과연 스키머의 말대로 암흑의 종자들은 사람과 흡사한 외모를 하고 있었다.

"이 정도면 안심할 수 있겠는걸요?"

"그러게 말이다."

음침한 기운을 풍기는 게 마음에 걸리지만 마물들에 비하면 그야말로 양반이다.

람스도 만족했다.

"이번 마을 재건은 암흑의 일족에게 맡기기로 한다."

"현명하신 판단입니다. 주인님."

그렇게 부족한 인력은 스키머와 암흑의 일족 투입으로 해결될 수 있었다.

*　　*　　*

본격적으로 마을 재건 공사가 시작되고 난 이후, 오드만은 몇 가지 사실을 새로 알게 되었다.

먼저 스키머. 우려와 달리 그는 도시 개발과 건축 설계에 뛰어난 재능을 과시했다. 아니, 그의 능력은 단순히 재능 정도로 설명할 수 있는 수준이 아니었다.

설계에 따라 사전 제작된 모형만으로도 오드만은 감탄을 금치 못했다.

"정말 멋지군요."

모형으로 표현된 마을은 대단히 훌륭했다.

주택들의 형태, 주택들의 통일성, 다양한 색상, 효율적인 실내 형태, 주거지와 한데 어울려 있는 공원의 존재. 심지어 태양빛을 효율적으로 받아들이기 위한 창의 설계와 강과 지하수를 저장하여 가뭄에 대비하는 시설까지.

독창적이면서도 혁신적인 설계가 돋보이는 마을이었다.

"이런 마을은 처음입니다. 세상 어디에서도 볼 수 없는 아름다운 마을일 겁니다."

설사 알타의 수도도 이처럼 아름답고 혁신적이진 않다.

"어떻게 이런 설계를 하실 수 있는 거죠?"

"내가 말하지 않았느냐? 마족들의 문명은 인간들이 생각하는 것보다 훨씬 높다고."

"과연 그렇군요."

혁신적인 마을 설계로 보아 스키머의 말은 사실임이 분명했다.

"마족들이 인간들보다 문명이 발달한 이유를 아느냐?"

스키머가 물었다.

"마력이 높아서일까요?"

"아니야. 마력은 건설적인 일에는 큰 쓸모가 없어. 마족들의 마력은 대부분 전투 쪽으로 특화되어 있지."

"그럼 어째서 문명이 발달할 수 있었던 걸까요?"

"수명 때문이다."

"수명요?"

"그렇지. 마족들의 수명이 인간보다 훨씬 길기 때문에 발전에 발전을 거듭할 수 있었던 것이다."

"아!"

오드만은 뭔가 깨달은 것이 있는 듯, 탄성을 흘렸.

스키머의 설명이 이어졌다.

"인간은 오래 살아 봐야 2, 300년 정도지만, 마족은 천년 이상 살 수 있는 종족이 수두룩하거든. 그 오랜 기간 동안 무언가 한 가지를 연마한다고 생각해 봐라. 제아무리 멍청한 녀석이라도 뛰어날 수밖에 없지 않겠느냐?"

"과연 그렇겠군요. 그럼, 스키머님께선 예전에 건축 설계 같은 일을 해 보신 적이 있으신 모양이군요."

"흥! 내가 왜 건축 설계 같은 하등한 일을 하겠느냐? 편하게 아랫것들을 시키면 될 것을. 난 그냥 천재라서 가능한 거야."

"그, 그렇군요."

어지간히 뻔뻔하지 않으면 스키머처럼 스스로를 천재라고 내세우지 못할 것이다. 하지만 스키머의 경우는 그런 모습이 자만심이라기보다는 오히려 자연스럽게 느껴졌다.

실제로도 스키머의 재능은 천재적이었다.

'이 정도면 안심할 수 있겠군.'

오드만은 설계에 관해서만큼은 마음을 놓을 수 있었다.

스키머가 해준다면 만족할 수 있다.

아니, 오히려 넘친다고 할 수 있다.

막대한 돈을 들이고도 구할 수 없는 최고의 설계자를 구한 셈이다.

스키머가 추천한 암흑의 종자들도 별다른 문제를 일으키지 않으니 이대로 일을 추진해도 되겠다는 생각이 들었다.

그리고 며칠이 지났다.

마을 사람들 사이에서 이상한 소문이 돌기 시작했다.
"새로 온 인부들 말이야, 어째 좀 이상한걸?"
"일들은 잘하는 것 같던데. 뭐가 이상해?"
"그게 말이야. 벌건 대낮엔 잠만 자고 다들 잠든 한밤중에만 일을 하잖아?"
"좀 특이한 곳에서 온 사람들이라 그렇다고 현자님께서 말씀하시지 않았는가? 밤에 작업한다고 해도 시끄럽지 않게 조용조용 작업하니 괜찮은 듯싶은데."
"그건 그렇지만……."
말을 꺼낸 사람이 꺼림칙한 표정으로 말을 이었다.
"얼굴이 유난히 창백한 것도 마음에 걸리고."
"밤에만 활동하니 얼굴이 허옇게 뜬 거겠지."
"유독 우리를 볼 때마다 군침을 삼키는 것도 그렇고……."
그가 몸을 부르르 떨었다.
"유리알 같은 눈동자로 힐끔힐끔 내 목덜미를 볼 때마다 어쩐지 으스스하단 말이야."
"그쪽 동네 사람들은 목이 하얗게 예쁜 사람들이 인기가 많다지 않은가?"
"하지만 날 보던 사람은 남자인걸?"
"하하하. 모르지. 그쪽 사람들은 남자끼리도 좋아할 수 있는 건지도."
"그, 그럴까?"

새로 온 인부들이 다소 이상하긴 했지만, 그런대로 이해하고 넘어가는 마을 사람들이었다. 물론, 그럴 수 있었던 것은 현자인 람스에 대한 믿음과 스키머의 정신계 마법의 영향 때문이기도 했다.

뒤늦게 소문을 듣게 된 오드만의 안색이 창백해졌다.

"그 암흑의 종자들. 뱀파이어들이었던 거야?"

밤에만 활동하고 사람의 목덜미에 군침을 삼킨다면 두말할 것도 없이 뱀파이어다.

"맙소사. 범상한 마족은 아닐 거라고 짐작하고는 있었지만……."

설마 뱀파이어였을 줄이야.

"그럼, 스키머님도 뱀파이어이신가?"

암흑의 종자들을 부리고 있으니 분명 그럴 것이다.

스키머의 폭넓은 지식과 경험이 이해가 되는 순간이었다.

갑자기 오한이 으스스 들었다.

지금까지 뱀파이어와 함께 지내고 있었다니.

이따금씩 자신을 보고 히죽히죽거리던 스키머의 미소가 남다르게 느껴진다. 지금 생각하니 그 미소…… 잘 자라고 있는 먹이를 보는 포식자의 그런 웃음인 것 같다.

"아, 아니겠지."

아무리 뱀파이어라도 헬리오스 마탑의 장로인데, 설마 제자를 건드리기야 할라고. 암암, 스승님도 계시니 함부로 행동하지 않을 거야.

그렇게 생각하면서도 앞으로는 꼭 목도리를 하고 스키머를 만나야겠다고 오드만은 다짐했다.

"그런데 뱀파이어면 인간보다는 힘이 월등히 셀 텐데."

뱀파이어 종족은 마족들 중에서는 두뇌파라고 할 수 있는 종족이지만, 그래도 인간보다는 훨씬 뛰어난 괴력을 지니고 있다.

창밖을 보니 땅거미가 진 마을 어귀에 검은 무리들이 개미떼처럼 버글거리고 있었다. 암흑의 종자들이다. 해가 지기 무섭게 활동을 재개한 것이다.

암흑의 종자들이 번개처럼 숲과 마을을 오가자 어느새, 공터 한편에 잘 다듬어진 목재가 집채만큼 쌓였다. 생각대로 뱀파이어들은 커다란 통나무들을 나뭇젓가락처럼 가볍게 다루고 있었다. 심지어 그들은 도구를 사용하지도 않았다. 그저 손을 가볍게 대는 것만으로도 아름드리나무가 넘어가고, 바싹 마른 통나무로 변했다.

문득 람스의 말이 떠올랐다.

스키머가 암흑의 종자들을 추천했을 때, 람스는 그들의 허약함을 걱정했다.

"저게 힘이 약해서 쓸 수 없는 거면, 대체 스승님은 어떤 괴력이 필요하신 거였지?"

그것도 천 마리나.

그런 괴력을 가진 괴물을 천 마리나 부려서 대체 뭘 하려고 했던 걸까.

"설마 메딘 산의 목을 꺾어 버리려는 건 아니겠지?"

괜한 생각을 떠올리며 오드만은 헛웃음을 지었다.

하지만 왜일까. 람스가 마음만 먹으면 하룻저녁에 산맥 하나를 지워 버리는 것도 가능할 것 같다는 생각이 드는 것은.

\*　　　\*　　　\*

암흑의 종자들을 동원하여 건설을 시작한 지 한 달가량의 시간이 흘렀다. 놀랍게도 그 짧은 기간 동안 마을은 놀라울 정도로 변모했다.

스키머의 설계대로 건설이 진행됨에 따라 숲과 조화를 이룬 마을의 형태가 조금씩 모습을 드러내고 있었다.

"마을의 대략적인 형태는 잡혔습니다. 이제 설계대로 건축을 마무리 짓고, 완성도를 높이는 데 주력하는 일만 남았습니다."

스키머의 설명에 람스가 물었다.

"시간이 얼마나 걸리겠는가?"

"이미 세 채의 가옥이 완성을 코앞에 두고 있고, 나머지 집들도 이 달이 지나기 전 준공을 끝낼 수 있을 것으로 보입니다."

몇 년이 걸릴지도 모르는 공사를 불과 두 달 만에 끝낸다는 소리다.

누가 들으면 농담하지 말라며 코웃음을 칠 소리다.

하지만 그것은 결코 농담이 아니었다.

실제로 한 달 만에 변한 마을의 모습을 본다면 믿지 않을 도리가 없을 것이다.

람스 앞에서 스키머가 잘 보이는 것이 마음에 들지 않아서였을까.

디스터가 굵은 목소리로 불만을 토로했다.

"이깟 공사에 시간이 두 달이나 걸리다니. 내 수하들을 시켰으면 오래전에 끝났을 텐데. 암흑의 종자들은 너무 게을러."

디스터의 말에 가만히 듣고만 있던 오드만과 리자크는 자신도 모르게 고개를 끄덕였다.

'암. 그 거대한 괴물들이 천 마리나 우글거린다면 열흘이면 작업이 끝났을 테지.'

다만 큰 만큼 섬세하지 못하니, 완성된 마을은 진흙으로 빚어놓은 것처럼 엉성했을 것이다.

"한 달이면 마을이 완성된다는 소리군."

람스가 잔잔한 음성으로 입을 열었다.

"네. 그래서 슬슬 다음 계획에 대해 논의하는 것이 어떤가 생각합니다."

"다음 계획?"

람스의 물음에 오드만이 자리에서 몸을 일으키며 말했다.

"원래 저희가 가진 재물로는 마을을 재건하는 것만으로도 부족한 것이 사실이었습니다. 하지만 암흑의 일족 분들께서 도와주신 덕분에 비용을 많이 절약할 수 있었습니다. 모두가 스승님과 장로님께서 도와주신 결과입니다."

람스는 천천히 고개를 끄덕였고, 스키머는 당연하다는 표정을 지었다.

"좋은 일이군. 그래서?"

"당초 계획은 마을 재건에 총력을 기울이자는 것이었지만, 이대로만 일이 진행된다면 마을 재건을 하고도 많은 돈을 남길 수 있을 것으로 보입니다. 그래서 잠시 미뤄뒀던 메딘 산 개발을 다시 논의해 보는 것이 어떨까 생각합니다."

"자금이 부족하지는 않은가?"

"암흑의 일족들께서 도와주신다면 오히려 많이 남을 듯합니다."

람스가 고개를 끄덕였다.

그가 관심을 보이는 듯하자, 오드만은 즉시 설계도를 탁자 위에 펼쳤다.

"이 설계도는 스키머님께서 많이 도와주신 것입니다."

스키머가 뿌듯한 표정을 지었다.

"오드만도 눈곱만큼 도움이 되기는 했다."

오드만이 어색하게 웃었다.

'눈곱만큼 도움이 되었다니. 보통은 겸양을 떨기 위해서라도 저렇게 말하지는 않을 텐데.'

하긴 설계 자체를 대부분 스키머가 해냈으니 실제로 그의 도움은 눈곱만큼 작았다는 말도 크게 틀린 설명은 아니다.

"메딘 산의 개발 구상입니다. 스승님의 의견을 듣고 싶습니다."

오드만이 설계도면의 한쪽 부분을 눌렀다. 그러자 설계도의 그림들이 서서히 입체적으로 바뀌며 3차원의 모형으로 변화했다.

그렇게 모형으로 표현된 메딘 산의 미래상은 진정 놀라웠다.

메딘 산 전체가 마법사들의 수양과 수련을 위한 거대한 건축물로 변모했다.

폭포 아래에 위치한 명상실은 웅장하고도 효율적이다.

산 정상에 있는 체력 단련실은 마탑이면서도 육체 수련을 게을리하지 않는 헬리오스 마탑만의 특징을 잘 보여준다.

산의 지형지물을 활용한 시설들도 눈에 띄었다.

절벽 아래의 동굴을 활용한 참선수련실 같은 것이 대표적인 시설들이었다.

이처럼 다양하고 많은 시설들과 함께 마을 근방에 우뚝 솟게 된 666층 높이의 마탑까지. 그야말로 인간사에 다시없을 만큼 화려하고 멋진 도시였다.

'잠깐만. 666층이라고?'

오드만이 깜짝 놀라며 모형으로 눈을 돌렸다.

과연 잘못 본 것이 아니었다.

하늘을 찌를 듯이 서 있는 뾰족한 마탑.

그 높이는 메딘 산을 넘어 구름까지 닿아 있다.

친절하게 탑의 꼭대기에 666층이라는 설명이 달려 있어, 탑의 층수를 확인할 수 있었다.

오드만이 급히 스키머에게 시선을 돌렸다.

눈꺼풀을 깜빡이며 물었다.

'원래 탑은 10층이 아니었습니까!'

오드만이 스키머에게 제안한 탑의 높이는 10층이었다.

스키머가 심드렁한 표정으로 눈꺼풀을 깜빡였다.

'10층? 내가 기르는 개도 그거보다는 높은 건물을 소유하고 있다.'

깜빡깜빡깜빡.

'아무리 그래도 666층이라니요.'

깜빡!

'닥쳐! 설마 내 주인님에게 개보다 못한 집을 드리겠단 말이냐?'

스키머가 뾰족한 송곳니를 드러내며 으르렁거렸다.

오드만은 캥하는 소리와 함께 곧바로 꼬리를 말았다.

그때, 모형을 보고 있던 람스가 입을 열었다.

"훌륭하군. 그런데 새로운 마탑의 높이가……."

오드만의 표정이 일그러졌다.

지금까지 파악한 스승님의 반응으로 보아 스키머의 제안을 적극 수용할 것이다. 아니, 666층도 너무 낮다며 높이 1,200층을 제안할지도 모른다. 그의 스승은 그만큼 스케일이 거대한 사람이었다.

그러나 정작 람스의 말은 그의 생각과는 달랐다.

"이 마탑의 높이는 너무 거대한 것 같다."

"네?"

오드만이 놀란 표정으로 람스를 보았다. 스키머와 디스터도 이때만큼은 놀란 표정을 감추지 못했다.

스키머가 급히 물었다.

"주인님. 탑이 너무 높다니요. 오히려 주인님의 격에 어울리지 않게 너무 낮은 것이 아닐까 걱정입니다. 이곳이 마계였다면 6천 층짜리 건물을 짓겠습니다만, 안타깝게도 인간계에 너무 어울리지 않는 건물인 것 같아 6백 층짜리 건물로 만족했습니다. 이는 너무도 안타까운 일입니다. 크윽!"

오드만은 혀를 내둘렀다.

'666층짜리 탑도 충분히 눈에 띕니다.'

마탑 중 가장 높은 곳도 30층을 넘지 않는다. 하물며 60층도 아닌 666층이라니. 아마 한 달도 지나지 않아 세계 각국에서 몰려든 마법사들과 관광객들로 메딘 산이 북새통을 이룰 것이다.

"스키머. 너의 마음은 잘 안다. 하지만 이 탑의 높이는 지나치게 높은 것 같다. 지금의 제자들로는 관리하기가 쉽지 않다."

"관리라면 저의 일족들이 있습니다."

"중간계 일에 마족이 사사건건 나서는 건 바람직하지 않다."

또다시 람스의 이중성이 드러났다.

마을 재건에는 마족들을 동원하면서도 정작 마탑의 관리에는 마족들을 활용하지 않겠단다.

"크윽! 알겠습니다. 그럼 몇 층짜리가 좋겠습니까?"

스키머의 질문에 람스는 오드만에게 눈길을 주었다.

아무래도 중간계의 일은 경험이 많은 오드만에게 묻는 것이 좋겠다는 생각이 들어서다.

오드만이 대답했다.

"10층이 좋을 듯합니다."

그러다 뒤늦게 스키머의 날카로운 눈빛을 받고 급히 몇 마디를 수정했다.

"100층 같은 10층이 좋겠습니다."

람스가 고개를 끄덕였다.

"새로운 마탑은 10층으로 한다. 마법사의 탑이니만큼 너무 화려하지 않은 형태로 하도록."

그의 명령이 떨어지자 회의 내내 아쉬운 표정을 감추지 못했던 스키머조차 절대 복종했다.

"주인님의 명을 따르겠습니다."

마탑에 대한 의견 조율이 끝나자 안건은 다음 사항으로 넘어갔다.

"아무래도 가장 큰 걱정은 자금입니다."

"또다시 돈 문제로군."

"네. 지금 저희가 보유하고 있는 재물은 상당합니다. 장로님들의 도움으로 인건비와 재료비를 확실하게 절약할 수 있어서 생각과 달리 상당한 비용이 절감되긴 했습니다만……."

"그런데 뭐가 걱정인가?"

"마을과 마탑의 규모로 볼 때 시설을 유지하기 위한 유지비가 상당할 듯합니다. 별다른 수입이 없는 상황에서는 몇 년도 넘기지 못하고 자금이 바닥날 것입니다."

"결국 새로운 수입원이 필요하다는 소리로군."

"그렇습니다. 스승님."

수입원이 없다는 것은 람스도 예전부터 고민하던 바였다.

다만 아직까지는 별다른 대안이 없어 결론을 내리지 못하고 있었다.

사람들의 눈치만 보고 있던 리자크가 손을 들었다.

"저…… 마법 물품을 만들면 어떨까요?"

"할 수만 있다면 좋지만, 방법이 없지 않느냐?"

"스키머님이 도와주실 수 있지 않을까요? 방금 보여주신 설계도를 모형으로 변화시키는 마법도 팔면 큰돈이 될 것 같은데요."

리자크의 말에 람스는 고개를 저었다.

"그럴 수는 없다."

"왜 그런지요?"

"그는 마족이다. 당연히 그가 알고 있는 지식들은 마계의 것이지. 그렇다 보니 그가 만들 수 있는 마법 물품들 역시 마계 특유의 성질들을 가지고 있다."

"아! 그렇군요."

"게다가 일이 생길 때마다 장로들에게 의지하는 것은 좋지 않다고 생각한다."

람스의 설명에 리자크도 납득을 했다. 사실 그는 애초에 스키머가 도와줄 가능성이 낮다고 생각했다.

"저기…… 장로님께서 안 되신다면 사형은 어떤지요."

"오드만이?"

갑작스런 리자크의 발언에 오드만은 당황한 표정으로 두 손을 흔들었다.

"아닙니다. 제 재주는 보잘것없는 것이어서 별 도움이 되지 못할 겁니다."

리자크가 곧바로 반박했다.

"하지만 사형은 재주가 많지 않습니까. 저번에 만든 포션도 있고, 그 전에 만든 마법램프도 그렇고……."

"그거야 연습용의 조잡한 물건이었지. 그런 물건은 쓸모도 없을 뿐더러, 워낙 허술해서 팔 수도 없는 물건이야."

오드만은 극구 부인을 했지만, 람스는 그의 발명에 호기심을 보였다.

"마법램프를 만들었나?"

오드만이 멋쩍은 표정으로 뒷머리를 긁적였다.

"예전에…… 시험 삼아 만들어 본 것이 있기는 합니다."

"궁금하군. 한번 가져와 보게."

오드만이 주저하며 조잡하게 만들어진 마법램프를 가져왔다.

그가 만든 마법램프는 겉모양이 흡사 새장처럼 생겼는데, 바닥에 둥근 접시 같은 것이 놓여 있고, 그 접시 안에 신비로운 푸른빛을 흘리는 마정석 몇 개가 들어 있는 구조였다.

오드만이 새장처럼 생긴 철장의 윗부분을 조작하자, 찰칵하는 소리와 함께 내부의 마정석에서 불이 일어났다.

불의 크기는 작고 희미했지만, 어두운 방을 밝혀주기엔 손색이 없었다.

"과연."

람스가 감탄한 표정을 지었다.

포션에 이어 마법등까지.

늙은 제자의 풍부한 경험은 가끔 그를 깜짝깜짝 놀라게 만들었다.

오드만은 무안한 표정을 지었다.

"부족한 점이 많은 물건이라 칭찬을 듣기 부끄럽습니다."

"내가 보기엔 썩 쓸 만한 것 같은데?"

"램프라는 기준에서 보면 그렇지만, 다른 마탑에서 생산하고 있는 마법등에는 크게 못 미칩니다. 크기도 지나치게 크고 무겁습니다."

"크기가 문제라면 줄이면 되지 않는가?"

"마법램프는 불을 일으키는 마법이기 때문에 이보다 작아지면 램프가 지나치게 가열되어 화상의 위험이 생깁니다."

"화력을 낮추면 어떤가?"

"너무 어둡게 되어 활용성이 떨어지게 됩니다. 하아, 보시다시피 이 물건은 팔기엔 너무 조잡하고 활용도가 떨어집니다."

오드만은 마법램프에 대한 자신감이 결여되어 있었다.

하지만 람스는 다르게 생각했다.

"마법램프가 크고 무겁다지만, 횃불보다는 가볍고 안전하지 않은가. 내가 보기엔 상품성이 충분히 있다고 본다."

람스의 인정에 오드만은 어색하게 웃었다. 그도 스승의 칭찬이 기뻤다. 다만, 무작정 기뻐하기엔 마법램프의 완성도가 많이 아쉬웠다.

"그런데 자네에게 이런 재주가 있는 줄은 몰랐군."

"오래전에 알고 지냈던 친구 중 하나가 연금술사였습니다. 어깨 너머로 몇 가지 기술을 배웠습니다."

"어깨 너머로 배운 것이 이 정도면 훌륭하다. 이 물건을 상품화하는 것은 어떤가?"

오드만이 수익성을 따져 보고 대답했다.

"아무래도 이득을 보기는 힘들 것 같습니다."

"이유는?"

"이 마법램프는 기존의 마법등보다 효율이 떨어집니다. 그렇다면 당연히 그보다는 가격이 싸야 하는데, 제작에 필요한 인건비와 재료비가 만만치 않습니다. 특히, 마정석의 가격이 큰 부담입니다."

"마정석?"

"네. 이 마법램프도 핵심은 마나를 담아두는 마정석에 있습니다. 마정석에 마나를 담아놓고, 특별한 마법진으로 저장해 둔 마법을 발동하는 구조로 되어 있습니다."

그의 설명을 이해한 람스가 고개를 끄덕였다.

"계속해 보게."

"지금 이 마법램프에 사용된 마정석은 순도가 매우 낮은 물건입니다. 그렇다 보니 충전하는 양에 비해 효율이 극히 떨어집니다. 연속으로 사용할 수 있는 시간이 고작 몇 시간에 불과합니다. 비싼 돈을 주고 산 물건이 고작 몇 시간밖에 쓸 수 없다면 아무도 그 물건을 사려고 하지 않을 것입니다."

"그래서 비싼 마정석이 필요하다?"

"네. 순도가 높은 마정석이라면 상품성을 높일 수 있습니다. 다만 그렇게 되면 가격적인 부담이 늘게 됩니다."

일리 있는 설명이다.

잠시 생각하던 람스가 물었다.

"마정석은 마나를 저장할 수 있다. 하지만 꼭 마법사만이 마정석을 충전할 수 있는 것은 아니잖은가?"

"네. 자연적으로도 충전이 가능합니다. 하지만 그 양은 매우 미미합니다. 효율을 높이려면 마법사가 꼭 필요합니다."

"마법식 중엔 마나를 충전하는 마법진도 있는 것으로 알고 있다."

"분명 그런 마법진이 있기는 합니다. 하지만 그 효율은 극히 떨어집니다. 마법진을 활용한다고 해도 고작해야 사용 시간을 1시간 정도밖에 늘리지 못할 겁니다."

"사용 시간을 늘리자는 게 아니다. 충전을 할 수 있다는 것 자체가 중요한 거니까."

"네?"

"한 번 사용할 때는 5시간의 한계가 있다는 점을 명시하는 것이다. 대신 충전하여 다음에 또 사용할 수 있다는 점을 강조하는 거지."

람스의 설명에 리자크가 손바닥을 두드렸다.

"아아! 무슨 뜻인지 알겠어요. 사용 시간은 5시간이지만, 충전만 하면 또 사용할 수 있다는 거죠?"

"그렇지. 야밤에 불을 5시간 이상 밝힐 일은 그리 흔치 않으니까. 다시 충전해서 사용할 수 있다면 사용에 큰 불편함은 없을 것이다."

람스가 해결책을 내놓았지만, 여전히 오드만은 근심이었다.

"하지만 멀리 여행을 간다든지, 야영을 하는 사람에게는 5시간이 그리 매력적이지 않을 것입니다."

"그런 경우에는 기존의 마법등을 사용해야지. 야영을 하는 경우에는 모닥불을 피울 것이고."

람스가 제자들을 돌아보며 말했다.

"기존의 마법등을 구매하던 사람을 공략하자는 말이 아니다. 비싼 가격 때문에 마법등을 구매하지 못하는 사람들을 새로운 구매 고객으로 끌어들이자는 말이지."

리자크가 박수를 치며 신이 난 목소리로 외쳤다.

"그건 정말 멋집니다. 만약 그렇게 된다면 기존의 마법등을 팔던 다른 마탑들과 충돌할 일도 없을 것이고, 또한 마법등을 가지고 싶어 하던 사람들은 싸게 그 대용품을 구할 수 있겠군요."

리자크는 마치 당장 부자가 된 것처럼 즐거워하는데, 이번에도 오드만은 걱정이 남았다.

그는 근심이 많고 걱정을 사서 하는 사람이지만, 그 덕분에 미래에 생길 수 있는 걱정거리를 미리 대처할 수 있다는 장점이 있었다.

"여러 가지 방법을 동원한다고 해도 낮은 순도의 마정석이 갖는 단점이 완전히 사라지지는 않습니다. 순도가 낮은 마정석은 효율도 낮지만 수명도 짧습니다. 제아무리 설계를 달리해서 충전 효율을 높인다 해도 몇 달 뒤엔 평범한 돌로 변해버릴 것입니다."

순도가 낮은 마정석은 일정시간 이상 사용하게 되면 더 이상 마나를 저장하지 못하게 된다.

오드만은 바로 그 점을 걱정하는 것이다.

충전을 할 수 있게 된다 해도 고작 몇 개월. 그 정도 사용시간으로는 여전히 상품성을 기대하기 어렵다는 것이 그의 생각이었다.

람스가 미소를 지으며 말했다.

"그건 내가 보기엔 단점이 아니라 오히려 장점 같군."

"네?"

람스가 마법램프를 들어 보였다.

"마정석이 쓸모없어진다고 마법램프 자체가 완전 못 쓰게 되는 것은 아니다. 마정석만 바꿔주면 이 마법램프는 다시 사용할 수 있게 되는 것이지."

"마정석만을 따로 공급하자는 말씀이십니까?"

"물론, 공짜는 아니다. 그렇다고 비싸서도 곤란해. 마법램프를 통째로 사는 것보다는 싸고, 적당히 수지도 맞아야 한다."

리자크가 다시 한 번 손뼉을 쳤다.

"마법램프를 팔아 돈을 벌고, 소모품인 마정석을 다시 팔아서 또 돈을 번다는 말씀이시군요."

"바로 그런 이야기다."

람스가 오드만을 보며 다시 말했다.

"효율이 나쁘다고 해서 꼭 나쁜 것은 아니다. 오드만, 너의 재주는 다소 부족한 면이 있을지 몰라도 사용하기에 따라서는 오히려 장점이 될 수도 있는 것이다."

스승의 말에 오드만은 크게 감동했다.

그는 스승에게 고개를 조아리며 큰 목소리로 말했다.

"제자, 스승님의 말씀을 따라 최선을 다해 마법램프를 만들어 보겠습니다."

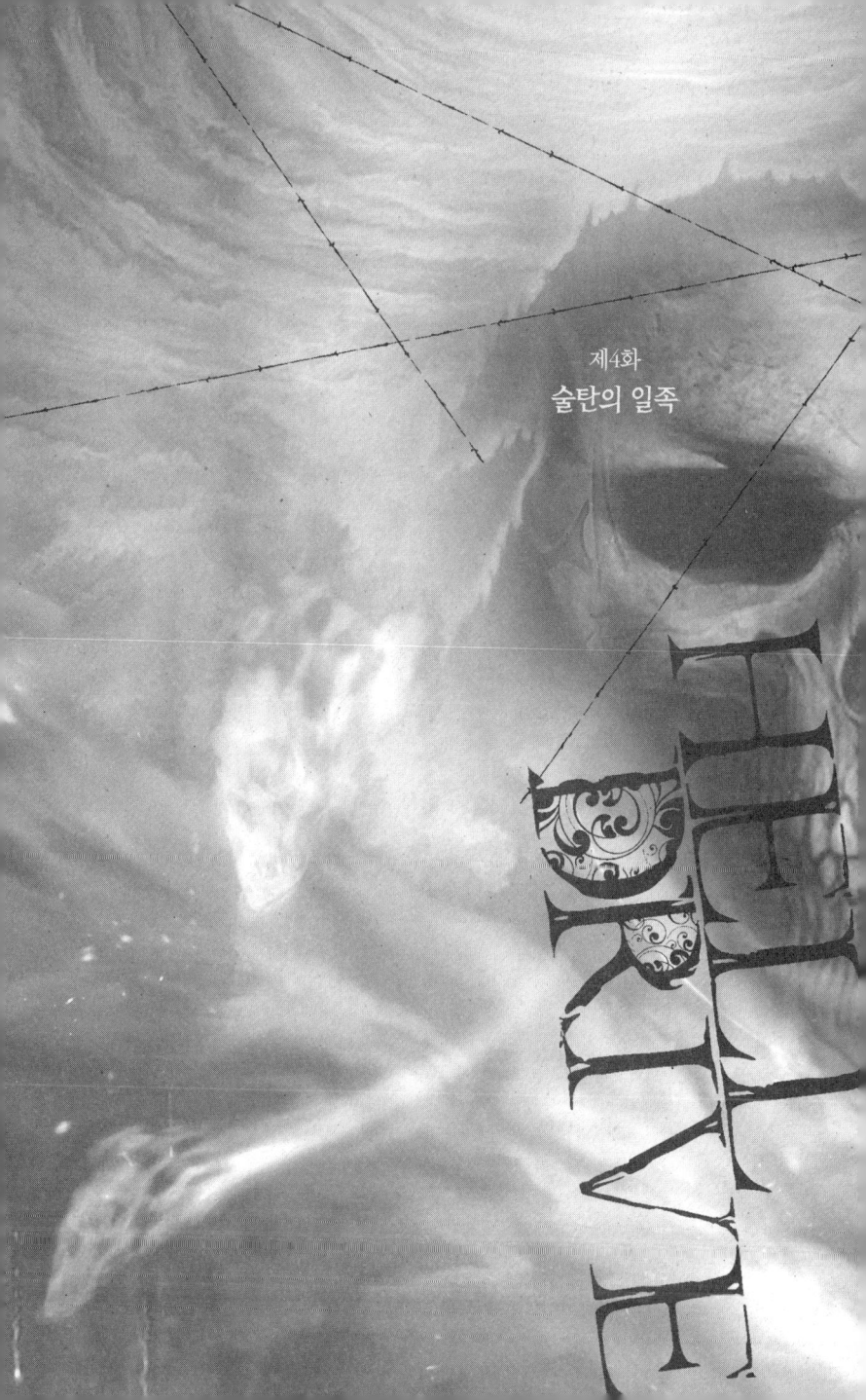

"아이고, 배야. 아이고! 아이고!"

내장을 쥐어짜는 듯한 복통에 지흘은 배를 부여잡고 침상을 굴렀다.

저택의 시녀들은 영주의 비명소리에 한숨을 쉬었다.

영주가 지금의 복통을 호소하기 시작한 것이 벌써 몇 주 전의 일이다.

인근에 용하다 하는 의원은 죄다 불러 진료를 했지만, 정작 병명은 나오지 않았다. 제법 명성 있는 치료술사가 하는 말이 마음의 병이란다.

메딘 산을 헬리오스 마탑에 빼앗긴 것이 원인이었다.

"리만 그놈 때문에 메딘 산을……. 아이고! 내 영지의 절반을 엉뚱한 놈에게 빼앗기다니."

굳이 원인을 찾자면 시비를 건 리만 영주에게 문제가 있었다. 그러나 정작 불똥은 엉뚱하게 헬리오스 마탑으로 향했다.

이유야 어찌 되었든 메딘 산을 차지한 쪽이 헬리오스 마탑이기 때문이다.

"그 넓은 땅을……. 내 땅을 엉뚱한 놈이 가로채다니. 아이고, 배야. 아이고!"

헬리오스 마탑에게 넘어간 메딘 산의 영역은 실로 방대하다.

무려 그의 영지 절반에 해당하는 영역이다.

방대한 영역임에도 산세가 지독하게 험하고, 광산이나 벌목을 할 수 있을 만한 구역이 없어 정작 돈벌이가 되지는 않았다. 그러나 그렇게 쓸모없는 땅이라도 막상 빼앗긴다고 생각하니 아까웠다.

너무 아까워서 속이 뒤틀릴 지경이다.

"어떻게 되찾을 방법이 없을까?"

지흘은 머리를 쥐어짰다.

뭔가 꼬투리를 잡아서 메딘 산을 되찾고 싶은데, 적당한 구실이 없다. 계약서는 물론이고, 권리증까지 확실히 넘어갔고, 증인도 있다.

계약을 되돌리기엔 걸리는 것이 너무도 많았다.

하지만 이렇게 잃기도 억울했다.

'아니야. 뭔가 방법이 있을 거야.'

이런저런 수를 생각해 보던 지흘은 문득 한 가지 생각이 떠올랐다.

"그래. 술탄님이 계셨어!"

술탄. 알타 왕국에 있어 왕에 버금가는 존재. 또한 실질적으로 알타 왕국을 다스리는 존재이기도 했다.

본래 술탄은 영주들끼리의 영지전엔 절대로 개입하지 않는다. 하지만 지금의 경우라면 다르다.

본래 그의 영지는 술탄이 하사한 것.

따라서 누군가에게 사고파는 것이 애초에 불가능하다. 물론, 다른 영주들도 다들 음성적인 방법으로 땅과 재물을 거래하고 있긴 하지만 원칙적으로는 불가능하다.

그렇다면 방법이 있다.

아무리 영주인 그가 메딘 산의 권리를 헬리오스 마탑에 넘겼다 해도 원래의 주인인 술탄이 직접 나선다면 상황이 달라진다.

술탄의 권위는 가히 일국의 왕에 비할 수 있을 정도로 대단하다.

그러한 권위로 압박한다면 제아무리 거만한 헬리오스 마탑이라도 발을 뺄 수밖에 없을 것이다. 물론, 이 과정에서 그의 명예는 실추되겠지만, 그렇다 하더라도 메딘 산을 통째로 빼앗기는 것보다는 차라리 그 편이 낫다. 어차피 메딘 산을 넘겨 줬다는 소문이 나도 명예는 바닥까지 추락할 테니 말이다.

"이럴 게 아니라 당장 술탄님을 봬야겠어."

자리를 박차고 일어난 지흘은 호위병들을 이끌고 수도로 향했다.

\* \* \*

"호오. 헬리오스 마탑이라."

사막 부족의 술탄인 압슬라는 지흘의 말에 큰 관심을 보였다.

지흘은 이때다 싶어 온갖 감언이설과 함께 헬리오스 마탑에 대한 험담을 쏟아냈다.

"자고로 마탑이 땅을 관리하면 주위가 황폐해지기 마련입니다. 마법사라는 족속들은 실험을 위해서라면 무슨 짓이든 하는 인간들이 아니옵니까?"

"그렇다더군."

술탄은 고개까지 끄덕이며 적극적인 반응을 보였다.

지흘은 신이 났다.

그는 침을 튀기며 메딘 산을 자신이 관리해야 하는 당위성을 열심히 웅변했다.

"제가 이렇듯 술탄님을 찾아온 것은 결코 저 하나만의 영달을 위해서가 아닙니다. 저 지흘, 비록 백성들로부터 영명한 지도자라는 칭송은 못 받을지언정, 무능하고 파렴치한 영주라는 말은 듣지 않으려 노력하고 있습니다. 그런 저로서는 풍요로운 메딘 산이 마탑의 실험으로 황폐화될까 두렵습니다. 또한 메딘 산엔 많은 주민들이 살고 있습니다. 마법사들의 실험은 그들의 안녕에도 분명 큰 해를 끼칠 것이옵니다."

"마을의 안전이라니?"

"이제 메딘 산이 마탑의 영역이 되었으니, 그곳에 속한 주민들 역시 마법사들의 명령을 따라야 하는 입장입니다. 전 마법사들이 주민들을 착취할까 염려가 됩니다. 무지한 자들이 마법사들의 혓바닥에 놀아나 그들의 가련한 실험물이 될까 두렵습니다. 아니, 지금은 안 그럴지라도 차후 반드시 그런 일이 생길 것이옵니다. 마법사들의 사악함은 역사가 증명하고 있습니다."

그의 힘찬 웅변이 효과를 발휘했는지, 술탄의 고개가 위아래로 흔들렸다.

"과연. 정말 그러한 일이 있다면 좌시할 수 없는 일이지."

마침내 술탄의 반응을 이끌어냈다.

지흘은 속으로 쾌재를 불렀다.

술탄이 직접 움직이게 된 이상 빼앗긴 땅을 되찾는 것은 시간문제일 뿐이다.

그런데 곧이어 술탄의 입에서 예기치 못한 이야기가 흘러나왔다.

"좋다. 지흘 영주의 요청에 따라 감찰관을 메딘 산으로 보내도록 하겠노라."

지흘이 당황하여 반문했다.

"가, 감찰관을 보내신다고요?"

"그렇다. 네가 메딘 산을 되찾고 싶은 것은 어디까지나 네 개인의 사욕이 아닌 메딘 산 인근 주민들의 안녕과 번영을 위해서라고 하지 않았느냐? 과연 헬리오스 마탑이 그렇게 사악한 자들인지 공평한 판단을 할 필요가 있다."

"구, 굳이 감찰관을 보내지 않으셔도……."

"왜? 감찰관이 함께 가면 불편한 일이라도 있는가?"

술탄의 날카로운 질문에 지흘은 바닥에 넙죽 엎드렸다.

"그, 그저 소인은 술탄님의 은혜에 감사할 따름입니다."

술탄이 만족한 표정으로 고개를 끄덕였다.

"그럼 이야기는 끝난 것으로 하겠다. 곧 감찰관을 보낼 것인즉, 그가 모든 것을 판단하고 결정을 내릴 것이다."

술탄의 삼엄한 말에 지흘은 반문 한 마디 못해 보고 물러났다.

\* \* \*

'이 사람이…… 감찰관?'

술탄이 보낸 감찰관은 기이한 사람이었다.

검은 외투에 검은 바지. 심지어 얼굴에마저 검은 두건을 쓰고 있다. 그야말로 머리에서 발끝까지 온통 검은색으로 칭칭 동여매고 있다고 해도 과언이 아니다.

'생각보다는 덩치가 작군.'

감찰관이라고 하기에 덩치가 큰 괴물 같은 인물일 거라 생각했는데, 예상과 달리 감찰관의 체구는 보통 성인보다 왜소한 편이었다.

'사무직인가?'

그렇다면 오히려 더 골치 아플 가능성이 크다.

자고로 펜을 굴리는 족속들치고 깐깐하지 않은 자들이 드문 법이니까.

가는 도중 술과 여자로 감찰관을 구워삶으려 했던 계획이 쉽지 않을 것 같다는 생각이 들었다.

'그런데 사무직 출신이라고 보기엔 호위가 너무 으리으리하잖아?'

검은 두건을 쓴 감찰관에겐 12명의 호위가 붙어 있었는데, 그들 하나하나의 면면이 범상치 않았다.

'어깨에 독을 품은 전갈 문신. 이들은 사막 최고의 전사들이로구나.'

독을 품은 붉은 전갈 문신은 전사들 중에서도 최상위 실력자라는 의미다. 붉은 전갈을 가진 전사들은 수많은 전사들 가운데에서도 고작 30명 정도가 있을 뿐이다.

그런데 고작 메딘 산을 점검하러 가는 감찰관에게 무려 절반에 가까운 12명이나 되는 붉은 전갈이 따라붙다니.

술탄의 행차 때가 아니면 좀처럼 보기 힘든 광경이다.

'아무래도 감찰관의 신분이 대단한 모양이군. 아니면 신흥 귀족의 실세인가? 아무튼 대단한 세력가인 모양이니, 가는 동안 친해지는 게 좋겠어.'

지흘은 감찰관을 보며 나름대로 머리를 굴렸다.

그러다 호위 중에 낯익은 사람을 발견했다.

'아! 저 사람은……'

오래전 만난 적이 있었던 사람이다.

'아마도 이름이…… 그래! 크래커.'

그는 만면에 호의를 가득 담아 크래커에게 아는 척을 했다.

"크래커님. 우리 전에 만난 적이 있었지요?"

크래커는 그를 흘끔 내려다보았다. 그 차가운 시선에 지흘은 저도 모르게 움찔했다.

크래커가 심드렁한 표정으로 말했다.

"죄송하지만 누구신지 모르겠구려."

"왜 오래전에 이스틴 영지에서 아가씨와 함께 절 찾아오시지 않으셨습니까. 아! 그런데 아가씨는 잘 계시는지……."

"흠. 그런 일이 있긴 했소만, 유감스럽게도 영주에 대한 기억은 없구려."

"그, 그런가요?"

지흘의 표정이 어색해졌다.

솔직히 그는 섭섭했다.

당시 그는 위태로운 상황이었던 이르민 아가씨와 그녀의 호위인 크래커를 도와준 적이 있었다. 물론, 큰 도움은 안 되었지만 그래도 잠시나마 함께한 시간이 있는데, 이처럼 무시할 줄이야.

그때 크래커가 그에게 눈짓을 보냈다.

지금은 곤란하다는 뜻이었다.

'아! 주위의 전사들 때문이로구나.'

붉은 전갈은 술탄을 지키는 최고의 전사들.

그들에겐 한 가지 암묵적인 규약이 있다.

바로 다른 귀족과 친분을 쌓으면 안 된다는 것이 바로 그것이다.

괜한 정쟁에 휘말릴 수 있기 때문이다.

그들의 임무는 전적으로 술탄과 술탄의 친족을 보호하는 것. 목적을 위해서라면 친족이라도 칼을 휘두를 수 있어야 한다.

크래커가 지흘을 모른 척하는 것도 그 때문이었다.

'그나저나 아가씨는 잘 계시나 모르겠네?'

이르민 아가씨.

잠시 잠깐 본 것에 불과하지만 워낙 대단한 미인이라 그 이미지가 머릿속에 선명하게 남았다. 우연히라도 한 번 볼 수 있을 줄 알았는데, 안타깝게도 다시 만나지는 못했다.

지흘은 문득 든 생각에 감찰관을 보았다.

'혹시 저 감찰관이······.'

크래커가 호위를 하고 있는 것도 그렇고, 왜소한 체격도 그렇고, 호위가 으리으리한 것도 마음에 걸린다.

혹시 감찰관이 이르민인 것은 아닐까?

지흘은 이내 고개를 저었다.

'그럴 리가 없지.'

감찰관의 덩치가 왜소하다곤 하나 그것은 어디까지나 건장한 남성에 비해서다.

감찰관의 키는 이르민보다는 훨씬 컸다. 체격도 그녀보다 크고, 목소리도 달랐다.

무엇보다 술탄의 무남독녀인 아가씨가 이런 일에 나선다는 것 자체가 말이 안 된다.

"가도록 하죠."

출발을 명하는 감찰관의 목소리는 쇠를 긁는 듯 거칠고 굵었다. 종달새의 지저귐처럼 가늘고 아름다웠던 이르민의 그것과는 많은 차이가 있었다.

'역시 아닌 모양이군.'

지흘은 감찰관에 대한 의심을 접었다.

대신 그는 여행 도중 감찰관을 어떻게 구워삶을까 골몰했다.

\*      \*      \*

'젠장.'

메딘 산의 영역에 도착한 지흘은 똥 씹은 표정이 되었다.

애초에 그의 목적은 여행 도중 어떻게든 감찰관과 친해지는 것이었다. 화려한 접대에 적당히 뇌물도 먹이면 제아무리 딱딱한 사람이라도 쉽게 넘어오리라 생각했다.

그러나 웬걸? 감찰관은 결코 호락호락한 인물이 아니었다. 접대는커녕 아예 근처에도 가지 못했다.

그가 감찰관에게 다가서려고만 하면 근처의 호위들이 앞을 가로막았던 것이다. 결국 그는 이곳까지 오는 동안 감찰관과는 한 마디도 하지 못했다.

'대체 얼마나 배경이 대단한 녀석이기에……'

호위병들의 호위가 이처럼 대단한 걸 보면 그의 생각보다 훨씬 더 대단한 가문 출신인 것이 분명하다.

'쯧. 어떻게든 이 녀석과 친해져야겠군.'

지흘은 감찰관과 친해지기 위해 혈안이었다.

그럼에도 정작 감찰결과에 대해서는 별다른 걱정을 하지 않았다.

적들의 습격으로 헬리오스 마탑과 인근의 마을까지 모두 잿더미로 변해 버렸다. 마을 사람들은 모두 천막신세로 전락해 버렸다.

직접 그의 두 눈으로 확인한 것이니 틀림이 없다.

감찰관과 동행하면서도 지흘이 크게 불안해하지 않았던 이유도 바로 이 때문이었다.

'흐흐흐. 집을 잃고 거지가 된 주민들이 동냥이나 하고 있는 꼴을 보면 감찰관이 무슨 표정을 지을지 궁금하군.'

마을의 피해를 적당히 포장해서 전하면 감찰관은 틀림없이 대노하여 헬리오스 마탑의 권리를 박탈할 것이다.

구불구불한 길을 얼마쯤 달렸을까.

멀게만 느껴지던 메딘 산이 드디어 눈에 잡혔다.

우거진 숲 아래에 폐허가 된 마을이 펼쳐질 것으로 생각했던 지흘은 두 눈을 휘둥그레 뜨고 말았다.

빽빽한 숲 아래 공터.

그곳에 자리 잡은 것은 잿더미가 된 마을이 아니라 형형색색으로 숲과 한데 어우러진 한 폭의 그림 같은 마을의 전경이었기 때문이다.

'말도 안 돼. 불과 두 달 전만 해도 폐허와 다를 바 없는 곳이었는데.'

헛것을 본 것은 아닌지 의심스러울 지경이다.

"참으로 멋진 마을이군."

감찰관을 수행하는 크래커가 감탄을 흘렸다.

그의 말에 다른 호위들도 고개를 끄덕이며 동의를 표했다.

그들은 직업의 성격상 알타 왕국뿐만이 아니라 대륙 곳곳을 여행해야 한다. 그러다 보니 보는 것도 많고, 느끼는 것도 많다.

그러나 세상 어디에서도 이곳처럼 아름다운 곳은 보지 못했다.

잘 정비된 도시라 하면 아이언의 헤일 지방을 대륙 제일로 친다. 이곳은 헤일 지방보다는 규모가 작지만, 대신 고향으로 돌아온 듯한 아늑함을 느낄 수 있어 좋았다.

"예전에 이곳을 다녀갔을 땐 분명 허름한 시골 마을에 불과했는데, 그 사이에 이렇게 멋진 곳이 되었군. 그런데 영주님, 분명 영주님께선 마을의 운영이 엉망이라고 하지 않았소?"

크래커가 지흘을 보며 물었다.

다른 호위들 역시 불신이 가득한 눈빛이다.

지흘은 술탄 앞에서 메딘 산의 주민들이 마법사들의 전횡으로 힘들고 어렵게 살아가고 있다고 말했다. 그러나 직접 확인한 마을의 모습은 그 어느 도시보다도 훌륭했다. 마을 주민들 역시 굶주리거나 병들어 보이는 자가 단 한 명도 없었다. 다들 잘 먹어서인지 살이 뽀얗게 오른 모습이다.

호위들의 힐난에 지흘의 입장은 난처하게 됐다.

"이, 이럴 리가 없는데……."

불과 한 달 전만 해도 이곳은 폐허였다.

그런데 어떻게 그 짧은 기간 동안 이처럼 번듯한 마을이 건

설될 수 있느냔 말이다.

'믿을 수 없군. 대체 이게 어떻게 된 일이지?'

궁금했던 지흘은 마침 지나가는 마을 주민을 불렀다.

"영주님."

지흘을 알아본 마을 주민이 허리를 굽혔다.

지흘이 거만한 표정으로 심문하듯 물었다.

"마을의 모습이 어쩌다 이렇게 되었는가?"

"어디를 말씀하시는 것인지……."

"불과 두 달 전만 해도 이 마을은 잿더미와 다를 바 없었다. 그런데 지금 다시 보니 마을의 모습이 예전과 다르구나. 대체 어떻게 된 일이냐?"

"모두 현자님 덕분입니다."

"현자?"

"네. 헬리오스 마탑주님을 이곳 사람들은 현자님이라고 부릅니다."

그때, 감찰관이 앞으로 나섰다.

그가 굵은 목소리로 물었다.

"헬리오스 마탑이 마을을 관리하고 있다는데, 생활하기에 어떠하신지요?"

"생활요? 아! 저희들 말씀이신가요?"

감찰관이 고개를 끄덕였다.

사내가 행복하게 웃으며 대답했다.

"말로 표현할 수 없을 만큼 편합니다."

"집들이 아늑해 보이는군요."

"네. 현자님 덕에 호강을 누리고 있지요. 어떻게 설계를 했는지, 낮 동안에는 햇살이 가득 들어오고, 저녁엔 한기를 막아주어 언제나 집이 따뜻하고 쾌적합니다. 바람 새던 옛집에 비하면 궁전이 따로 없습죠. 그리고……."

사내는 집에 대한 칭송 이후로도 마을 어귀의 공원과 쉼터, 그리고 각종 시설에 대한 칭찬을 늘어놓았다.

워낙 칭찬이 심해서 헬리오스 마탑의 관계자가 아닌지 의심스러울 지경이었다.

사내가 입이 마르고 닳도록 칭찬을 늘어놓자, 상황이 불리해진 지흘이 대뜸 물었다.

"그대들은 무슨 일을 하는가? 혹시 집을 대가로 헬리오스 탑주가 그대들에게 부당한 노동을 강요하지는 않는가?"

이 집들. 그리고 도로와 공원. 돈도 돈이지만 엄청난 노동력이 필요한 공사다.

지흘은 틀림없이 헬리오스 마탑주가 마을 주민들의 노동력을 착취했을 것이라고 생각했다.

"아닙니다. 절대 그런 일은 없습니다."

사내는 쌍수를 흔들며 극구 부인했다.

"현자님께서는 저희들에게 어떤 일도 시키시지 않으셨습니다. 그저 생업에만 충실하라고 말씀하셨지요."

"그렇다면 현자가 이 집과 마을을 공짜로 제공했단 말인가? 그대들에게? 무슨 이유로?"

물어보는 지흘의 음성엔 불신이 가득했다.

영지를 경영하는 것이 자선사업도 아닌데, 무엇 때문에 영주민들에게 이런 혜택을 나눠준단 말인가.

이때 잠시 물러났던 감찰관이 다시 나섰다.

"실례지만 지금 어디 가는 길인가요?"

"일을 마치고 집으로 돌아가는 길입니다."

감찰관이 사내를 위아래로 훑으며 말했다.

"무슨 일을 하시는지……."

감찰관이 굳이 이렇게 물은 것은 사내의 행색이 시골 사람치고는 드물게 말끔했기 때문이다.

이곳에 오기 전에 지흘이 말하길 이곳 주민들은 대부분 사냥을 해서 근근이 먹고사는 처지라고 했다.

"아! 전 요즘 사냥에서 손 뗐습니다. 대신 헬리오스 마탑의 일을 돕고 있습니다."

그 말에 다시 지흘이 나섰다.

"그래? 헬리오스 마탑의 일을 돕고 있단 말이지?"

그의 눈이 반짝 빛을 발했다.

드디어 헬리오스 비리가 드러나는 순간이다.

아무렴. 제아무리 대단한 현자라고 해도 아무런 이득도 없이 주민들에게 새 집과 공원을 지어줄 리가 없지 않은가?

틀림없이 교묘한 수작으로 주민들을 부려먹고 있을 터.

"뭔가? 자네가 돕고 있다는 일이."

사내가 공손하게 대답했다.

"오드만님께서 만드시는 물품이 정상적으로 작동하는지 시험하는 일을 하고 있습니다."

"시험이라……. 말하자면 몰모트인 셈이군."

"네?"

"흐흐. 그런 게 있네. 그런데 자네가 시험한다는 게 대체 뭔가? 혹시 인체 실험 같은 걸 하는 건 아닌가? 이상한 약을 먹어 보라고 권한다든지, 끔찍한 악취를 풍기는 용액 속에 들어가야 한다든지."

"아닙니다. 그런 일은 전혀 없습니다."

사내는 완강히 부인했다.

지흘이 인상을 찌푸렸다.

"약을 먹는 것도 아니고, 악취 나는 용액에 몸을 담그는 것도 아니라면 자네가 하는 일이 대체 뭔가?"

"제가 관리하는 물품은 마법램프입니다."

"마법램프?"

사내는 보란 듯이 손에 들고 있는 물건을 들어 보였다.

그것은 새장처럼 생긴 물건이었다.

"그게 마법램프인 모양이군. 어떻게 쓰는 물건인가?"

"이건 이렇게 사용하는 겁니다."

사내가 뭔가를 조작하자 팍 하고 새장 내부에 작은 불꽃이 피어올랐다.

불꽃은 고작 촛불보다 조금 크고 밝은 정도였다.

불꽃을 가만 내려다본 지흘이 심드렁한 목소리로 말했다.

"이제 보니 고작 그런 물건이었군. 하지만 내가 보기에 그 물건은 라이트 마법을 담아둔 마법등보다 훨씬 못한 것 같은데?"

지흘이 주머니를 뒤적거리더니 하얀 조약돌 모양의 물건을 꺼냈다. 그 크기는 성인 남성의 주먹보다 조금 더 큰 물건이었는데, 지흘이 짧게 주문을 외우자 찬란한 빛이 뿜어져 나왔다.

"이것이 바로 마법등이라는 물건이다. 자네가 들고 있는 마법램프와는 비교도 할 수 없을 만큼 뛰어난 마법물품이지."

과연 지흘의 말처럼 마법등은 마법램프보다 크기도 작고 밝기도 훨씬 환했다.

마법램프를 본 지흘이 코웃음을 칠 만했다.

"그 마법램프는 가격이 얼마죠?"

가만히 마법램프를 살피고 있던 감찰관이 물었다.

"아직 가격이 책정되지 않았습니다만, 오드만님의 말씀을 들으니 대략 3골드 50실버 정도가 될 것 같습니다."

"싸군요."

3골드 50실버라면 싼 정도가 아니라 터무니없는 가격이다.

마법물품은 말 그대로 마법으로 만들어진 물건이다.

마법사들의 수가 한정적인 만큼 그들이 만들어내는 물품 또한 한정적일 수밖에 없다.

당장 지흘이 들고 있는 마법등만 하더라도 100골드가 넘는 사치품이지 않은가.

3골드 50실버면 그야말로 파격적인 가격이라고 할 수 있었다.

기존의 상품보다 어둡고 허술한 대신 무척 저렴한 셈이다.

'이 정도 가격이면 귀족뿐만이 아니라 여유가 있는 평민들도 충분히 살 수 있는 가격이다.'

밤을 밝힐 수 있다는 이점은 무궁무진하다.

게다가 촛불처럼 꺼질 위험도 없다.

"작동 원리를 알고 싶군요."

"이곳 내부에 작은 마정석 덩어리들이 있습니다. 약간의 조작으로 마정석을 활성화시키면 불을 뿜어냅니다."

"유지 시간은 대략 어느 정도죠?"

마정석은 마나를 저장하는 습성이 있는 귀한 보석이다. 이 마정석의 단점은 일정 시간이 흐르면 충전한 마나가 모두 날아가 버린다는 점에 있다.

"하루 5시간 정도 사용할 수 있습니다."

"터무니없이 짧은 사용 시간이로군요."

아무리 싸다고 해도 고작 5시간 정도밖에 가지 않는다면 매력이 급감한다. 그저 신기한 물건을 수집하는 수집상에나 팔릴까. 일반 가정에 팔릴 수 있을 만한 가격은 아니다.

"사용 시간은 짧지만, 대신 충전할 수 있습니다."

"충전요?"

"네. 마나가 소모된 마정석 덩어리들을 모닥불 같은 곳에 반나절 정도 넣어두면 다시 사용할 수 있습니다."

"놀랍군요!"

감찰관은 저도 모르게 감탄성을 터트렸다.

이때는 음성톤을 조절하지 못하여 저도 모르게 가늘고 높은 본래의 목소리가 흘러나왔다.

하지만 정작 감찰관은 그 사실을 알지 못하는 듯 흥분한 목소리로 중얼거렸다.

"충전해서 다시 사용할 수 있다면 하루 5시간밖에 쓰지 못하는 것도 큰 제약이랄 수 없겠구나. 그렇게 충전해서 계속 쓸 수 있나요?"

"아쉽게도 그건 아닙니다. 충전이 가능한 것은 3개월 정도입니다. 그 이후엔 효율이 극도로 나빠진다고 합니다."

"마정석의 순도가 낮은 모양이군요."

"전 그쪽으론 문외한이라 자세한 것은……."

사내가 곤란한 표정으로 뒷머리를 긁적였다. 하지만 감찰관은 애초에 사내의 대답이 필요하지 않았다.

"생각보다는 사용 기간이 짧지만 저렴한 가격을 생각하면 충분히 수지가 맞는 제품이군요."

기존의 라이트 마법을 사용한 마법등과 비교하면 시장성이 넘치는 물건이라고 할 수 있었다.

 나름대로 마법램프의 가치를 따져 본 감찰관이 사내에게 물었다.

 "헬리오스 마탑주님을 뵈려면 어디로 가면 되죠?"

 "저기 큰 건물이 바로 헬리오스 마탑입니다. 탑주님은 그곳에 계실 겁니다."

 설명을 들은 감찰관은 사내에게 고맙다는 말을 전하고는 헬리오스 마탑으로 향했다. 감찰관을 따라 호위들도 우르르 이동하자 홀로 남게 된 지흘은 크게 당황했다.

 "이게 뭐야?"

 분명 감찰관은 메딘 산이 잘 운영되고 있는지 감사하러 온 사람일터. 그런데 어째 지금 분위기는 마법램프에 대한 관심으로 쏠려 버린 기분이다.

 "그런데 어째 감찰관님의 목소리가 귀에 익네."

 흥분하여 소리칠 때의 가늘고 뾰족한 음성. 어째 묘하게 귀에 익다.

 "거참. 어디서 들었더라."

 지흘은 고개를 갸웃거리며 호위들의 뒤를 따랐다.

\* \* \*

 "감찰관?"

명상에 잠겨 있던 람스가 눈을 뜨며 물었다.

"네. 스승님. 사막 부족의 술탄이 보낸 사람이라고 했습니다."

리자크가 대답했다.

"무슨 볼일이라고 하더냐?"

"메딘 산에 대한 감찰이라고 하던데…… 지흘 영주와 함께 온 것으로 보아 좋은 의도는 아닌 것 같습니다."

"지흘? 그자가 아직도 이곳에 대한 미련을 못 버린 모양이군."

람스의 표정이 싸늘해졌다.

"그가 무슨 일을 꾸미고 있는지 봐야겠군."

람스가 자리를 털고 일어났다.

\* \* \*

람스는 집무실에서 감찰관과 지흘을 만났다.

"오랜만이오, 탑주."

지흘이 어색하게 웃으며 손을 내밀었다.

람스는 그의 손을 무시하고 차가운 표정으로 맞은편에 앉았다.

무안해진 지흘이 감찰관을 소개했다.

"이분은 술탄께서 보내신 감찰관이오."

감찰관 또한 굵은 목소리로 스스로를 밝혔다.

"메딘 산의 감찰을 맡았습니다."

람스는 그를 잠시 바라보다 불쑥 물었다.

"당신이 언제부터 술탄을 보필하는 위치가 된 것이오?"

감찰관은 검은 두건으로 얼굴을 감싸고 있었지만, 람스의 눈을 피할 수는 없었다.

감찰관이 씩 웃으며 지금까지와는 다른 발랄한 목소리로 대꾸했다.

"역시 탑주님의 눈은 속일 수 없군요."

감찰관이 검은 두건을 벗었다.

곧 긴 머리카락이 어깨 위로 구르듯이 쏟아지며, 아름다운 그녀의 진면목이 드러났다.

"이, 이르민 아가씨!"

지흘이 놀란 목소리로 외쳤다.

굵은 음성의 과묵한 감찰관은 다름 아닌 술탄의 금지옥엽인 이르민이었던 것이다.

"오랜만입니다."

이르민이 지흘에게 아는 척을 했다.

하지만 지흘은 그녀의 등장을 반길 입장이 아니었다.

'맙소사. 아가씨가 직접 나서다니. 그런데 어째서 내가 아가씨를 알아보지 못한 걸까.'

이유는 간단하다. 목소리도 체구도 전혀 달랐기 때문이다.

술탄의 일족 123

"이제 이 갑갑한 물건은 벗을 수 있겠네요."

이르민이 검은 외투를 벗었다. 그러자 두꺼운 외투 속에 숨겨진 그녀의 늘씬한 몸매가 드러났다.

"이것도 이젠 필요 없겠어요."

그녀가 목에 걸린 목걸이를 풀었다.

굵게 변색되어 나오던 목소리가 비로소 가늘어졌다.

"목소리를 변형시켜주는 마법 목걸이예요. 중간에 실수를 한 번 하긴 했지만요."

지흘이 그녀를 못 알아본 것은 바로 그 때문이다.

두꺼운 외투로 체형을 속이고, 마법 목걸이로 목소리까지 바꾼 것이다.

"어째서 이런 일을…… 처음부터 말씀하셨으면 제가 아가씨를 극진히 보필했을 터인데……."

지흘이 안절부절못하는 표정으로 말했다.

"헬리오스 마탑과 관련된 일이라는 소리에 아버지를 졸랐어요. 탑주님을 뵙고 싶기도 했고요."

람스를 보는 이르민의 부드러운 표정.

지흘은 속으로 아차 했다.

'아가씨께서 탑주에게 각별한 마음을 품고 있었구나.'

예전, 람스가 이르민을 호위한 적이 있었다.

물론, 그 모습을 지흘도 보았다. 하지만 그때만 하더라도 단순한 주인과 호위의 관계라고만 생각했다. 하지만 지금 보니 둘 사이의 관계가 심상치 않은 것이다.

상황으로 보건대 술탄도 두 사람의 관계를 알고 있는 듯했다.

지흘의 얼굴이 검게 변했다.

비로소 그는 자신이 어떤 짓을 저질렀는지 눈치챘다.

메딘 산을 되돌려 받기 위해 술탄을 찾아간 행동. 이제 보니 마물의 아가리에 머리를 들이민 형색이었다.

'주, 죽었구나.'

지흘은 스스로의 몰락을 실감했다.

람스는 그런 지흘을 빤히 쳐다보다가 이르민에게 물었다.

"그런데 무슨 일이오?"

냉정한 물음에 이르민은 볼을 부풀렸다.

"탑주님은 여전하시군요. 지나가는 말이라도 잘 지냈냐는 안부 정도는 물어도 좋잖아요."

"잘 지냈소?"

"맙소사. 목석같은 사람 같으니!"

이르민이 불만을 토로하며 소파에 털썩 주저앉았다.

그녀는 흥 하고 콧바람을 토하며 지흘을 손짓했다.

"이분이 아버지를 찾아왔어요. 메딘 산을 억울하게 빼앗겼다고 하소연을 하더라고요."

"억울하게 빼앗겼다라. 영주, 난 분명 정당한 거래였다고 기억하고 있소만."

지흘이 힘없이 대답했다.

"그랬지요. 분명 정당한 거래였지요. 하지만…… 난, 난 억울했소."

이르민이 끼어들었다.

"억울해도 소용없어요. 두 사람 사이에 어떤 사연이 있었는지는 모르지만, 탑주님께서 메딘 산을 원한다면 영주께선 두말할 것도 없이 내주셔야 해요."

"네?"

지흘이 고개를 번쩍 들었다.

"어째서입니까? 왜 그가 원하면 메딘 산을 내놓아야 한단 말입니까?"

"메딘 산뿐만이 아니라, 원한다면 영주님의 모든 영토를 그에게 빼앗겨도 할 말이 없어요."

"그가…… 아가씨의 연인이기 때문입니까?"

지흘의 말에 이르민의 얼굴이 붉게 변했다.

"아직…… 그런 건 아니에요."

"그러면 그가 어떤 권리로 그럴 수 있단 말입니까?"

"왜냐면 그에겐 이것이 있기 때문이죠."

이르민이 람스에게 다가갔다. 실례한다는 말과 함께 그의 오른팔 소매를 걷었다.

찰랑하는 맑은 소리와 함께 은색의 팔찌가 드러났다.

언젠가 술탄이 람스에게 내린 보물이었다.

화려한 문양이 새겨진 팔찌를 본 순간 지흘이 허물어지듯 바닥에 고개를 조아렸다.

"신 지흘이 위대한 술탄의 일족께 인사 올립니다."

그는 바닥에 납죽 엎드린 채 몸을 벌벌 떨었다.

"그가 왜 저러는 거요?"

람스가 이르민에게 물었다.

이르민이 웃으며 대꾸했다.

"팔찌가 사막 부족의 일족임을 뜻하는 일종의 신분증이라는 말은 들으셨죠?"

람스가 고개를 끄덕였다.

"이 팔찌는 사실 범상한 물건이 아니에요. 왜냐하면 술탄의 혈통만이 가질 수 있는 보물이기 때문이에요."

"아! 그래서."

사막 부족의 부족민에게 있어 술탄의 일족은 말하자면 왕자와 같은 지위다. 지방의 귀족에 불과한 지흘에겐 그야말로 감히 닿을 수 없는 하늘인 셈이다.

실제로도 그만한 권한이 있었다.

"이 팔찌를 가진 사람은 사막 부족에게 막대한 권한을 행사할 수 있어요. 원한다면 지흘에게 징계를 내릴 수도 있죠. 물론, 그 권한에는 한계가 있어요. 귀족은 술탄의 사람이기도 하니, 그를 처리하려면 술탄의 허가가 필요해요."

이르민의 설명을 들은 람스는 묵묵히 고개를 끄덕였다.

새삼스런 눈으로 팔찌를 보았다.

'이 팔찌에 그런 내력이 있는 줄은 몰랐군.'

팔찌에 이런 사연이 있는 줄 미리 알았다면 괜스레 지흘과 신경전을 벌일 필요는 없었을 것이다.

"그런데 지흘을 어떻게 하실 건가요?"

이르민이 물었다.

람스가 엎드린 채 벌벌 떨고 있는 지흘을 내려다보며 말했다.

"그는 나와의 정당한 거래를 몇 번이나 파기하고, 내 일을 방해했소."

"하, 한 번만 용서를."

지흘이 뜨거운 눈물을 흘리며 애원했다.

람스가 잠시 생각을 하다 말했다.

"그의 죄는 밉지만, 그 죄가 그리 크다고 할 수는 없소. 이번엔 훈계 정도로 끝내는 게 좋을 것 같소."

마계 같으면 어림도 없는 일이다.

굳이 람스가 나설 필요도 없이 스키머나 디스터의 손에서 단칼에 목숨이 끊어졌을 것이다. 하지만 이곳은 중간계. 게다가 곁에는 사막 부족 술탄의 딸인 이르민이 지켜보고 있는 자리다.

용서한다는 람스의 말에 이르민의 표정이 밝아졌다.

지흘은 한때 그녀를 도운 적이 있었다.

그때의 정리를 생각해서라도 한 번 정도는 용서하고 싶었다.

"하지만 이번 일을 이대로 넘어갈 수는 없어요. 아무리 몰랐다고는 하나 그는 술탄의 일족을 음해하고 정당한 거래를 일방적으로 파기하려 들었어요. 이는 공정해야 하는 귀족의 위신을 떨어트린 중대한 사건입니다. 이에 저는 그의 영지를 몰수할 것을 명하겠어요."

그녀는 애초에 생각해둔 것이 있었던 듯 잠시도 지체하지 않고 명령을 내렸다.

"이 시간 이후로 지흘은 이스턴 영지의 영주가 아닙니다."

"아아!"

지흘의 입에서 탄식이 쏟아졌다.

한 번의 실수로 그는 귀족의 자리에서 밑바닥으로 굴러떨어진 것이다. 그러나 이르민은 그의 생각처럼 냉혹하진 않았다.

"대신 지흘 영주에게 알타의 동쪽 오아시스 지역인 알리다의 영주로 부임할 것을 명합니다. 이 명령은 술탄께서 사전에 승인하신 것으로 지금 즉시 효력을 발휘하게 됩니다."

나락에서 다시 귀족의 지위로 돌아올 수 있게 된 지흘은 연신 땅에 입을 맞추며 이르민을 칭송했다.

"아가씨의 은혜에 감사드립니다."

비록 다른 영지로 자리를 옮겨야 하는 입장이었지만, 의외로 지흘의 표정은 밝았다.

새로 부임하게 될 알리다는 오아시스를 중심으로 번성하는 상업 도시였다. 관할하는 영토는 이곳보다 협소하지만 알토란 같은 알짜배기 땅이라고 할 수 있었다.

알리다로의 발령은 지흘을 위한 이르민의 배려라고 할 수 있었다. 오래전 이르민을 위해 베푼 작은 은혜가 큰 보상으로 돌아온 셈이다.

"지흘은 지금 즉시 새로운 영지로 갈 준비를 하세요. 부디 그곳에서도 영지민들을 위해 노력하는 영주가 될 수 있기를 바랍니다."

"알타의 영광이 이르민 아가씨와 영원토록 함께하길."

지흘은 다시 한 번 이르민과 람스에게 고개를 조아리고는 헬리오스 마탑을 떠났다.

그가 사라지자 이르민이 람스를 보며 물었다.

"이제 이스턴은 영주 없는 땅이 되었어요. 술탄께선 당신이 그곳을 경영하길 바라세요."

말하자면 메딘 산뿐만 아니라 이스턴까지 모두 헬리오스 마탑의 관할로 넘기겠다는 뜻이다.

람스가 잠시 생각하더니 고개를 끄덕였다.

"좋소. 이스턴을 내가 맡도록 하겠소."

이르민이 밝은 표정으로 말했다.

"당신이라면 잘 해낼 거라 믿어요. 이 허름한 마을을 이처럼 훌륭하고 멋진 곳으로 바꿔놓았으니……. 어쩌면 이스턴은 몇 년 안에 알타 왕국 내에서 가장 멋진 곳으로 변해 있을지도 모르겠군요."

"글쎄. 그건 해 봐야 아는 것이오."

"안 봐도 알 수 있어요. 탑주님이라면 반드시 그렇게 만들 거예요."

이르민이 반짝이는 눈으로 람스를 보았다.

그녀의 눈길엔 람스에 대한 신망과 사랑이 담뿍 담겨 있었다. 떨어져 지내는 동안 그녀의 짝사랑은 오히려 더욱 달아올랐다.

그러나 젊은 여인의 뜨거운 눈길에도 람스는 미동도 하지 않았다.

이르민이 입술을 삐죽거렸다.

"목석 같으니……."

그녀는 자리에서 팔짝 일어나며 그에게 물었다.

"오면서 신기한 물건을 봤어요. 마법램프 말예요, 어떻게 만들게 된 거예요?"

"마법램프는 오드만이 만든 것이오."

"재능 있는 제자가 있었군요. 그런데 그거 정말로 3골드 50실버에 팔 건가요?"

"그럴 생각이오."

"놀라운 가격이네요. 그런 가격으로 수지가 맞나요?"

"나쁘지 않소."

람스의 말과 달리 마법램프는 팔리기만 한다면 꽤 짭짤한 수익을 보장해주는 물건이다.

마법램프를 만드는 데 가장 큰 비용이 들어가는 것이 바로 마정석이다. 오드만이 사용하는 마정석은 광산에서도 버리다시피 하는 폐물이라 비용이 거의 들어가지 않았다.

그 외의 비용은 마정석이 들어갈 틀을 만드는 것인데, 마을 주민들의 도움으로 저렴하게 생산하는 것이 가능했다.

"그 마법램프, 어떻게 판매할 생각이신가요?"

"리자크가 적당한 판매망을 물색하고 있는 중이오."

"리자크라면 제자인가요?"

"그렇소."

"다재다능한 제자들이 많으시군요. 탑주님은 참 인덕이 많으신 것 같아요."

"나도 그렇게 생각하오. 그런데 왜 그렇게 마법램프에 관심이 많은 것이오?"

"실은 그 마법램프를 구입하고 싶어요."

"당신이 말이오?"

"네. 뭐가 이상한가요?"

"이상하오. 당신이라면 마법등을 살 수 있을 것이라는 생각이 들어서 말이오."

이르민은 술탄의 딸.

알타의 공주라고 할 수 있는 지위에 있는 사람이다.

그런 그녀가 뭐가 부족해서 마법램프를 구입한단 말인가. 마법램프는 어디까지나 마법등을 구매할 정도의 여유가 없는 사람들을 목적으로 만들어진 물건이다.

"물론 저는 마법램프가 필요 없어요. 하지만 모든 전사들에게 마법등을 지급할 정도로 돈이 넘쳐나는 건 아니에요."

1개에 100골드가 넘는 마법등을 전사 모두에게 지급했다간 이르민이 아니라 대륙 제일의 거부라는 미터리얼 가문이라도 가세가 기울 것이다.

"모든 전사들에게 마법램프를 지급할 생각이오?"

"그러고 싶긴 하지만, 유지비용이 만만치 않겠죠? 그래도 조장급이나 단장급에게 지급하는 건 가능할 거예요. 마법램프를 그들에게 지급하게 되면 업무 효율이 상당히 높아질 것이라고 봐요."

사막 부족의 전사들은 이러저러한 이유로 전투가 잦았다. 당연히 야심한 시각에 이뤄지는 전투도 상당했다. 그때에 마법램프가 있다면 요긴하게 사용될 것이다.

"굳이 마법램프가 필요하다면 전사들보다는 사무를 보는 관리직에게 더 필요하지 않겠소?"

"그런 사람들은 촛불을 쓰면 되죠. 아무리 마법램프가 저렴하다고 해도 촛불보다 쌀 수는 없으니까요. 그에 반해 전사들은 폭풍이 몰아치는 극악의 조건에서 임무를 수행하는 경우가 많으니, 바람에도 꺼지지 않는 마법램프는 분명 도움이 될 거예요."
 람스가 가만 생각해 보니 손해 볼 것 없는 거래다.
 게다가 마법램프는 단순히 파는 것만으로 끝나지 않는다.
 마법램프에 들어가는 마정석은 소모품이다.
 아껴 쓴다고 해도 3개월마다 새로 구입해야 한다.
 공급만 제대로 할 수 있다면 꾸준한 수입이 보장된다.
 "어때요?"
 이르민이 눈을 반짝이며 물었다.
 그녀를 잠시 바라보던 람스가 자리에서 몸을 일으키며 말했다.
 "우선 제자들과 상의를 해 봐야겠소."

　　　　　　　*　　　*　　　*


 "무조건 해야 합니다, 스승님!"
 이르민의 제의를 전하자마자 리자크가 자리에서 벌떡 일어나며 소리쳤다.
 "이런 거래는 다시 있을 수 없습니다. 무조건 해야 합니다. 계약만 체결되면 적어도 몇 년은 돈 걱정을 할 필요가 없어집니다."
 스승이 물어 온 엄청난 거래에 그는 흥분을 감추지 못했다.
 운영비 정도만 벌어도 다행이라고 생각한 마법램프가 이렇게 큰 수익을 창출할 줄이야.

리자크는 금방 큰 부자가 될 것처럼 한껏 들떴다.

그에 반해 오드만은 답답한 한숨을 쉬었다.

람스가 그를 보며 물었다.

"이번 거래가 마음에 들지 않는가?"

"그건 아닙니다. 다만, 부족한 시제품을 그렇게 큰돈을 받고 팔아도 되는지 모르겠습니다."

그는 마법램프에 대해 아직도 자신감을 가지지 못했다.

그는 천성이 마법사라, 완벽하지 못한 것은 남에게 팔 수 없다고 생각했다.

"무슨 소리예요, 사형! 충분히 가치가 있으니까 그렇게 대량으로 사들인다는 소리죠. 아마 가격이 10골드라도 사갔을 걸요?"

"글쎄다. 괜히 나중에 환불을 요구하는 건 아닌지 모르겠구나."

"자신감을 가져요. 사형은 충분히 뛰어난 연금술사예요."

리자크의 위로에도 오드만의 표정은 편해지지 않았다.

근심이 잔뜩 어린 얼굴로 연신 한숨만 쉬었다.

취미삼아 만든 물건을 판매까지 한다고 생각하니 부담감에 가슴이 욱신거릴 지경이었다.

람스가 그를 보고 물었다.

"그렇게 자신이 안 서는가?"

"네. 솔직히 부담이 많이 됩니다. 마법램프가 얼마나 엉터리인지 제 자신이 누구보다도 잘 알기 때문입니다. 이대로 세상 밖으로 나갔다 괜히 사람들의 원성만 사게 될까 두렵습니다. 하아, 하다못해 완성도를 조금이라도 올릴 수 있다면. 제대로 연금술사에게 보일 수라도 있다면 좋겠는데 말입니다."

넋두리를 하던 오드만. 그러다 무슨 생각이 떠올랐는지 표정이 밝아졌다.

"아!"

그가 손바닥을 두드리며 소리쳤다.

람스와 리자크가 그를 보았다.

"왜 그러는가?"

오드만이 큰 목소리로 외쳤다.

"있습니다. 마법램프의 완성도를 높여줄 수 있는 연금술사가."

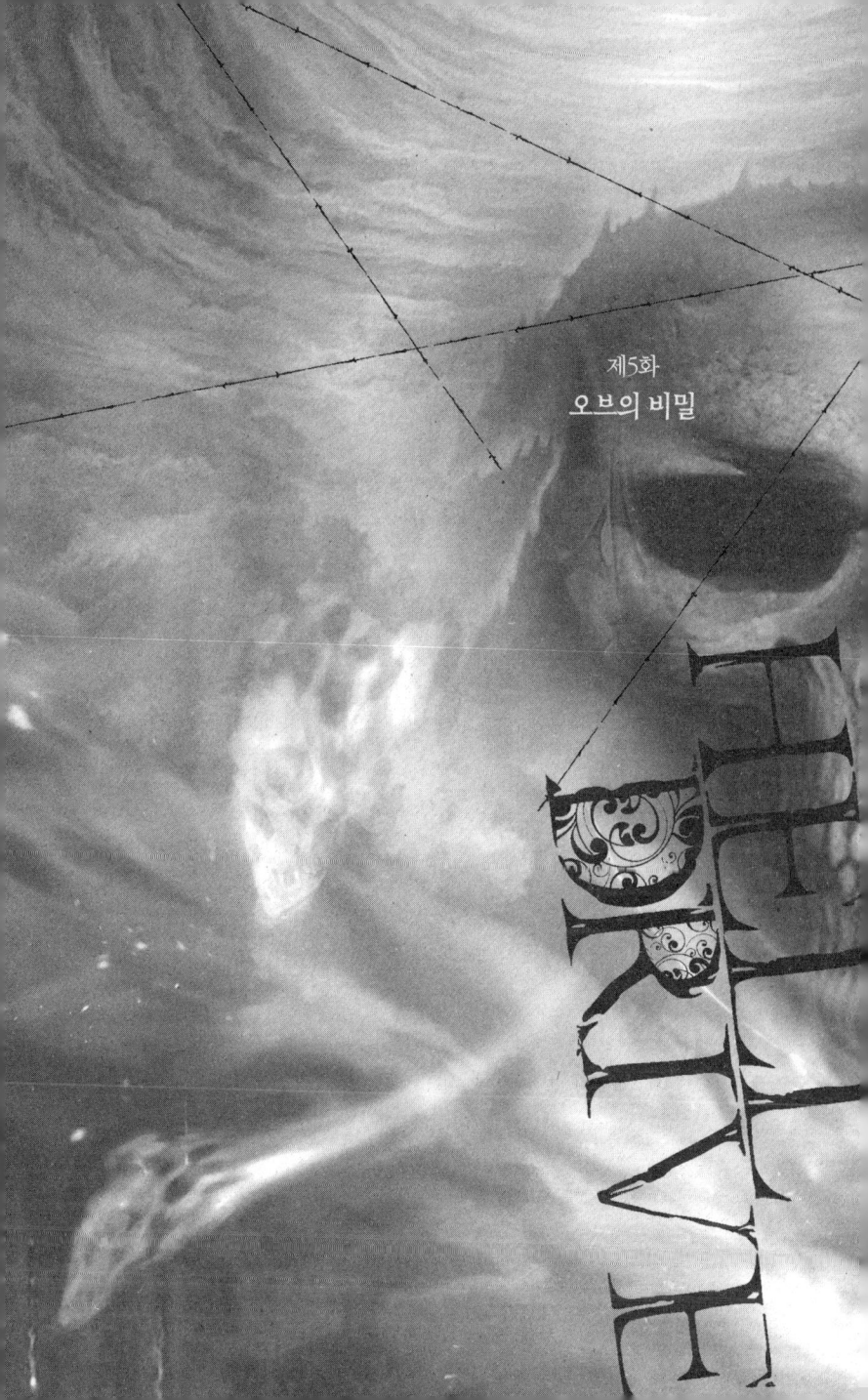

"있습니다. 마법램프의 완성도를 높여줄 수 있는 연금술사가."

오드만의 말에 리자크가 눈을 휘둥그레 떴다.

"사형. 아는 사람 중에 연금술사가 있어요?"

연금술사는 말 그대로 연금술을 연구하는 사람을 뜻한다. 그들은 화학, 마법, 정령, 환수, 물질변환, 제련 등 다양한 방법으로 신비를 염원하고 진리를 탐구하는 학자이다.

현대에서 연금술이 중요하게 된 까닭은 그들이 마법과 관련된 용품을 만들 수 있는 거의 유일한 존재이기 때문이다.

마법을 장신구나 무기에 담을 수 있는 기술을 보유하고 있기 때문에 마법무기나 마법물품을 만들 때 마법사와 더불어 꼭 필요한 존재가 연금술사이기도 하다.

하지만 연금술사는 뛰어난 마법사가 연금술에 흥미를 느끼고 전향한 경우가 많아, 대부분 마탑에 소속되어 있다. 설사 그렇지 않은 연금술사가 있다 하더라도 외부와 접촉을 꺼리는 습성 탓에 그들을 만나는 것은 매우 힘든 일이다.

그런데 오드만이 그처럼 희귀한 존재인 연금술사를 알고 있다지 않은가.

"오래전에 우연히 알게 된 친구가 있다. 내가 알고 있는 연금술도 그에게서 배운 것이지."

오드만이 추억에 젖은 표정으로 말했다.

"대단한 기술을 가진 연금술사였던 모양이죠?"

"그래. 그는 연금술로 잃어버린 마법을 되찾으려고 노력했었지. 누구보다 필사적으로 노력했기에 누구보다 뛰어난 연금 기술을 가지고 있었지."

"마법을 되찾기 위해서 연금술을 연구했다라. 좀 별난 분인 모양이네요."

"한때 그는 매우 뛰어난 마법사였는데, 모종의 사건으로 마력을 모조리 잃어버리고 말았다고 하더구나. 본래 가졌던 것을 잃게 된 사람은 애초부터 가지지 못한 사람보다 상실감이 큰 법이지. 그는 연금술이 잃어버린 모든 것을 되찾아줄 거라고 굳게 믿었단다."

"연금술로 정말 마법을 되찾을 수 있나요?"

"글쎄다. 나도 그런 말은 들어 본 적이 없구나. 하지만 그는 가능하다고 생각한 모양이다."

오드만이 창밖 먼 곳을 응시하며 말을 이었다.

"그를 만난 지 벌써 10년이 넘었구나. 그동안 마법을 되찾았을지, 그의 아이들은 잘 있는지 궁금하구나."

잠시 감회에 젖어 있던 오드만이 람스에게 시선을 돌렸다.

"스승님."

그리운 향수를 담은 음성이었다.

람스는 그가 하고자 하는 말뜻을 이해했다.

오드만은 친구를 만나러 가도 되겠느냐고 묻고 있는 것이다.

람스는 고개를 끄덕였다.

오드만의 표정이 밝아졌다.

그러다 무슨 생각이 들었는지 잠시 머뭇하다 입을 열었다.

"한 가지 청할 것이 있습니다."

"말해 보게."

"그는 오래전에 마법을 잃었습니다. 만약 아직도 그가 마법을 되찾지 못했다면, 그를 헬리오스 마탑으로 인도해도 괜찮을는지……."

헬리오스 마탑의 수련 방법은 마법을 잃은 자에겐 기적과도 같다. 이미 오드만이 그 기적을 체험하지 않았던가.

오드만은 마법을 잃어버린 친구에게도 희망을 주고 싶었다.
람스는 흔쾌히 허락했다.
"그가 괜찮은 사람이라면 얼마든지 제자가 되어도 좋다."
"정말 감사합니다, 스승님."
오드만의 얼굴에 주름 가득한 미소가 떠올랐다.
"그럼, 그를 데리러 가야 하니 전 이만 물러가 준비를 하겠습니다."
기쁜 소식을 친구에게 전할 수 있게 되었다는 생각에 벌써부터 마음이 들떴다.
오드만이 물러가자 리자크도 동생들을 보러 가겠다며 자리에서 물러났다.
비로소 한가한 시간을 얻게 된 람스는 홀로 생각에 잠겼다.
"오드만의 친구라는 사람이 괜찮은 사람이었으면 좋겠군."
람스는 희미하게 웃었다.
어쩌면 헬리오스 마탑에 새로운 제자가 생길지도 모른다. 제자가 생기는 일은 언제나 즐거운 일이다.
처음 스승님과 단둘이서 힘들게 살았던 때를 생각해 보면, 지금의 헬리오스 마탑은 매일매일이 활기차고 즐겁다.
이제 연금술사까지 들어오게 되면 또 다른 즐거움이 늘어날 것이다.
그러다 문득 오브에 대한 생각이 떠올랐다.
'그러고 보니 언제 한 번 연구를 한다는 것이 지금까지 방

치해두고 있었구나.'

람스는 아공간을 열고 그 속에서 몇 개의 구슬을 꺼냈다.

성인의 머리통만 한 구슬은 다름 아닌 오브들이었다.

리버스의 수장 중 하나인 아자라스의 금고에서 가져온 물건들이다.

람스는 오브들을 탁상 위에 올려놓고 주의 깊게 살폈다.

오브들의 겉모양은 수정구슬과 크게 다를 바 없다. 하지만 그 내면은 단순한 구슬과는 크게 다르다.

오브의 중심엔 영롱한 빛을 내는 기운이 담겨 있었는데, 때론 그 기운에 붉게 빛났다가 또 다른 때엔 노르스름하게 빛나고, 때때로 푸른 빛깔로 변하기도 했다.

시시각각 변하는 빛이 신기했다.

람스는 그 빛이 바로 오브에 갇혀 있는 마법의 힘이라는 것을 감지했다.

'구슬에 마법을 담아두다니, 정말 신기한 기술이군.'

오브.

마법과 의지를 담는 이 신비한 구슬의 기원은 마도시대까지 거슬러 올라간다.

마도시대의 사람들은 오브를 이용하여 자신의 생각과 기술을 후대에 전달했다고 한다.

다만, 학자들 사이에선 오브를 마도시대가 아닌 그보다 후대의 기술이라고 주장하는 사람들도 적지 않은데, 그들이 그렇게 생각한 것은 마도시대의 대표적 기술이 크리스탈이기 때문이다.

크리스탈 기술이 신의 반열에까지 오른 마도의 마법사들이 굳이 오브라는 물건을 따로 만들 이유가 없다는 것이 학자들의 견해였다.

하지만 그런 학자들조차도 오브의 힘이 마도와 관련이 있다는 사실만큼은 부정하지 못했다.

실제로 마도시대의 마법사들이 오브를 사용했는지는 불분명하지만, 오브가 마도의 힘으로 만들어졌다는 것만은 사실인 셈이다.

"힘과 정신을 담는 구슬이라."

오브의 힘은 정녕 신비하다.

오브는 마법의 힘을 고스란히 담을 수 있는 능력을 가지고 있다. 단순히 마법의 활용 도구에 불과한 수정구슬이나, 마나만을 저장하는 마정석과는 차원이 다른 물건이다.

이처럼 오브의 활용도는 무궁무진하다.

근원적인 힘 자체를 저장할 수 있다는 이점은 그 어떤 마법 아이템과도 비교할 수가 없다.

뒤늦게 오브의 신비한 힘을 알게 된 마법사들은 그 비밀을 밝히기 위해 불철주야 노력을 아끼지 않았다.

그러나 지금까지 오브는 그 비밀의 문을 마법사들에게 열어 주지 않았다.

그저 일부 특정한 사람에게만 그 비밀의 문을 열어주었다.

오브와 접촉하여 그 힘을 얻은 자.

그들을 일컬어 마법사들은 오브 사용자, 또는 '링커'라 부른다.

람스 또한 링커다.

그는 스승이 남겨준 오브와 접촉했고, 우연히 그 힘을 얻었다. 그 때문에 마계에 빨려 들어가는 고초를 겪기도 했지만, 결과적으로는 마계에서도 여섯 손가락 안에 드는 절대 강자가 될 수 있었다.

람스는 아자라스의 오브들을 세심히 관찰했다.

겉모양은 그가 흡수한 오브와 크게 다를 바가 없었다.

람스는 오브 중 하나에 손을 가져갔다.

'오브는 주인을 스스로 선택한다고 했지.'

상성이 맞지 않으면 그 어떤 방법으로도 오브와 링크할 수 없다.

몇몇 특별한 사람들만이 오브와 링크할 수 있고, 또 그중에서도 극히 희박한 확률로 여러 개의 오브와 링크할 수 있는 경우가 나온다.

알려진 링커 중에서 가장 많은 수의 오브와 링크한 사람은 바로 적탑의 파에톤.

그는 무려 3개의 오브와 링크하여 유명세를 떨쳤다. 그리고 그 힘을 바탕으로 그는 단번에 탑주의 지위까지 거머쥘 수 있었다.

'음?'

오브를 손에 쥐고 살피던 람스의 표정에 변화가 일었다.

'오브가…… 내게 반응한다.'

차가운 구슬의 표면 너머로 화끈한 열기가 느껴졌다.

람스와 접촉하는 순간 오브 안의 섬광이 커졌다.

빛줄기가 파도처럼 출렁거리더니 붉게 변했다.

마치 폭발하는 화염처럼.

'이 오브. 화염속성이었군.'

람스가 희미하게 웃었다.

오브 속에 든 힘이 화염과 관련이 있다.

손바닥으로 느껴지는 열기. 그리고 희미한 낌새만으로도 충분히 느낄 수 있다.

오브의 힘이 화염이라면 상성과는 상관없이 얼마든지 그 힘을 이끌어낼 수 있다.

그것이 람스의 능력.

"오라."

람스가 명했다.

화륵!

오브 내부의 화염이 발광하듯 일어나더니 람스의 손안으로 빨려 들어갔다.

후욱!

열기와 함께 뜨거운 김까지 모조리 빨려 버린 오브는 그저 투명한 유리구슬로 변해 버렸다.

"으음."

오브 속에 깃든 화염을 흡수한 람스는 침음을 흘렸다.

손바닥으로 들어온 후끈한 열기가 물이 낮은 곳으로 고이듯, 팔을 타고 아랫배로 흘러내려 갔다.

그것은 용암과도 같은 뜨거움이었다. 그러나 람스의 내부를 가득 채우고 있는 열기는 그보다 훨씬 더 뜨겁고 거칠었다.

화르륵!

오브의 힘은 순식간에 람스가 가진 본연의 힘에 먹히고 말았다.

람스가 감았던 눈을 떴다.

순간 그의 눈동자가 붉게 변했다.

그러나 그러한 변화는 그야말로 찰나에 불과했다. 타오르듯 붉게 변한 눈동자는 이내 본래의 검은색으로 돌아왔다.

"이것이 오브의 힘이군."

어찌 된 이유에선지 람스의 표정은 그리 밝지 않았다.

뭔가를 골똘히 생각하던 람스가 다른 오브에 오른손을 가져갔다.

화륵!

이번 역시 즉각적으로 반응을 보였다.

람스는 왼손으로 또 다른 오브를 만졌다.

오브의 비밀 147

화륵!

이번에도 어김없이 오브가 반응했다.

지금까지 알려진 멀티 링커는 오브 3개와 링크한 파에톤이다. 그런데 람스가 그와 동등한 기록을 세운 것이다.

순식간에 3개의 오브를 흡수한 람스는 그것만으로는 만족할 수 없었는지 연달아 다른 2개의 오브에도 손을 가져갔다.

그때마다 어김없이 반응이 일었다.

람스는 그 2개의 오브의 힘도 흡수했다.

이제 그는 오브 5개와 링크한 링커가 되었다. 아니, 예전에 로쉬의 힘을 흡수한 것과 과거 스승의 오브까지 모두 포함하면 무려 7개의 오브와 링크한 대기록을 세운 셈이다.

7개의 오브.

그로 인해 용솟음칠 듯 증폭한 힘.

그러나 정작 람스는 조금도 기뻐하지 않았다.

오히려 표정이 딱딱하게 굳어 버렸다.

많은 오브들과 접촉한 순간, 그의 내면에서 이상한 목소리가 들려왔기 때문이다.

그것은 지옥의 밑바닥에서 들려오는 아우성과 절규, 그리고 사악한 어떤 존재의 명령과 암시였다.

'죽여라.'

'파괴하라.'

'신의 반대편에 설지니.'

'세상은 결국 파멸할 것이다.'

'신과 악마는 누가 정의한 것인가!'

'욕망에 충실한 것이 어찌 잘못이란 말인가. 인간은 타락할 운명으로 태어났으나 무지한 신이 그러한 인간의 섭리를 깨트려 버렸다.'

사악한 목소리가 교활한 숨결을 토하며 폭력과 악마를 종용해 온다.

들려오는 목소리는 그뿐만이 아니었다.

람스의 내면에서도 또 다른 목소리가 흘러나왔다.

'화염이라. 흥미로운 능력이군.'

'위험한 힘이로다!'

'마도 중에 이런 자가 있었다니.'

'너의 힘을 내 안에 봉인한다.'

그것은 숨겨진 역사의 일부분.

진실의 단면.

내면의 진중한 목소리가 울려 퍼지자 오브 속에 숨겨져 있던 사악한 속삭임들이 일시에 흩어졌다.

어느새 람스는 평정을 되찾았다.

눈을 감고 자신의 내면을 관조했다.

얼마나 흘렀을까.

그가 감았던 눈을 떴다.

"기이하군."

람스가 가장 먼저 뱉은 말은 기이하다는 것이었다.
"오브에 숨겨져 있는 것은 마법만이 아니다."
강력한 힘과 함께 누군가의 의식이 숨겨져 있었다.
그 의식은 오브의 힘 속에 교묘하게 감추어져 있어, 어지간히 주의를 기울이지 않으면 결코 발견할 수 없는 것이었다.
람스는 첫 번째 오브와 링크하는 순간, 그 이면에 숨겨진 사악한 목소리를 눈치챘다. 그래서 연달아 다른 오브와 링크를 시도한 것이다.
그의 생각대로 오브를 흡수하면 할수록 그 이면에 감춰진 사악한 목소리는 크고 강력하게 변했다.
람스가 또 한 가지 신기하게 생각한 것은, 오브의 사악한 음성이 들려오자마자 그에 반발하듯 일어난 내면의 목소리였다.
'내 내부에 내가 모르는 또 다른 의식이 숨어 있었다니.'
오브에 누군가의 의지가 담긴 목소리가 깃들어 있다는 것도 물론 신기한 일이다. 하지만 그보다 더 놀라운 것은 그의 내면에서 들려온 목소리다.
하지만 람스는 그 내면의 목소리에 별다른 경계심이 일지 않았다.
아주 오래된 추억과도 같은 음성이랄까.
왠지 모를 편안함이 느껴졌다.
혹시 스승님의 목소리인 것은 아닐까?
아니다. 스승님과는 전혀 다른 음성이다.

스승님의 음성은 쾌활하고 경박스러웠다.

그에 반해 그의 내면에서 들려온 목소리는 진중하고 무거웠으며 또한 지적이었다.

한 번도 들어 본 적이 없는 목소리.

하지만 왠지 모르게 친숙한 느낌을 받았다.

아주 오랫동안 함께한 동료. 아니, 언제나 그를 감싸고 있는 부모와 같은 기분마저 든다.

람스는 잠시 눈을 감고 앉아 기억을 더듬어 보았지만, 목소리의 주인공에 대해 아무것도 알아내지 못했다.

람스는 과감하게 목소리에 대한 미련을 털어 버렸다.

애써도 떠오르지 않는 기억이라면 굳이 시간을 들일 필요는 없다. 꼭 필요한 기억이라면 언젠가는 떠오른다.

람스는 오브에 대한 생각에 몰두했다.

그는 오브와 링크하는 과정에서 몇 가지 특이한 현상을 발견할 수 있었다.

'이 오브들. 모두 화염속성이다.'

아자라스의 오브들은 모두 화염속성을 가지고 있다. 흡수한 5개의 오브가 모두 그랬고, 나머지 오브들도 화염 반응이 온다.

'내가 흡수한 오브도 화염속성이었지.'

스승이 남겨준 오브.

비밀이 밝혀지면 세상이 발칵 뒤집힐 거라던 스승의 특별한 오브. 그 오브 또한 화염속성이었다. 덕분에 람스는 화염의 군주로 불릴 수 있게 되었다.

그런데 아자라스의 오브들마저도 모조리 화염속성이다.

우연일까?

어쩌면 아자라스가 모은 오브들이 우연히 화염속성이었던 것일 수도 있다.

하지만 무작정 그렇게 믿기엔 이상한 점이 있다.

우선 아자라스는 청탑 계열의 마법사였다.

그런 그가 왜 하필 화염속성의 오브를 모은단 말인가.

화염 계통의 기술을 익히고 싶어서?

말도 안 되는 설명이다.

물 속성 마법을 익혔다면 해당 속성을 강화시키려 하는 게 당연한 수순이다. 하물며 화염속성은 본래의 마법속성과 정면으로 대치되는 능력이 아닌가.

그렇다면 생각할 수 있는 결론은 하나다.

아자라스가 모을 수 있었던 오브는 화염속성뿐이었다.

'이 말은 리버스 조직이 수집한 오브들 역시 화염속성뿐이었다는 말이 될 터.'

오브의 속성을 판단하게 만든 또 하나의 증거.

'로쉬가 접촉한 오브도 화염이었다.'

이로써 람스가 만난 오브는 모조리 화염속성이었다는 결론이 나온다.

그는 오브의 속성이 모두 화염일지도 모른다고 생각했다.

적어도 다른 속성의 오브를 새로 발견하기 전까지는 그러한 가정이 가능해진다.

'하지만 그건 또 그것대로 이상한 일이군.'

만약 오브의 속성이 모조리 화염이라면, 어째서 그런 걸까.

문헌에 따르면 오브는 마도시대의 잔재다.

마도시대에 만들어진 것이 확실하다면 보다 다양한 능력이 있어야 하지 않을까?

'마도시대의 마법사들은 모조리 화염계열의 마법을 익혔단 말인가?'

그것도 이상하다.

인간의 마법이 신의 반열에 다다랐다고 전해지는 마도시대. 그 시대의 마법사들이 오로지 화염마법만 익혔다는 가정은 어딘지 어색하다.

'아니나. 예외가 있었어.'

람스는 화염속성이 아닌 다른 속성이 담긴 오브를 기억해 냈다.

바로 스승이 남긴 오브.

그를 마계의 파멸이라는 존재로 불리게 만든 바로 그 오브.

'스승님의 오브엔 화염 외에도 다른 힘이 깃들어 있었다.'

스승이 남긴 오브엔 세상을 모조리 불살라 버릴 만큼 거대한 화염과 더불어 헬 게이트를 열고 닫을 수 있는 신비한 능력

오브의 비밀 153

이 들어 있었다.

즉, 지금까지 그가 발견한 오브들 중에서 유일하게 화염 이외의 속성을 가지고 있는 오브가 바로 스승님이 남긴 오브였다는 말이 된다.

'이 문제는 좀 더 생각해 봐야겠군.'

람스는 오브들이 화염속성일지도 모른다는 가정을 머릿속에 담아둔 채, 다음 사안으로 넘어갔다.

'오브의 힘은 공평하지 않다.'

그가 흡수한 다섯 개의 오브들.

그 힘들 간에는 확실한 힘의 우열이 존재했다.

근원은 화염이되, 그 속성이 각기 달랐다.

어떤 오브는 꺼져가는 불길의 잔불과 같은 힘이 남아 있고, 또 어떤 오브 속엔 용광로의 지치지 않는 뜨거움이 담겨 있다.

속성이 다르다 보니 자연스럽게 오브 간에 우열이 존재하게 되었다.

그 격차가 생각보다 매우 컸다.

람스가 흡수한 오브 중 가장 강한 오브의 힘은 반대로 가장 약한 오브보다 다섯 배 정도 강했다.

물론, 이것은 아자라스의 오브들만을 기준으로 한 것으로 애초에 람스가 가지고 있던 힘과는 관계가 없다.

그가 가지고 있던 힘은 애초에 아자라스의 오브들과는 차원이 다른 힘이었기 때문이다.

스승님의 오브 속에 담겨 있던 화염의 기운은 다른 오브들 모두를 합친 것보다도 압도적인 존재감을 자랑한다.

그래서 오브들을 다섯 개나 흡수했음에도 람스는 평온할 수 있었다. 범람하는 강물이 제아무리 대단하다고 해도 대양에 비할 바는 아닌 법이다.

새로 흡수한 오브의 힘과 람스가 본래 가지고 있던 화염의 격차는 이보다도 더 컸다.

생각하면 할수록 스승님이 남겨준 오브와 아자라스의 오브들 사이엔 차이점이 많았다.

그렇게 생각하게 된 원인 중의 하나는 바로 오브 속에 담겨진 불순물이었다.

오브 속엔 화염만 담겨져 있는 것이 아니었다.

화염과 함께 꺼림칙한 불순물이 담겨 있었다.

그것은 기억의 파편.

아니, 영혼의 일부라고 불러야 할 누군가의 사상이었다.

오브를 흡수한 순간 람스는 꿈을 꾸듯 몽환적인 환상을 보게 되었다.

그것은 피와 죽음으로 얼룩진 참혹한 영상이었다.

그 끔찍한 영상과 함께 잔혹함이 절절 흐르는 음성이 들려왔다.

그 목소리는 람스에게 악마를 종용했다.

그 의지가 얼마나 강력한지 보통 사람이라면 단번에 미쳐 버릴 정도다.

'그래서 그들의 성격이 그렇게 변한 것이었군.'

로쉬의 성격이 난폭하게 변한 것도, 그리고 3개의 오브와 링크한 파에톤이 반항적으로 변한 것도 모두 오브의 영향 탓이다.

람스는 가볍게 혀를 찼다.

"이래선 제자들에게 오브를 줄 수 없겠군."

원래 그는 오브들을 오드만과 리자크에게 넘겨줄 생각이었다. 그들이 오브와 링크할 수만 있다면 지금보다 조금 더 강해질 수 있기 때문이다.

하지만 오브에 심각한 문제가 있는 것이 드러난 이상, 당분간 제자들에게 오브에 대한 것은 비밀로 해야 했다.

'그나저나 오브에 담겨진 기억은 대체 뭐지? 지금 생각해 보면 어쩐지 한 사람의 기억과 의지인 것 같은데……'

오브에서 들려온 목소리는 모두 한 존재의 음성이었다.

그리고 오브에 숨겨진 기억들. 그것들도 가만 생각해 보면 일관된 시선과 흐름을 가지고 있었다.

같은 목소리. 일관된 흐름을 가진 기억.

이런 정보들을 종합해 보면 한 가지 결론에 이르게 된다.

오브들은 모두 한 사람의 힘과 기억을 나눠 가지고 있는 것이다.

'어쩌면…… 세상에 퍼진 오브들 모두가 어떤 한 사람의 기

억과 힘을 나눠 담은 것인지도…….'

람스가 이렇게 생각하는 이유는 오브에 담겨진 기억과 의지가 매우 단편적이었기 때문이다.

만약, 한 사람의 정신 모두를 지금 정도로 잘게 나눠 담는다면…….

'오브가 적어도 백 개는 필요할 것이다.'

이것은 진정 가공할 만한 이야기다.

오브 하나하나에 담긴 힘은 실로 막대하다.

파에톤은 단 3개의 오브를 흡수한 것만으로도 탑주가 될 수 있었다.

그런데 세상에 퍼진 모든 오브가 누군가 한 사람의 힘과 기억이라면……. 그의 힘은 대체 얼마나 대단하다는 말인가.

진정 그의 능력은 하늘에 닿았다고 해도 과언이 아닐 것이다.

람스의 표정이 전에 없이 심각해졌다.

이렇게 놀랄 만한 힘을 가진 존재가 있었다는 것도 놀랍지만, 그러한 존재가 결코 의롭지 못하다는 것은 더더욱 큰일이다.

만약 누군가 오브에 힘을 담아 놓은 자의 의지를 계승하기라도 한다면 세상은 피로 물들게 될 것이다.

지금도 귓가에 생생한 그 목소리.

죽이고 파괴하라 종용하던 악마의 속삭임.

"중간계도 결코 평화롭기만 한 곳은 아니었군."

오브를 내려다보는 람스의 표정이 그 어느 때보다도 무거워 보였다.

      \*   \*   \*

다음 날, 오드만은 간단하게 짐을 꾸렸다.

연금술을 하는 옛 친구를 만나기 위해서였다.

친구를 만나게 된다는 생각에 절로 콧노래가 흘러나왔다.

짐을 대충 정리한 오드만은 람스를 찾아갔다.

떠나기 전에 보고를 해야 했기 때문이다.

그렇게 찾아간 스승의 방.

떠난다는 오드만의 말에 람스가 고개를 끄덕이며 말했다.

"어디라고 했지?"

"딥블무라는 곳입니다. 이곳에서 보름 정도 가면 있는 곳입니다."

"꽤 먼 곳이군."

"이스턴에서 텔레포트 게이트를 타면 금방 갈 수 있습니다."

"그래? 그럼 나도 함께 가도록 하지."

람스의 말에 오드만이 고개를 번쩍 들었다.

"스승님께서도 함께 가신다고요?"

"제자가 될지도 모르는 사람이 아닌가? 어떤 사람인지 보고 싶다. 왜? 싫은가?"

"아닙니다. 스승님께서 가주신다면 대환영입니다."

진심이다. 람스가 간다면 일단 여정이 아무리 험난해도 안심할 수 있다.

무엇보다 람스에겐 헬 게이트가 있지 않은가.

먼 여행길에 람스의 헬 게이트는 참으로 매력적인 능력이다.

"자, 그러면 가 볼까?"

여행 채비를 갖춘 람스가 헬 게이트를 구동하려 할 때였다.

사락.

천 끌리는 소리와 함께 가녀린 인영이 나타났다.

넬이었다.

"함께 가려고?"

평소처럼 무표정한 얼굴로 넬이 고개를 끄덕였다.

그녀는 그림자처럼 람스의 뒤를 졸졸 따라다녔다.

처음엔 마왕 다크니스 때문이었다.

하지만 최근 들어 넬이 마왕에 대한 지배력이 강해지면서 더 이상 람스에게 의지할 필요는 없어졌다. 그럼에도 넬은 여전히 람스의 뒤를 따라다녔다.

람스 역시 그녀와 함께 다니는 것을 당연하게 생각했다.

"좋다. 그렇게 하자."

람스가 넬의 머리를 쓰다듬으며 허락했다.

넬이 눈을 깜빡이며 그를 올려다보았다. 여전히 표정이 없는 얼굴이지만, 어쩐지 웃고 있는 것처럼 느껴졌다.

"이만 가도록 하지."

람스가 허공에 손을 내저었다.

쩌억!

공간이 세로로 갈라지며 게이트가 열렸다.

"헬 게이트. 언제 봐도 꺼림칙하군요."

으스스한 기운을 풍기는 헬 게이트를 보며 오드만이 어깨를 부르르 떨었다.

이미 람스와 함께 몇 번 헬 게이트를 이용해 봤지만, 탈 때마다 어딘지 모르게 불편했다.

"왜? 싫은가?"

"이 문의 저편이 마계로 통하지 않습니까. 좋을 턱이 없지요."

람스가 고개를 흔들었다.

"걱정할 필요 없다. 이 문은 마계로 통하지 않으니까."

"네?"

"엄밀히 말해 이 게이트는 헬 게이트라고 할 수도 없지. 다른 공간으로 통한다는 건 맞지만, 마계로 통하는 건 아니다."

"하지만 예전에 장로님들과 이 문을 건너갔을 때는 분명 마계에 도착했었습니다."

오드만과 리자크는 장로들과 함께 수련 차 마계에 다녀왔었다. 그때, 그들이 이용한 것이 지금 눈앞의 헬 게이트였다.

람스도 그 사실은 인정했다.

"그건 헬 게이트가 맞다."

오드만은 혼란에 빠졌다.

똑같은 문인데, 장로와 함께 갔을 때는 헬 게이트였고, 지금 이것은 헬 게이트가 아니라니. 대체 무슨 소리를 하는 것인지 알 수가 없었다.

"생긴 모양은 같지만 그때와 지금의 게이트는 전혀 다른 물건이다. 헬 게이트가 마계와 연결되는 통로라면, 이 게이트는 아공간으로 연결되는 것이지."

"아공간이라면…… 무한의 주머니와 비슷한 물건 말인가요?"

"그렇지."

"하지만 무한의 주머니 같은 아공간은 물건을 담아두기만 할뿐, 이동을 하는 건 불가능한 것으로 알고 있습니다만……."

"그건 아공간의 단순한 활용에 불과해."

"잘만 활용하면 스승님의 게이트처럼 다른 장소로 순식간에 이동할 수도 있단 말씀입니까?"

"그렇다. 이쪽의 문을 열고 아공간으로 들어가서, 도착할 곳의 문을 열고 나가면 되는 것이다. 그것이 바로 아공간을 이용해서 먼 거리를 이동하는 방법이지."

여전히 이해하기 어려운 내용이었다.

람스가 지금 설명하는 부분은 마도시대에 만들어진 시공마법에 관한 것으로 현대에는 사라진 마법이었다.

자연 현대의 지식만을 가지고 있는 오드만으로서는 이해하기 어려웠다. 그러나 다행히 그는 지혜로웠다.

나름의 방법으로 람스의 설명을 이해했다.

"그러니까 대충 아공간이라는 지름길을 통해서 멀리 돌아갈 길을 순식간에 도착하게 된다는 말씀이시군요. 그렇다면 헬 게이트와 아공간은 전혀 관계가 없는 기술이겠군요."

람스가 신비롭게 웃었다.

"그건 아니다. 헬 게이트는 아공간을 여는 기술을 발전시켜서 얻게 된 것이니까, 관련이 전혀 없다고 할 수는 없다."

본래 람스가 오브를 통해 얻은 힘은 아공간을 마음대로 조절하는 능력이었다. 그 기술을 이용하여 헬 게이트를 생성해 낸 것은 어디까지나 람스의 노력과 재능이었다.

"아무리 나라도 마계의 문을 여는 것은 마력 소모가 크다. 신체에도 좋지 않은 영향을 미치지. 처음 마계의 문을 열고 중간계로 돌아왔을 때는 마력뿐만이 아니라 신체에도 큰 타격을 입었을 정도였지. 최근까지도 그 때문에 몸이 불편했었다."

"몸이 불편하셨다고요?"

오드만은 크게 놀랐다.

전혀 몰랐다. 그가 부상을 입은 상태라는 걸.

'미, 믿을 수가 없다.'

오드만은 질린 표정으로 람스를 보았다.

마족들을 수족처럼 부리고, 산적 소굴을 간단하게 소탕하던 스승님의 그 놀라운 능력. 그때가 부상당한 상태였다고? 그렇다면 전력을 제대로 발휘할 때엔 대체 얼마나 대단하다는 말인가?

"그럼 지금은 회복하셨습니까?"

람스가 부드럽게 웃었다.

비록 대답은 하지 않았지만, 오드만은 알 수 있었다.

스승의 부상이 회복되었음을.

'그러고 보니 마왕 때문에 중간에 마계에 한 번 다녀오셨다고 했었지. 아마도 부상을 당한 것은 처음 헬 게이트를 열었을 때뿐이었던 모양이구나.'

생전 처음 사용하는 능력이라 게이트를 유지하는 조율능력에 다소 문제가 있었다. 하지만 처음 한 번 이후로 헬 게이트를 운용하는 람스의 능력은 비약적으로 발전했다.

이젠 헬 게이트를 이용해도 몸에 큰 무리가 오지 않았다.

'그나저나 이젠 스승님께서 자신에 대해 이야기를 해주시기도 하는구나.'

람스는 비밀이 많은 사람이었다.

여간해서는 자신의 이야기를 하지 않았다.

그러나 최근엔 이따금씩 자신의 이야기를 하곤 한다.

그만큼 자신을 가깝게 생각하는 것이리라.

오드만은 가슴이 따뜻해졌다.

그는 평생 삭막하게 살았던 사람이다.

가족도 형제도 없이 그저 마법사가 되기 위한 일념 하나로 버텨왔다. 그러나 이젠 아니다. 그에겐 가족과 같은 사람들이 생겼다.

문득, 오드만은 옛 친구를 떠올렸다.

그 역시 자신 못지않게 외로웠던 사람이다.

'친구. 잘 있는가? 이 아늑함을 그대에게도 주고 싶군.'

옛 친구와의 재회.

오드만은 벌써부터 가슴이 두근거렸다.

제6화
아자라스의 죽음이 남긴 파장

탁한 공기가 스며드는 지하.
삭막한 분위기를 풍기는 은밀한 곳에 몇 사람이 자리 잡고 있었다.
모두 넷.
둥근 테이블에 앉은 사내들은 어둡고 무거운 공기조차도 밀어낼 듯한 거친 기세를 뿜어내고 있었다.
"일이 복잡하게 됐소."
가래가 낀 듯 탁한 목소리로 누군가 입을 열었다.
아이볼.
리버스의 수장 중 한 명이자, 조직의 두뇌 역할을 하고 있는 사람이었다.

그가 미간에 깊은 고랑을 만들며 충격적인 소식을 전했다.

"아자라스가 죽었소."

"……!"

순간 실내의 공기가 급격히 무거워졌다.

죽음이 안겨주는 무게 때문이다.

게다가 평범한 사람의 죽음도 아니다.

아자라스. 그는 조직 리버스의 수장 중 하나다.

물을 근본으로 하는 청탑 계열의 마탑주로써 그 실력은 대륙에 존재하는 마법사들 중에서도 수위에 꼽힐 정도로 대단하다.

그런 그가 죽었다.

"으음."

"흠."

소식을 전해들은 수장들은 답답한 침음을 흘렸다.

다들 뜻밖의 소식에 놀란 빛이 선연하다.

그러나 이상하게도 슬퍼하는 사람은 단 한 명도 없다.

지금까지 몇 년을 함께 한 동료가 죽었다는 데도 다들 남의 일인 양 무심한 표정이다.

금발의 청년이 상체를 앞으로 숙이며 입을 열었다.

"어떻게 된 일인지 궁금하군."

하트.

조직 리버스 안에서도 별종으로 불리는 사내.

평소 조직의 일에는 무관심하던 그가 오늘은 웬일인지 진지하게 임했다.

아이볼은 대답 대신 스컬킹을 향해 턱짓하며 말했다.

"나보다는 현장에 있었던 사람에게 직접 듣는 게 좋을 듯하군."

아이볼이 쳐다본 곳엔 검은 로브를 머리 깊숙이 눌러쓴 사내가 앉아 있었다.

스컬킹.

조직 리버스의 수장 중 한 명.

변절한 네크로맨서들을 이끌고 있는 괴팍한 사내.

또한 아자라스가 죽을 당시 현장에 함께 있었던 사람이기도 했다.

"이게 어디서 나는 냄새지?"

돌연, 하트가 인상을 찡그렸다.

어딘가에서 흘러들어 오는 악취가 코를 찔렀다.

"클클클."

스컬킹이 음침한 목소리로 웃었다.

"그건 죽음의 냄새라고 하는 거야."

그제야 하트는 코를 찌르는 악취가 그에게서 풍기는 것이라는 걸 알게 되었다.

"죽음의 냄새?"

"그래. 저승의 문턱에서 돌아온 자에게서 풍기는 향기지."
스컬킹이 로브를 젖혔다.
"으음."
"허."
좌중에서 놀란 탄식이 흘러나왔다.
로브를 젖힌 스컬킹의 얼굴.
화상이라도 입은 듯 반쯤 녹아 있다.
불이나 중독으로 인한 화상과는 다르다.
말 그대로 피부 자체가 줄줄 녹아내리고 있었다.
'피부가 부패하고 있잖아!'
스컬킹의 피부는 썩고 있었다.
이미 코도 사라지고, 눈 아래도 움푹 꺼졌다.
뺨의 살점은 늙은이의 그것처럼 축 늘어졌고, 화상 자국처럼 일그러진 살점 사이로 허연 광대뼈가 비쳤다.
"무슨 일이 있었던 거지?"
하트가 심각한 표정으로 물었다.
스컬킹이 클클 웃으며 태연히 대꾸했다.
"죽었지. 아자라스와 함께."
"……!"
사람들의 표정이 딱딱하게 굳어 버렸다.
아자라스의 죽음 하나만으로도 놀라운데, 스컬킹까지 당했단 말인가.

"그대의 말은…… 아자라스와 그대, 이렇게 두 사람이 한자리에서 죽었단 말인가?"

"그런 셈이지."

"하지만 그대는 이렇게 살아 있는데?"

"죽음의 서약을 했지. 덕분에 보는 것처럼 언데드가 되어 버렸지."

"으음. 대체 누가 아자라스와 그대를 동시에 상대할 수 있단 말인가. 설마 전설의 그랜드마스터라도 나타났다는 건가?"

"흐흐흐. 아니야. 차라리 그렇게 엄청난 녀석에게 당했다면 억울하지나 않았겠지."

"그랜드마스터들이 아니라면 대체 누가 리버스의 수장 둘을 한꺼번에 처치할 수 있다는 거지?"

다들 심각한 표정으로 스컬킹의 대답을 기다렸다.

곧 그의 입에서 어느 누구도 상상하지 못한 이름이 튀어나왔다.

"람스. 아자라스를 죽이고 날 이 꼴로 만든 자의 이름은 람스다."

"람스?"

순간 실내의 분위기가 어수선해졌다.

수장들은 람스의 이름을 기억하고 있었다.

"람스라면 헬리오스 마탑의 탑주라던……."

"아자라스가 남는 오브를 대가로 대신 처리하기로 한 마탑의 탑주가 아닌가?"

스컬킹이 클클 웃으며 대답했다.

"맞아. 바로 그놈이야."

"놈이 아자라스를 죽이고 또 당신을 그 모양으로 만들었단 말인가?"

지금껏 조용히 자리를 지키고 있던 사내가 입을 열었다.

그는 황금색 로브를 입은 노인이었는데, 모두들 그를 리버라고 불렀다.

리버의 물음에 스컬킹이 히죽 웃으며 대답했다.

"틀림없는 사실이다."

"내가 알게 된 바에 의하면 아자라스가 당한 곳은 그의 얼음궁전이었다고 한다. 그곳은 그의 제자들이 지키고 있는 곳이 아닌가. 헌데 람스라는 자가 그 많은 제자들의 눈을 피해서 너와 아자라스를 암살했단 말인가? 정녕 믿을 수 없는 일이군."

리버의 말에 스컬킹은 고개를 절레절레 저었다.

"아니야. 몰래 죽이지 않았어. 놈은 당당하게 정문으로 쳐들어왔지."

"그럼 제자들은 어떻게 따돌렸단 말인가?"

"글쎄. 아마도 다 죽었을걸? 내가 아자라스 놈의 수정궁전을 몰래 빠져나왔을 때엔 아무도 남아 있지 않았으니까 말이야."

"말도 안 되는 소리!"

리버가 테이블을 내리치며 소리쳤다.

"지금 그대는 백 명이나 되는 마법사와 7레벨의 마탑주, 그리고 당신을 람스 혼자서 쓸어버렸다고 말하는 것인가? 드래곤이 아닌 한 불가능해!"

강한 반발에도 불구하고 스컬킹은 여전히 유들유들한 태도를 버리지 못했다.

"안 믿어도 상관없어. 내 눈으로 직접 본 것이니 말이야. 그리고 꼭 드래곤만이 그런 일을 할 수 있다고 생각하지도 않아."

스컬킹이 눈을 게슴츠레 뜨며 동료를 바라보았다.

"이곳에서 나를 제외한 다른 세 명은 충분히 그만한 전력이 있다고 믿는데?"

"……."

그의 물음에 아무도 이익를 제기하지 않았다.

실제로 하트, 아이볼, 리버에겐 그러한 힘이 있었다.

오브를 흡수한 사람과 그렇지 못한 사람 사이에는 그만큼 커다란 격차가 존재했다.

이때, 아이볼이 나서며 분위기를 정리했다.

"람스가 아자라스의 제자들을 해치웠다고 했소? 직접 본 것이오?"

"말했잖아. 직접 보지는 못했다고. 다만 내가 나올 때 아무도 없었으니, 그럴 거라고 생각한 것일 뿐이지."

"그렇다면 이번 일은 람스 혼자서 한 일이 아닐 수도 있겠군."

"무슨 소린가?"

"놈에게 배후가 있을 수도 있다는 소리오."

스컬킹이 잠시 생각하다 고개를 끄덕였다.

"충분히 그럴 수도 있겠지. 하지만 내가 본 그 작자의 능력은……."

아이볼이 스컬킹의 말을 자르며 이야기를 정리했다.

"이로써 확실해지는군. 헬리오스 마탑. 그리고 헬리오스 마탑의 탑주인 람스는 우리를 끌어내기 위한 함정이었소."

그는 람스에게 배후가 있다고 단정했다.

하트가 물었다.

"어째서 그렇게 확신하는 거지?"

"생각해 보면 단순한 일이오. 불과 얼마 전까지만 해도 우린 세상에 헬리오스 마탑이라는 곳이 있는지도 몰랐소. 그야말로 하늘에서 뚝 떨어진 것처럼 갑자기 람스라는 놈이 나타났지."

"확실히 그런 면이 있었지."

"놈의 이름이 처음으로 언급된 사건이 무엇인지 기억하시오?"

하트가 입을 열었다.

"사막 부족의 술탄에게 수작을 걸 때였던가?"

"바로 맞췄소. 술탄의 딸을 납치하려 할 때였지. 놈의 이름을 듣게 된 것은 바로 그때부터였소. 참으로 공교롭게도 놈의 등장으로 인해 사막 부족과 늪 부족을 충돌시키려 했던 우리의 계획에 차질이 생겼소. 그리고 그 후로 우리가 무언가 계획을 꾸밀 때마다 놈의 이름을 듣게 되었소."

"아이볼. 그대는 람스의 출현이 누군가의 의도적인 수작이었다고 말하는 것인가?"

아이볼이 고개를 끄덕였다.

"그렇다고 생각하오."

"그렇게 생각하는 이유는?"

"람스 놈의 출현이 너무도 공교롭다는 점. 그리고 이름도 없는 마탑의 탑주치고는 실력이 너무 뛰어나다는 점. 마지막으로 놈에게 아자라스가 죽었다는 점."

아이볼은 잠시 말을 멈추고 수장들을 돌아보며 한자 한자 강조하듯 말을 뱉었다.

"여러분께서는 그런 실력자가 어느 날 갑자기 툭 뛰어나올 수 있다고 생각하시오? 그것도 미치광이라 소문난 작자의 제자가?"

다들 불가능한 일이라며 고개를 저었다.

"그래서 헬리오스 마탑에 다른 배후가 있다고 생각하는 것이오."

하트가 다시 물었다.

"그렇다면 그대는 헬리오스 마탑의 배후가 어디라고 생각하는가?"

아이볼이 짧게 말했다.

"적탑!"

"적탑?"

"그렇소. 스컬킹의 설명을 들어 보면 놈은 화염계 마법사가 분명하오."

모두의 시선이 스컬킹에게로 몰렸다.

스컬킹이 킥킥 웃으며 말문을 열었다.

"확실해. 놈이 아자라스의 몸을 두드려 팰 때마다 화끈한 불꽃이 터져 나왔거든. 대단히 뜨거운 화염이었지. 덕분에 아자라스 녀석은 뼛조각 하나 남기지 못했지. 안타까운 일이야. 시신이라도 남았다면 썩 훌륭한 장난감으로 만들 수 있었을 텐데."

시체를 조종하는 네크로맨서답게 스컬킹은 아자라스의 시신을 구하지 못한 것이 못내 아쉬운 눈치였다.

아이볼의 설명이 이어졌다.

"들었다시피 람스 놈이 사용한 능력은 화염마법이었소. 반면 놈에게 희생된 아자라스는 6레벨의 수계 마법사였소."

아이볼은 잠시 말을 멈추고 스컬킹에게 슬며시 시선을 던졌다.

당한 사람이 아자라스 혼자가 아니라는 무언의 표시였다.

스컬킹이 소란스럽게 웃었다.

"클클클. 그렇게 조심스럽게 행동할 필요 없어. 크게 떠들어도 난 상관없으니까. 6레벨 수계 마법사인 아자라스와 마찬가지로 6레벨 네크로맨서인 나 스컬킹. 이렇게 두 사람이 놈에게 당한 건 변할 수 없는 사실이지."

아이볼은 천박하게 떠드는 스컬킹의 행동을 슬며시 무시하며 말을 이었다.

"이렇듯 람스라는 녀석은 6레벨의 마법사 둘을 순식간에 제압했다고 하오. 내가 아는 한 이런 능력을 가진 사람은 대륙을 통틀어도 몇 되지 않소. 그리고 그 중에서 화염을 사용하는 이는 오직 한 사람뿐이지. 루비. 바로 적탑주요."

"하지만 놈은 헬리오스의 제자가 아닌가?"

하트의 물음에 스컬킹이 큰 소리로 웃었다.

"흐하하하. 놈이 미치광이 헬리오스의 제자라고? 하하하. 나와 아자라스의 실력이 그렇게 우습게보였나? 놈은 6레벨의 마법사 둘을 그야말로 벌레 죽이듯 간단하게 해치웠다. 이런 실력을 가진 녀석이 아직도 미치광이 헬리오스의 제자라고 믿는 건 아니겠지?"

확신 어린 스컬킹의 발언이 좌중에 깊은 인상을 남겼다.

아이볼이 다시 한 번 이야기를 정리했다.

"이제 다들 짐작할 수 있다시피 놈은 적탑주 루비의 후계자요. 제자? 또는 비밀병기? 뭐라 불리는 관계이건 간에 놈의 배후에 적탑주가 있는 것은 분명한 사실이오. 그리고 이것은 아주 중요한 사실 하나를 암시하오."

잠시 말을 멈추고 좌중을 한 차례 쓸어 본 아이볼이 힘 있는 목소리로 말했다.

"적탑주가 우리의 정체에 대해 알고 있다는 것이오."

"……."

순간 실내의 분위기가 거칠어졌다.

돌연, 스컬킹이 분위기에 맞지 않게 키득거리며 웃었다.

"클클클. 정체가 밝혀진 게 무에 대수라고 이리들 심각한지 모르겠군. 이미 아자라스가 죽고 그의 얼음궁전이 드러난 이상 비밀엄수는 물 건너간 셈이 아닌가. 람스라는 녀석의 정체가 무엇이건 간에 더 이상 리버스는 비밀스러운 조직으로 남을 수 없게 되었지 않나?"

조직의 비밀이 밝혀질 위기에도 그는 전혀 두려워하는 기색이 없었다.

그는 이미 영혼을 악마에게 팔아 버렸다.

그야말로 더 이상 나빠질 것이 없는 상태였다.

"정체가 밝혀지게 되면 활동에 제약이 생길 수밖에 없게 되지. 앞으로 어떻게 할 생각인가?"

리버가 아이볼에게 물었다.

수장들의 권위는 평등하다.

하지만 조직의 방향을 결정하는 사람은 있었다.

그게 바로 아이볼이다.

중요한 사안이 있을 때마다 수장들은 언제나 그의 의견을 따랐다. 그것은 그만큼 그의 머리를 믿는다는 뜻이기도 했다.

"오늘 이 자리에 모인 것도 바로 그것을 논의하기 위함이오. 상황으로 보아 당분간은 활동을 자제하는 것이 좋을 것 같소."

아이볼의 의견에 수장들은 별다른 이견을 보이지 않았다.

그들의 정체와 목적이 밝혀지게 되면 세상이 발칵 뒤집히게 된다. 곧 수많은 세력들이 그들을 찾아 온 세상을 이 잡듯 뒤질 것이다.

리버스의 수장들이 아무리 강하다 한들 세상 전체를 적으로 돌릴 수는 없는 법.

수장들은 사태가 진정될 때까지 숨어 지내는 것으로 합의를 봤다.

이때 하트가 고개를 들었다.

"그래서…… 그건 어떻게 되었다는 거지?"

아이볼이 그에게 고개를 돌렸다.

"뭐가 말이오?"

"오브 말이다. 아자라스가 가지고 있던 십여 개의 오브."

하트의 물음에 아이볼은 불쾌함을 느꼈다.

이 녀석. 아자라스의 죽음엔 미동도 않더니, 오브의 행방에는 심각한 표정으로 촉각을 곤두세운다.

문득 이상한 기분이 들었다.

'녀석이 오브에 관심을?'

특이한 일이다. 지금까지 하트는 단 한 번도 오브에 관심을 보이지 않았다. 오히려 선심을 쓰듯 동료들에게 남는 오브를 양보하기도 했다.

'애초에 이 녀석이 아니었으면 오브를 모으는 것조차 불가능했을 터. 그런데 왜 이제 와서……'

지금까지 오브에 관심이 없어 보였던 하트. 그런 그가 유독 아자라스의 오브에는 신경을 쓴다.

어째서?

생각할수록 의아한 일이다.

아이볼이 하트의 특이한 행동에 집중하는 사이 수다스러운 스컬킹이 나섰다.

"아자라스의 오브라면 람스 놈이 모조리 챙겨갔지. 금고 안에 든 것까지 모조리 말이야. 그런데 왜 그게 궁금한 거지? 혹시 람스 놈에게서 오브를 빼앗아 올 생각인가? 만약 그럴 생각이라면 나와 함께 가는 건 어때? 나도 녀석에게 볼일이 좀 있는데 말이야."

스컬킹은 은근히 하트의 행동을 부추겼다.

이 기회에 람스에게 복수를 하고자 하는 뜻이 분명했다.

하트는 그를 거들떠보지도 않았다.

'람스라……'

그의 입장에서 보면 오브가 누구 손에 들어가도 상관없다.

다만 오브가 어디에 있는지 알고 있는 것이 중요할 뿐.

'그라면 상관없겠지.'

오브를 가져갔다는 람스. 하트는 그와 만난 적이 있었다.

직접 만난 것은 아니고, 팬크러즈라는 녀석을 통해 간접적이나마 람스를 경험했다. 그때 당시 확인한 람스의 성격은 강직하고 올곧은 성격의 소유자였다.

'그라면 괜찮아. 그라면……'

하트는 전신의 긴장을 풀었다.

람스가 오브를 가져갔다는 사실을 확인한 것만으로도 긴장이 풀어지고 입가에 여유가 돌아왔다.

"이것으로 오늘 회의는 마치겠소. 앞서 말했다시피 당분간은 활동을 자중해주길 바라오. 그럼, 다음 회의 때까지 다들 평안하시길 바라오."

아이볼이 폐회를 알렸다.

회의가 끝나기 무섭게 하트와 리버가 사라졌다.

"키히히, 이대로 얌전히 있어달라고? 난 그렇게는 못해. 무슨 일이 있어도 복수를 하고 말 테다. 암! 그렇고말고. 이 스컬킹님은 은혜는 쉽게 잊어도 원한은 결코 잊지 못하니까 말이야. 크히히히히."

멀리서 들려오는 스컬킹의 웃음소리가 지옥 밑바닥의 비명처럼 섬뜩하게 들렸다.

　　　　　*　　　*　　　*

하트와 스컬킹이 사라지고 얼마나 흘렀을까.

눈을 감은 채 생각에 잠겨 있던 리버가 아이볼에게 물었다.

"왜 날 보자고 했나?"

원래 그는 다른 수장들과 함께 회의가 끝나는 대로 떠나려했다. 그런데 떠나려는 그에게 아이볼이 은밀한 신호를 보냈다. 따로 할 말이 있으니 기다려달라는 것이었다.

아이볼이 진지하게 대답했다.

"당신과 나, 단둘이 할 말이 있기 때문이오."

"허허. 제법 심각한 표정이군. 연애 이야기라면 사양하겠네. 난 남색엔 취미가 없으니까 말일세."

"물론, 그런 짓을 할 생각은 없소."

"그럼 한번 들어 보지. 그런데 왜 단둘이 만나자고 한 건지 모르겠군. 스컬킹이나 하트가 들으면 안 될 이야기라도 있는가?"

"스컬킹과 하트는 딴생각을 품은 자들이라 곤란하오."

"딴 마음?"

"스컬킹은…… 완전히 변해 버렸소."

아이볼의 말에 리버는 혀를 끌끌 찼다.

"불쌍한 사람이지. 오브의 힘으로 세상을 호령하려던 사람이 졸지에 언데드가 되었으니 실망이 이만저만이 아닐 걸세."

"사정이 어떻든 그는 지금 언데드요. 추악하고 타락한 저주받은 생명체."

리버가 눈살을 찌푸렸다.

"옛 동료에 대한 평가가 다소 잔인한 것 같군."

"잔인해도 어쩔 수 없소. 지금은 그가 간신히 이성을 유지하고 있지만, 언제 언데드의 사악한 본능을 드러낼지 모르오. 그때가 되면 그는 동료가 아니라 오히려 우리 조직의 발목을 잡는 방해물이 될 것이오. 아마 당신도 그렇게 생각하고 있을 거라 믿소."

"스컬킹은 그렇다 치고, 하트는 왜 또 안 되는 겐가?"

"하트. 그는 우리 조직에서 누구보다도 이질적인 존재요."

리버도 아이볼의 생각에 동의했다.

그는 독사 무리에 섞여 있는 한 마리의 오소리 같은 인물이다.

"리버. 당신은 그가 어떤 인물이라고 생각하시오?"

리버가 잠시 생각하다 말했다.

"쾌활한 사람이지. 웃음이 많아. 보통 이런 사람들은 경솔하기 마련인데, 그는 다른 것 같더군. 편한 인상 뒤에 치밀함이 숨어 있어. 묘하게 상대하기 어려운 사람이지."

"그렇소. 그는 겉과 속이 다른 사람이오."

리버는 속으로 웃었다.

겉과 속이 다른 인물.

아이볼이야말로 그런 인물이 아닌가.

리버는 내심을 감추며 아이볼에게 물었다.

"대체 하트의 정체가 뭔가? 그의 목적이 뭐지?"

하트의 정체는 이미 오래전에 알려졌다. 하지만 그것은 어디까지나 표면적인 정체에 불과하다. 심지어 그가 얼마나 강한지조차 아는 사람이 없다.

아이볼이 입을 열었다.

"그는 리버스를 만든 사람이오."

"……!"

리버가 자리에서 벌떡 몸을 일으켰다.

그의 얼굴이 경악으로 일그러져 있었다.

"그가 리버스를 조직한 사람이라고? 난 지금까지 자네라고 생각하고 있었는데?"

리버를 비롯한 수장들을 리버스로 회유한 사람은 다름 아닌 아이볼이었다. 그래서 다들 그가 리버스를 만든 것으로 알고 있었다. 그런데 실질적인 주인은 아이볼이 아닌 하트였던 것이다.

지금까지 별다른 존재감이 없었던 하트가 실은 이 모든 음모의 실세였던 셈이다.

"그는 무엇 때문에 리버스를 만든 거지? 그가 노리는 것은 대체 무엇인가?"

리버의 눈길이 그 어느 때보다도 차갑고 날카롭게 번뜩였다.

아이볼이 고개를 저으며 대답했다.

"모르겠소. 나도 그에 대해서는 자세히 알지 못하오. 하지만 그가 뭔가를 꾸미고 있는 것만은 분명하오."

모르겠다는 대답. 리버는 그가 무언가를 숨기고 있다는 사실을 눈치챘다. 하지만 더는 그를 추궁하지 않았다. 물어도 대답해줄 것 같지 않았기 때문이다.

리버는 짐짓 아무것도 모르는 척 연기를 하며 느긋한 목소리로 중얼거렸다.

"어쨌든 하트가 의심스러운 인물인 것만은 확실하군."
"그렇소. 그래서 우리 둘만의 대화가 필요한 것이오."
"하고 싶은 말이 대체 뭔가?"
"리버. 당신은 이번 아자라스 일을 어떻게 생각하시오?"
"그의 죽음은 참으로 슬픈 소식이었네."
"후후. 슬프다라······."

아이볼이 차갑게 웃었다. 마음에도 없는 소리라는 뜻이다. 그가 다시 물었다.

"그렇다면 아자라스가 빼앗긴 오브는 어떻게 생각하시오?"
리버가 미간에 주름을 새겨 넣었다.
"무슨 말을 하고 싶은 겐가?"
"아자라스가 빼앗긴 오브. 그 오브가 탐나지 않소?"
"허허허. 무슨 소리인가 했더니 그 이야기였군."
털털하게 웃던 리버. 그의 눈길이 별안간 싸늘하게 식었다.
"아자라스만으로는 모자랐던 모양이지?"
아이볼이 무슨 소리냐는 표정으로 되물었다.

"무슨 말이오?"

"벌써 잊었나? 남는 오브 하나를 미끼로 아자라스를 헬리오스 마탑으로 보냈던 일을. 그로 인해 어떤 결과가 나왔지? 결국 아자라스가 죽었다. 그런데 이번엔 아자라스가 빼앗긴 오브를 미끼로 날 낚으려 드는구나."

그으으으으!

리버의 전신에서 막대한 기운이 솟구쳐 올랐다. 그의 기운과 동조한 대지가 지진이라도 난 것처럼 흔들렸다.

아이볼이 급히 손을 내밀며 말했다.

"진정하시오, 리버. 아자라스와 당신은 같지 않소."

"뭐가 다르다는 말인가?"

"실력."

"……."

"솔직히 말해 지금의 당신은 아자라스가 설사 열 명이라 한들 손쉽게 해치울 수 있지 않소?"

리버는 부정하지 않았다.

실제로도 그는 그렇게 생각하고 있었다.

아이볼의 말이 이어졌다.

"오브의 힘이란 정말 놀라워. 정말 믿기지 않는 힘을 주지. 이미 당신은 많은 수의 오브를 흡수해서 엄청난 능력을 거머쥐었소. 만약 이 상태에서 아자라스가 빼앗긴 오브까지 흡수한다면 어떻게 될까? 모르긴 몰라도 인간 중에는 당신을 능가

할 사람이 없을 것이오."

아이볼의 말은 뱀의 속삭임만큼 달콤했다.

유감스럽게도 리버는 그의 유혹에 넘어가지 않았다.

"그렇게 오브가 좋으면 자네가 직접 하게."

"할 수만 있다면 그렇게 했소. 유감스럽게도 헬리오스 마탑은 적탑 계열이 아니오?"

"정체를 들킬 우려가 있어서 못하겠다?"

"바로 그러네."

"이번 아자라스 일로 자네의 정체는 이미 발각된 것이나 다름이 없을 텐데?"

"의심하는 것과 확신하는 건 전혀 다른 문제지."

"자네가 먹은 오브가 몇 개인데……. 마음만 먹으면 적탑과 정면승부도 할 만할 텐데?"

"불행하게도 난 오브를 독식하지 못해서……."

리버는 눈치가 빨랐다.

"요즘 보니 자네 수하들 몇의 실력이 갑자기 좋아진 것 같더니. 그 이유인가?"

"난 제자들을 아끼는 사람이라오."

리버가 코웃음을 쳤다.

"제자들을 상대로 실험을 하고 있는 건 아니고?"

아이볼의 눈빛이 음침해졌다.

"그건 리버, 당신도 마찬가지가 아니오? 뭔가 색다른 실험을 하는 것 같아 보이던데……."

"……."

리버는 이번에도 입을 굳게 다물었다.

아이볼이 다시 한 번 은근히 권했다.

"어떻소? 아자라스의 오브를 찾아오는 것이. 찾아오기만 한다면 그 오브들 모두를 당신의 권리로 인정하겠소이다."

리버는 소리 나게 웃었다.

"하하하. 이미 말하지 않았나. 그렇게 좋은 것이면 자네가 직접 하게. 난 관심이 없으니 더 이상 권유하지 말게."

"그 많은 오브가 관심이 없다고? 난 믿을 수 없소."

"믿든 안 믿든 상관없어. 그나저나 은밀히 말할 거라는 게 그거였나? 쯧쯧. 쓸데없이 시간 낭비만 했군."

리버가 자리에서 일어났다.

"더 이상 할 말이 없다면 난 이만 가겠네. 당분간은 바쁠 것 같으니 이런 일로 부르지 말게."

아이볼은 떠나는 그를 따라가며 달콤한 미끼를 계속 던졌지만, 리버는 끝내 움직이지 않았다.

"자네도 귀찮은 음모나 꾸밀 생각 말고, 필요한 게 있으면 직접 움직이게. 대체 언제까지 남에게 지시만 내리고 있을 생각인가?"

아이볼에게 호된 일침을 마지막으로 리버는 회의장을 떠났다.

\* \* \*

"일이 귀찮게 되었군."

홀로 남게 된 아이볼은 다리를 꼬고 앉은 채 생각에 잠겼다. 리버가 이처럼 단호하게 제의를 거절할 줄은 몰랐다. 아자라스가 빼앗긴 오브를 언급하면 생각할 것도 없이 덥석 물 줄 알았는데.

리버를 쉽게 생각해서 그런 판단을 내렸던 것은 아니다.

그만큼 오브가 주는 유혹이 크기 때문이다.

그런데 현실은 그의 생각과는 전혀 다르게 진행되었다.

"리버. 대단한 자제력을 가졌군. 그만큼 강해졌다는 의미겠지?"

잠깐 보여주였던 힘.

대지를 진동하게 만드는 그 위력은 분명 엄청난 것이었다. 가볍게 힘을 풀어놓은 것이 그 정도라면 과연 전력을 다하면 얼마나 강해질까.

"그나저나 헬리오스 마탑은 어떻게 한다?"

이대로 헬리오스 마탑을 버려둘 수는 없다.

헬리오스 마탑의 배후는 꺼림칙하지만, 람스가 가져간 아자라스의 오브는 어떻게든 회수를 해야 한다.

"리버가 안 된다면 어쩔 수 없이 내가 직접 가야겠군."

최근 시작한 몇 가지 실험으로 눈코 뜰 새 없이 바쁘지만, 이대로 오브를 남의 손에 방치해둘 수는 없다.

그가 헬리오스 마탑에 대한 결정을 내렸을 때다.

"아이볼님."

스산한 목소리와 함께 한 사람이 나타났다.

검붉은 로브를 뒤집어 쓴 건장한 사내였다.

수하인 베인(Vein)이었다.

아이볼이 고개를 숙인 베인을 내려다보며 물었다.

"무슨 일이냐?"

"헬리오스 마탑을 제게 맡겨 주십시오."

"헬리오스 마탑을?"

아이볼이 미간을 찌푸리고는 베인을 내려다보았다.

설마 수하인 베인이 나서려고 할 줄은 생각하지 못했다.

베인이 자신감 넘치는 목소리로 말했다.

"놈들을 무너뜨리고 오브들을 찾아오겠습니다."

"방금 전 회의 내용도 듣지 못했느냐? 헬리오스 마탑의 탑주 놈이 아자라스와 스컬킹을 물리쳤다. 우리 리버스가 자랑하는 수장 둘을 한꺼번에 상대해서 쓰러트렸다는 소리지."

베인은 긴장하기는커녕 오히려 미소를 보였다.

"스컬킹과 아자라스. 그들은 약했습니다."

아이볼이 비웃음 섞인 눈빛으로 물었다.

"넌 그렇지 않다는 뜻인가?"

"전 아이볼님께서 주신 오브를 모두 흡수했습니다. 노멀인 그 두 사람과 전 다릅니다."

"호오. 그걸 모두?"

아이볼은 자신의 몫으로 돌아온 오브 중 몇을 수하들에게 나눠주었다.

그 중 베인이 받은 오브는 다섯 개.

방금 베인은 그 다섯 개의 오브 모두를 흡수했다고 말한 것이다.

"놀랍군. 네게 재능이 있는 줄은 알았지만 이렇게 빨리 해내리라고는 예상하지 못했다."

"모두 아이볼님 덕분입니다."

아이볼은 만족스런 표정으로 고개를 끄덕였다.

다섯 개의 오브와 링크를 하다니.

이 정도면 아자라스와 스컬킹을 하찮게 여기는 것도 충분히 납득할 수 있다.

실제로 지금의 베인은 그만한 저력이 있었다.

아이볼이 고개를 끄덕이며 말했다.

"좋다. 너에게 임무를 주마. 지금 즉시 헬리오스 마탑으로 떠나라. 하지만 우선은 그곳의 정보를 수집하여 내게 보고하라. 놈들의 배후에 누가 있는지 확인하라. 적의 배후를 알게 될 때까지 섣부른 행동은 일절 금한다."

헬리오스 마탑을 도모할 능력이 되더라도 함부로 행동하지 말라는 뜻이다.
 "……알겠습니다."
 대답하는 베인의 목소리가 조금 시들하다.
 그는 넘칠 정도로 강력한 힘을 얻었다.
 당장이라도 그 힘을 쓰고 싶다.
 그런데 아이볼은 충동을 억제하라고 명하는 것이다.
 실망하는 그의 마음을 눈치챈 아이볼이 한결 부드러운 목소리로 위로했다.
 "갑갑하겠지만 당분간은 참아라. 헬리오스 마탑은 뭔가 석연찮은 구석이 있으니, 조심해서 나쁠 것은 없을 것이다. 때가 되면 명령을 내릴 것이니, 그때 네 마음껏 날뛰도록 해라."
 "명을 따르겠습니다."
 아이볼에게 공손히 허리를 접은 베인이 조용히 실내를 빠져나갔다.
 "헬리오스 마탑. 분명 메딘 산이라고 했지?"
 텔레포트 게이트로 향하는 베인의 음성엔 살기가 가득했다.

\* \* \*

 아이볼의 명령을 받은 베인이 헬리오스 마탑으로 향하던 그 시각, 알타 왕국의 변방에 위치한 작은 마을에 외지인들이 몰려들고 있었다.

외지인들은 마을의 서북쪽에 위치한 커다란 호수에 볼일이 있었다.

그 호수는 근방의 주민들에게 저주받은 호수라 불리고 있었다. 일 년 내내 짙은 안개에 휩싸여 있는 데다, 종종 인근을 지나는 사람들이 이유 없이 실종되곤 해서다.

저주받은 호수를 찾은 이방인들은 로브를 깊게 눌러쓴 마법사들이었다.

처음 나타난 마법사들은 하나같이 청색 로브를 입고 있었다. 그리고 얼마 후, 적색 로브를 입은 마법사들이 조사에 합류했다.

적색과 청색. 각기 다른 색의 로브를 입은 마법사들은 힘을 합하여 호수 인근을 이 잡듯 뒤지고는 열흘 후 처음 나타날 때와 마찬가지로 별안간 사라졌다.

이를 두고 사람들은 마탑의 마법사들이 호수의 저주를 물리쳐주었다고 말했다. 항상 뿌옇게 끼어 있던 안개가 그날 이후 감쪽같이 사라졌기 때문이다.

\* \* \*

적탑의 최상층.

적탑주 루비와 청탑주 에메랄드가 심각한 표정으로 대화를 나누고 있었다.

그들이 앉은 테이블 위에는 저주받은 숲에서 구해온 몇 가지 증거들이 굴러다니고 있었다.

반쯤 불탄 마법서, 찢겨진 로브 조각, 그 외에도 마법 연구에 사용되는 여러 기물들.

이 모두가 최근 발견된 얼음궁전의 잔해에서 발견된 물건들이었다.

"칼론 마탑의 탑주, 아자라스."

청탑주 에메랄드의 입에서 얼음궁전의 주인이었던 아자라스의 이름이 흘러나왔다.

하지만 막상 아자라스의 신분은 얼음궁전의 주인이었던 아자라스와는 다소 달랐다.

칼론 마탑.

청탑 소속이 마탑으로 오브를 연구하던 시설이 있던 곳이었다. 또한 여러 달 전 모종의 사건으로 탑주를 비롯한 전원이 사망한 것으로 알려진 비운의 마탑이기도 했다.

그런데 전멸하여 시신조차 찾지 못한 것으로 알려진 마탑의 흔적이 전혀 엉뚱한 곳에서 발견되었다.

"이걸 어떻게 받아들여야 할지 모르겠군요."

에메랄드는 고뇌에 빠진 표정으로 고개를 흔들었다.

있을 수 없는 일이 벌어졌다. 부정하고 싶지만, 증거가 너무도 명확하다.

적탑주 루비가 침착한 표정으로 그녀를 보며 말했다.

"결과를 부정하지 마시오. 결론은 이미 내려진 것이나 진배없소."

에메랄드가 고개를 끄덕였다.

"그래요. 결론은 이미 내려졌지요."

그녀가 한숨과 함께 말을 이었다.

"배신. 칼론 마탑의 마법사들은 전멸한 것이 아니었어요. 그들은 배신을 가장한 채 지금까지 숨어 지냈던 거죠. 이건, 이건 배신이에요. 그들은 청탑과 날 배신하고 말았어요."

그녀는 아자라스의 배신으로 큰 충격을 받았다.

루비 또한 마찬가지 심정이었다.

"최근 믿을 수 있는 소식에 의하면 이미 죽었어야 할 바론 마탑의 제자들이 버젓이 돌아다니고 있다고 하오."

바론 마탑은 칼론 마탑과 비슷한 시기에 붕괴된 곳이다.

"그렇다면……"

에메랄드의 말에 루비가 고개를 끄덕였다.

"그렇소. 나 또한 그렇게 생각하고 있소."

바론 마탑과 칼론 마탑은 몇 가지 유사한 공통점을 가지고 있다.

두 마탑은 각기 적탑과 청탑 계열의 마탑들 중 오브를 연구하는 시설이 있던 곳이다. 또한 탑주들의 실력이 뛰어났으며 야망이 넘치는 자들이었고, 마지막으로 리버스라는 의문의 무리에게 무너졌다.

루비는 두 마탑이 오브를 연구하던 곳이었다는 점에 집중했다.

"만약 그들이 오브의 비밀을 밝혀냈고, 그 힘을 마음대로 사용할 수 있게 되었다면……."

에메랄드가 뒷말을 이었다.

"음모를 꾸몄다는 말씀이시군요."

"충분히 그럴 가능성이 있다고 보오."

"당신은 바론 마탑과 칼론 마탑의 사건을 자작극이라고 생각하시나요?"

"당신은 두 마탑이 누군가에게 연락을 취할 틈도 없이 무너졌다는 걸 믿을 수 있겠소?"

"그런 의심도 해 봤어요. 하지만 난 폐허 속에서 제자들의 시신을 발굴했어요."

"의도적인 연출일 것이오. 그도 아니면 반란을 꾸민 자들에게 마지막까지 저항하던 사람들일 수도 있고."

"모르겠군요. 머릿속이 복잡합니다. 하지만 당신의 말에 일리가 있다고 생각해요."

모든 정황들이 루비의 가설에 힘을 실어주고 있었다.

혼란스런 표정이던 에메랄드가 루비에게 시선을 던졌다.

"당신은 바론 마탑과 칼론 마탑의 마법사들이 리버스일 것이라고 생각하고 있군요."

"그렇소. 어떻게든 그들은 리버스와 연관이 있을 것이라 생각하오."

"이번에 발견된 흔적들은 어떻게 보시죠? 여러 정황들로 볼 때, 아자라스와 그의 제자들은 전멸한 것으로 보이는데?"

"내분일 수도 있고, 어쩌면 새로운 세력의 개입일 수도 있소. 어쨌든 덕분에 그들의 흔적을 발견할 수 있었으니 우리 입장에서는 천운이라고 할 수 있을 것이오."

얼음궁전이 발견되지 않았다면 두 마탑의 배신을 눈치채지 못했을 것이다.

"제자들을 풀어서 그들의 행방을 좇아야겠군요."

에메랄드의 표정이 어둡게 변했다.

만약 두 마탑이 정말로 배신을 한 것이라면 사태는 생각보다 심각해진다.

두 마탑 모두 오브를 연구하던 곳이다.

그리고 만약 오브의 비밀을 풀었다면…… 소름끼치도록 막대한 힘을 손에 넣었다는 이야기가 된다. 어쩌면 금단으로 여겨지던 경지에 도달했을 수도 있다.

"서둘러야겠어요. 이 일은 우리 두 마탑의 명예가 걸린 일이니까 말이에요."

"나도 그렇게 생각하오. 에메랄드."

루비와 에메랄드는 리버스와 관련된 사항을 심도 있게 논의했다.

그들의 대화가 마무리될 즈음이었다.

돌연 집무실의 문이 벌컥 열렸다.

"탑주님!"

누군가가 다급하게 집무실 안으로 뛰어 들어왔다.

루비가 반사적으로 버럭 고함을 쳤다.

"노크!"

급하게 들어오던 마법사가 뒤늦게 생각이 났는지 고개를 숙였다.

"죄송합니다."

그 모습을 보고 청탑주 에메랄드가 소리 나게 웃었다.

오랜만에 보는 밝은 미소였다.

"적탑의 마법사들은 여전히 활기가 넘치는군요."

"불 마법을 익히다 보니 성질이 급해져서 그런 게지."

계면쩍은 표정으로 대꾸하던 루비가 마법사를 향해 고개를 돌렸다.

"무슨 일이냐?"

"손님께서 스승님을 뵙자고 청하십니다."

"손님?"

루비가 인상을 썼다.

다른 사람도 아닌 청탑주와 회의를 하는 도중이다.

설사 일국의 왕이 찾아왔다 할지라도 볼일이 끝날 때까지 기다리는 것이 예의다.

"대체 누가 왔는데 이 호들갑이냐?"

"매지님이십니다."

"매지님?"

루비의 눈이 커졌다.

잠자코 듣고 있던 청탑주가 놀란 목소리로 그에게 물었다.

"매지님이시라면…… 혹시 미카엘 가문의 매지님을 말씀하시는 겁니까?"

미카엘 가문의 가주, 매지.

그녀는 이쪽 세계의 사람들 사이에서 상당히 유명한 인물이다. 아니, 가히 전설이라고 불릴 만했다.

그녀는 대륙에서도 손꼽히는 대부호인데다, 마탑에 버금가는 막강한 세력을 보유한 권력가다.

그녀의 권한은 실로 막대하여 몇 개국의 정계와 재계에 큰 영향권을 행사할 수 있다고 전해진다.

하지만 정작 그녀를 유명하게 만든 것은 그녀의 권력과 재산보다는 그녀 자신의 능력 때문이다.

매지 그녀는 전설 급의 영웅인 리드공의 제자이며, 또한 대륙에 존재하는 모든 소울러의 스승이기도 했다.

그녀의 미카엘 가문은 그야말로 소울러들의 산실이자 성지라고 할 수 있는 곳이었다.

그런 그녀가 루비를 찾아왔다.

까마득한 옛날부터 두문불출하는 것으로 알려졌던 그녀가.

"그녀와는 오래전의 인연으로 몇 차례 인사를 나눈 적이 있지요."

"좀처럼 움직이지 않는다던 매지님이 직접 행차하시다니. 아무래도 가벼운 사안은 아닌 것 같군요. 자리를 비켜드릴까요?"

적탑주 루비는 사양하지 않았다.

"그렇게 해주시면 고맙겠소."

"별말씀을. 그럼 나머지 사항은 원격으로 협의하도록 하지요."

"그렇게 하십시다."

청탑주 에메랄드는 작별인사와 함께 집무실을 떠났다.

그녀가 떠나고 얼마 있지 않아 30대 중반쯤으로 보이는 중년 여성이 집무실을 찾았다.

"오랜만입니다, 매지님."

루비가 그녀를 반갑게 맞았다.

이 중년 여성이 바로 미카엘 가문의 가주이자 소울러들의 대모라 불리는 매지였다.

"반가워. 오랜만이지?"

매지라 불린 여성은 간단한 손인사와 함께 루비가 권한 자리에 털썩 앉았다.

루비의 나이와 지위를 생각하면 절대로 있을 수 없는 무례한 행동.

하지만 정작 루비는 매지의 건방진 태도를 당연하게 받아들였다.

그도 그럴 것이 이 젊은 아가씨는 사실 그보다도 한참이나 나이가 많은 노인이기 때문이다. 그녀의 나이가 얼마나 되었는지 정확히 알 수는 없으나 적어도 150은 넘었으리라는 것이 루비의 생각이었다.

"여전히 아름다우십니다."

루비가 만면에 미소를 가득 띠며 말했다.

객쩍은 말만은 아니다.

실제로 매지는 매우 아름다웠다.

몸 관리를 잘한 30대 중반 여성에게서 흔히 볼 수 있는 여유로움과 농익은 아름다움이 잘 조화를 이루고 있다.

지금 눈앞의 여성이 무려 백 살도 넘은 노인이라는 것이 믿기지 않을 정도다.

그녀의 신체 중 유일하게 나이를 먹은 것은 하얀 머리칼뿐. 그나마도 그녀의 날카로운 이미지와 잘 어울려 일부러 염색을 한 것 같았다.

'깨달음을 얻은 현자들 중엔 300살 넘게 장수한 사람도 있다지만, 아무리 그렇다 해도 그녀의 젊음은 정말 놀랍구나. 그녀가 익힌 소울 드라이브의 영향일까?'

어쩌면 그럴지도 모른다. 소울러 중엔 유독 미남 미녀들이 많고, 나이가 들어도 젊음을 유지하는 경우가 대부분이다.

"물 냄새가 나는데?"

소파에 등을 기대고 있던 매지가 코를 킁킁거리며 말했다.

아자라스의 죽음이 남긴 파장

"방금 전까지 청탑주님께서 계셨습니다."
"아! 그래서 이런 냄새가 난 거였군."
매지는 장난꾸러기 아이처럼 손으로 코밑을 훑었다.
"그런데 오늘은 어인 행차이신지."
매지가 상체를 앞으로 기울이며 대답했다.
"발굴이 모두 끝났다."
"……!"
루비의 표정이 진지해졌다.

그녀가 말하는 발굴은 바로 적탑의 지하에서 벌어지고 있는 공사다.

그간 소식이 없어 초조하던 참인데, 마침내 발굴 작업이 끝났다는 말을 듣게 된 것이다.

"어떻던가요?"
루비가 한 가닥 기대를 담아 물었.
매지는 뒷머리를 벅벅 긁으며 대꾸했다.
"없었어. 아무것도."
루비의 두 눈이 커졌다.
"아무것도 말입니까?"

그럴 리 없다. 파에톤의 말이 사실이라면 그곳엔 적어도 두 사람이 묻혀 있어야 한다.

마왕과 소울한 소울러. 그리고 헬리오스 마탑주.
"정말 없었다니까. 처참하게 망가진 시신 한 구는 발견했지만……."

"헬리오스 마탑주인 모양이군요. 불쌍한 사람."

"탑주? 아니던데? 워낙 심하게 망가져서 형체를 알아보기는 힘들지만, 키가 3미르는 족히 넘는 괴물이던걸? 이쪽 동네 탑주 중에 그렇게 키가 큰 사람이 있었나?"

"3미르가 넘는 괴물요? 아! 파에톤이 말하길 오브를 노리던 녀석들 중 하나가 이상하게 변했다고 하던데, 아마도 그 작자인 모양입니다."

"그럼, 마왕과 헬리오스 마탑주 모두 실종된 거라고 볼 수 있겠군."

"하아. 대체 이게 어찌 된 영문인지."

루비는 탄식을 참을 수 없었다.

지하에 있을 거라 믿어 의심치 않았던 마왕. 대체 어디로 사라졌단 말인가.

"휴우."

매지도 이때만큼은 깊은 한숨을 내쉬며 침울해졌다.

사실 지금 그녀의 마음은 기쁘고도 슬펐다.

지하에서 마왕을 발견하지 못한 것은 답답하지만, 마왕과 함께 봉인된 소녀의 시신을 발견하지 못한 것은 기쁜 일이다. 넬이라는 이름의 소녀는 매지와도 무관하지 않은 관계였기 때문이다.

"지하에 없다면 대체 마왕이 어디로 사라진 걸까요?"

"글쎄. 아직 놈이 나타났다는 보고는 어디에도 없다. 어느 구석에 숨어서 힘이라도 기르고 있는 모양이야."
"힘을 길러요?"
"마왕은 봉인되기 직전 대부분의 능력을 잃었다. 지금이라면 실력 좋은 기사와 마법사를 적당히 쏟아붓는 정도로 놈을 제압할 수 있겠지만, 시간이 더 흘러서 놈이 힘을 키우면 일이 복잡해져. 그야말로 걷잡을 수 없는 사태가 벌어지는 거지."
느긋한 듯 말을 하지만 정작 그녀의 음성엔 초조함이 묻어 있었다.
마왕이 사라져서 가장 다급해하는 사람이 바로 그녀였다.
문제는 단서가 없다는 것이다.
마왕이 어딘가에 숨어 있는 것은 확실한데, 정작 어디에 숨어 있는지 알 수 없다.
고민하던 매지가 루비에게 물었다.
"마왕과 함께 묻혔다고 한 인물이 헬리오스 마탑주라고?"
"네. 그렇습니다."
"별다른 단서가 없는 상황이니, 우선은 그 헬리오스 마탑이라는 곳부터 조사를 해 봐야겠군. 어쩌면 마왕 놈이 헬리오스 마탑주의 껍데기를 뒤집어쓰고 있을지도 모르니까 말이야."
루비가 선뜻 나섰다.
"헬리오스 마탑으로 제자를 보내도록 하겠습니다."
매지는 고개를 저었다.

"아니, 이 일은 내가 처리하도록 할게. 물론, 루비님께서 허락을 해주셔야겠지만 말이야."

매지가 윙크를 했다.

루비가 털털하게 웃었다.

"매지님께서 하신다면 저야 오히려 좋지요. 그런데 직접 가실 겁니까?"

"난 달리 준비할 게 있어서. 대신 너구리를 보낼 생각이야."

너구리라는 말에 루비가 아는 척을 했다.

"너구리 가면이라면 매지님의 후계자라고 불리는……."

"후계자는 무슨……. 그냥 어중간한 애들 중에서 실력이 조금 나은 녀석일 뿐이지."

"허허허. 그에 대한 소문은 익히 들었습니다. 천부적인 소질을 가진 천재라고 하더군요. 실력도 대단하다면서요?"

"실력이 좋으면 뭐하나. 성격이 개차반인데."

철없는 아이처럼 툴툴거리는 매지의 행동에 루비는 소리 없는 미소를 지었다.

"아무튼 매지님께서 직접 사람을 보내신다니 저는 안심하겠습니다."

"그렇게 하도록 해. 그럼, 난 이만 갈게."

"벌써 가시려고요?"

"볼일이 있어."

"오시자마자 가시니 섭섭합니다."

"수다 떨 시간이라면 마왕을 잡은 후에도 얼마든지 있을 거야."

"그렇군요. 우선은 마왕에 총력을 기울이겠습니다."

"나도 소울러들을 총동원해서 알아볼 테니 자네도 신경 좀 써줘. 부탁할게."

"이미 주시자의 눈에 연락을 넣어두었습니다."

"마왕을 언급한 건 아니지?"

"그럴 리가요. 사악한 전조나 기묘한 소문이 접수되면 알려달라고 했습니다. 마왕이라는 녀석이 활동을 개시하면 어떤 식으로든 알게 될 겁니다."

"녀석이 활동을 개시하면 너무 늦어. 아무튼 잘 부탁해."

"살펴 가십시오, 매지님."

매지를 마중하고 집무실로 돌아온 루비는 착잡한 기분에 하릴없이 창밖의 풍경을 주시했다.

마왕, 탑주들의 배신, 헬리오스 마탑주의 실종.

복잡한 문제들이 하나둘 떠오르며 그의 마음을 심란하게 만들었다.

오랜 방황 끝에 이제야 자리를 잡았는데, 그 위치를 공고히 하기도 전에 골치 아픈 일에 휘말린 느낌이다. 이런저런 고민을 거듭하던 루비는 뒤늦게 한 가지 생각을 떠올릴 수 있었다.

"가만 있자. 헬리오스 마탑이라고 했지."

마침 아는 사람이 그곳에 가 있다.

일인탑주라 불리는 적탑의 탑주, 파에톤.

그가 람스의 제자들을 돌보겠다며 주주를 따라나섰던 것이 꽤 오래전의 일이다.

"이럴 게 아니라 한번 연락을 해 봐야겠군."

루비는 통신용 수정구슬에 손을 올리고 파에톤과 통신을 시도했다. 그러나 이상한 간섭현상 때문에 파에톤과의 대화는 끝내 실패했다.

"마나간섭?"

루비는 노이즈로 가득 찬 수정구슬을 내려다보며 인상을 찌푸렸다.

"이 녀석, 대체 어디에 있는 거지?"

\* \* \*

그 시각, 주주와 그녀를 따라나선 일행들은 불길한 회색 안개 속을 헤매고 있었다.

"윽. 무슨 놈의 안개가 이렇게 끝없이 펼쳐진 거야?"

"여긴 대체 어디죠?"

"몰라. 하지만 걱정하지 마. 우린 금방 여길 빠져나갈 수 있을 테니까."

"금방? 벌써 일주일 넘게 이 안개 속을 헤맸는데?"

"브로큰하트 아저씨! 왜 자꾸 사람을 불안하게 하는 거예요. 로쉬가 무서워하잖아요."

"그 녀석이 무서워해? 헹. 네가 녀석의 원래 모습을 봤으면 절대로 그런 말은 못할 게다."

"내가 왜요?"

"몰라서 물어? 우리가 처음 만났을 때 네가 어땠는지 기억도 안 나?"

"그때는 오브 때문에 그런 거고요. 지금은 그렇지 않다고요."

"어이쿠. 그럼, 정말 겁을 먹었던 거야? 늪 부족 술탄의 후계자께서?"

"내, 내가 언제 겁을 먹었다는 거예요. 늪 부족의 전사는 원래 이런 험지일수록 오히려 힘이 난다고요."

"흐흐흐. 하지만 다리가 후들거리고 있는걸?"

"이, 이건 그냥 지면이 불안정해서 그런 거예요!"

"자자. 장난은 그만하고. 아무래도 놈들이 또 나타난 것 같소."

"또요? 아직 2시간도 안 됐는데……. 혹시 파에톤님께서 잘못 감지하신 건 아니에요?"

"그랬으면 좋겠지만……."

"으앗! 화살이다."

"보다시피 상황이 이렇구려."

"저 망할 언데드 녀석들. 내가 싹 쓸어버리겠다."

"브로큰하트 아저씨. 너무 앞서 가지 마세요. 그러다 저번처럼 또 늪에 빠질지도 몰라요."

"걱정 마! 실수는 한 번으로 족하니까. 이놈들! 브로큰하트 님께서 나가신다!"

"수가 제법 되는 것 같으니 나도 움직이는 게 좋을 것 같군."

말과 함께 파에톤이 브로큰하트를 따라 몸을 날렸다.

저 멀리서 스켈레톤과 치열한 공방을 벌이고 있는 두 사내를 보며 주주는 남몰래 한숨을 쉬었다.

"대체 여긴 어디야? 스승님이 보고 싶은데……."

헬리오스 마탑을 찾아 길을 나선 주주와 그의 일행들.

오래전에 목적지에 도착했어야 할 그들은 오늘도 전혀 엉뚱한 곳을 헤매고 있었다. 하지만 이때만 해도 그들은 알지 못했다.

이곳에서 람스와 오브의 비밀을 밝혀줄 운명적인 만남이 기다리고 있다는 사실을.

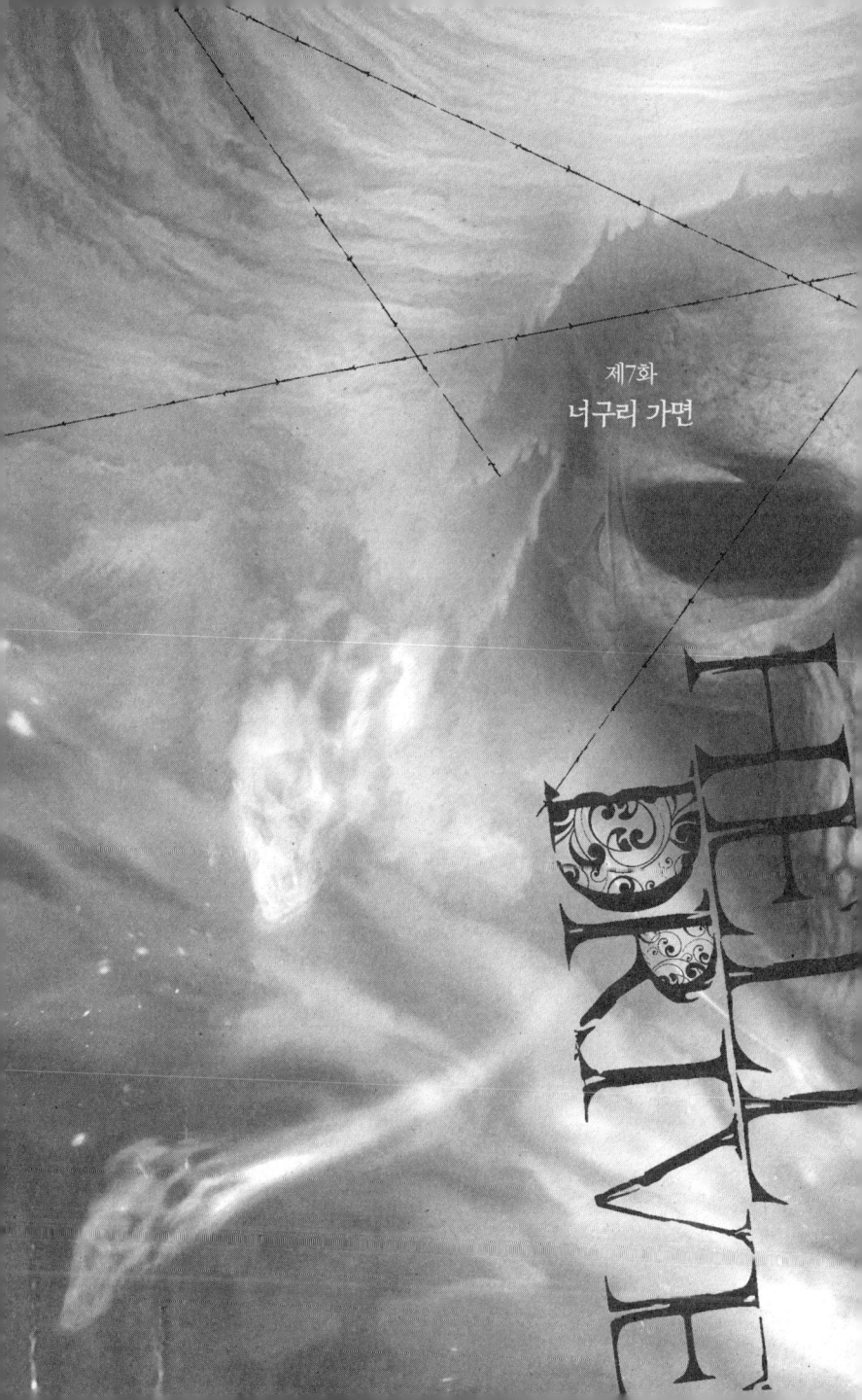

하늘이 우중충하더니 저녁나절부터 비가 내렸다.

굵어지는 빗줄기에 거리를 배회하던 사람들의 발걸음도 빨라졌다.

쏴아아아!

어느새 빗줄기는 소나기가 되었다.

무섭게 쏟아지는 빗줄기 속을 한 사내가 저벅저벅 걷고 있었다.

그는 두꺼운 검은 외투를 두르고 머리에도 검은 모자를 쓰고 있었는데, 특별한 처리를 한 듯 빗물이 옷감 위를 미끄러지듯이 흘러내렸다.

사내는 길을 찾는 듯 어두운 골목길을 이리저리 살폈다. 그러다 지저분한 골목 귀퉁이에 서 있는 허름한 가옥 앞에 멈춰 섰다.

지어진 지 20년은 족히 되었을 가옥. 묘하게도 출입문만은 단단한 철로 만들어져 있었다. 붉은 칠을 한 철문은 마물이라도 튀어나올 것처럼 스산한 느낌마저 풍겼다.

캉캉.

사내가 철문을 두드렸다.

제 집 문을 두드리듯 거침없는 행동이었다.

철컥!

철문의 위쪽, 작은 쪽문이 열렸다.

곧 신경질적인 목소리가 흘러나왔다.

"누구야!"

사내가 대답했다.

"사람을 찾으러 왔다."

"사람? 망할. 사람을 찾으려면 정보길드를 찾아가야지, 뭐 하러 여길 와?"

"이곳에 내가 찾는 사람이 있다고 들었거든."

"찾는 사람? 누군데?"

사내가 씩 웃으며 대꾸했다.

"메먼트 가문을 몰살한 도적놈들. 이곳에 숨어 있다고 들었는데……."

순간 문 안쪽이 조용해졌다.

누구냐고 물어보던 사내는 물론이고, 그 너머에서 느껴지던 많은 숨소리조차 일시에 잦아들었다.

침묵하던 문 안쪽의 목소리가 다시 들려왔다.

날카로운 쇳소리가 섞인 음성이었다.

"잘못 찾아왔다. 여기엔 그런 도적이 없어!"

"그럴 리가. 분명 이곳에 있다고 해서 찾아온 것인데."

"잘못 찾아왔다고 했잖아! 메먼튼지 메머든지 들어 본 적도 없는 이름이야!"

문 안쪽의 사내가 역정을 냈다.

검은 옷의 사내는 문 앞에 우두커니 선 채 잠시 생각하다 고개를 끄덕였다.

"그럴 수도 있겠군. 내가 집을 잘못 찾아온 것일 수도 있겠어."

"알았으면 그만 돌아가!"

"그렇게 하지."

검은 옷의 사내가 고개를 끄덕이며 돌아섰다.

그러다 무슨 생각이 들었는지 다시 몸을 돌렸다.

"아! 혹시 당신들은 모르지만 당신들의 두목은 메먼트 가문에 대해 알고 있을지도 모르잖아? 두목을 만나게 해줘."

"뭐야?"

문 안쪽에서 짜증 섞인 음성이 튀어나왔다.

위협과 설득이 먹혀드는 것처럼 보이더니, 결국엔 다시 제자리다. 보아하니 여간해서는 물러날 생각이 없는 듯 보였다.

"아무래도 너와는 심도 있는 대화가 필요한 것 같군. 들어와라."

철컹.

갑자기 문이 열렸다.

"이제야 열어주는군."

사내가 빙그레 웃으며 붉은 철문을 넘어 실내로 들어섰다. 문 안쪽의 실내는 지극히 어두웠다. 밝은 곳에서 들어온 사내는 진한 어둠 속에서 사위를 분별할 수 없었다.

"여긴 너무 어둡군. 누가 불을 좀 밝혀주게."

그의 말에 대답 대신 돌아온 것은 문이 닫히고 걸쇠가 잠기는 소리였다.

철커덩. 철컥.

검은 옷의 사내는 가볍게 혀를 찼다.

"불을 켜달라니까 문을 닫아 버리면 어떡해? 더 어두워졌잖아."

그의 말에 실내 구석에 몸을 웅크리고 있던 덩치 큰 거한들이 걸어 나왔다. 포위하듯 사내를 감싼 거한들이 거침없이 무기를 뽑아들며 위협했다.

"미친놈. 권할 때 갔으면 이런 일은 없었을 거 아니야."

"어차피 후환이 될 놈이다. 죽여 버려."

죽여 버리란 말과 함께 사내에게로 무시무시한 무기들이 쏟아졌다.
　다짜고짜 달려드는 덩치들.
　검은 옷의 사내는 미간을 찌푸렸다.
　"매지님께서 자중하라고 해서 요즘 참고 있었는데, 어쩔 수 없군."
　그가 품속에서 뭔가를 꺼내서 얼굴에 썼다.
　그것은 방긋 웃는 표정의 너구리 가면이었다.
　"뭐하는 짓이냐!"
　"미친놈!"
　머리 위로 무기가 쏟아지는 판국에 반격은커녕 가면을 꺼내다니. 평범한 사람들의 시선에서 보자면 미친 짓이 분명했다.
　퍼퍼퍼퍽!
　날카로운 것이 살을 후비고 들어가는 끔찍한 소음이 연달아 울렸다. 뒤이어 들려온 답답한 신음!
　"큭!"
　"컥!"
　"끄르르!"
　갑갑한 신음과 함께 포대자루가 쓰러지는 소음이 연달아 들려왔다.
　철퍽철퍽.
　끈적끈적한 발소리를 내며 누군가 어둠 속을 거닐었다. 주변을 뒤지는 소리가 이어지더니, 지하실로 통하는 판자문이 열렸다.

끼그극.

지하는 희미한 기름 램프로 밝혀져 있었다.

그 희미한 빛에 그의 얼굴이 드러났다.

놀랍게도 그는 너구리 가면을 얼굴에 쓴 사내였다.

판자문 아래 지하를 잠시 살피던 사내가 혼잣말을 중얼거렸다.

"이곳이군."

뭔가의 기색을 느낀 너구리 가면은 지체 없이 지하를 향해 몸을 날렸다.

그가 떠난 실내.

너구리 가면을 노리던 십여 명의 사내들이 싸늘한 시신이 되어 쓰러져 있었다.

\* \* \*

너구리 가면은 희미하게 밝혀진 좁은 복도를 뚜벅뚜벅 걸어갔다.

어둠 속에서 어떤 괴물이 튀어나올지 알 수 없는 위험한 장소.

그러나 너구리 가면의 행동은 느긋했다.

"지하통로를 이렇게 잘 만들어놓다니. 과연 뒤가 구린 작자들답군."

허름한 외관과 달리 건물의 지하는 개미굴처럼 복잡한 형태였다. 허름한 건물의 모습은 지하의 시설을 감추기 위한 일종의 위장인 셈이다.

구불구불 이어진 통로를 어느 정도 걸어 들어갔을 때다.

그의 앞에 두 갈래 갈림길이 나타났다.

"한쪽은 놈들의 소굴로 통하는 길일 테고, 다른 한쪽은 침입자를 막기 위한 함정이 설치된 곳이겠지?"

뒤가 구린 자들이 흔히 만들어놓는 이른바 선택을 강요하는 함정이다.

이처럼 갈림길 형태로 이뤄진 통로 함정은 많은 적이 침입했을 경우 적의 인원을 분산하는 효과가 있다.

너구리 가면은 갈림길 사이에 서서 잠시 코를 킁킁거렸다.

"이쪽 방향에서 쇠 냄새가 나는군."

그는 왼쪽 통로로 걸음을 옮겼다.

그러다 무슨 생각에서인지 다시 갈림길 입구로 물러났다.

"아니지. 함정이라면 당연히 쇠 냄새가 나지 않을까? 아니야. 어쩌면 무기를 찬 사람들이 많아서 그런 것일 수도 있어. 함정이라고 꼭 쇳덩이가 잔뜩 있을 필요는 없잖아?"

잠시 고민하던 그가 다시 왼쪽 길로 갔다.

"그래. 오른쪽은 함정일 거야. 아무리 놈들이 둔하다고 해도 이렇게 쇠 냄새를 가득 풍기는 뻔한 함정을 설치하겠어?"

잠시 후.

쾅! 우르르르! 드드드득! 콰드득!

요란한 소음과 함께 지하 동굴이 진동했다.

"젠장."

너구리 가면이 투덜거리면서 걸어 나왔다.

"오른쪽이었잖아!"

그는 옷에 묻은 흙을 털며 오른쪽 통로로 들어갔다.

너구리 가면은 몇 번의 갈림길을 더 만났고, 우연인지 함정이란 함정엔 모조리 걸렸다.

신기한 점은 무시무시한 함정들을 하나 남김없이 정면 돌파했음에도 불구하고 정작 그는 작은 상처 하나 입지 않았다는 점이었다.

"옷이 더러워졌잖아."

너구리 가면은 신경질적인 투로 옷에 묻은 흙먼지를 털어냈다. 그렇게 먼지를 털며 걷다 보니 어느새 좁은 통로가 사라지고 넓은 공동이 나타났다.

"이제야 제대로 찾아온 모양이군."

주위를 둘러본 너구리 가면이 만족스런 표정으로 웃었다.

아치형으로 생긴 지하 공간에 십 수 명의 사내들이 그를 기다리고 있었다.

"파티라도 할 분위긴걸? 그런데 내가 오는 걸 어떻게 눈치챘는지 모르겠군."

"그렇게 소란을 떨었는데, 눈치를 못 채면 귀머거리겠지."

말을 한 사람은 공동의 북쪽 단상 위에 앉은 사내였다.

그는 근엄한 인상의 사내였는데, 눈빛만큼은 무서우리만치 날카로웠다.

그가 물었다.

"누구냐?"

너구리 가면이 자신의 가면을 가리키며 말했다.

"이런 사람이다."

"소울러라는 말인가?"

"너구리 가면이라고 불러."

"흐흐. 재미있는 사람들이군. 소울러들은 다들 그런가?"

"유쾌하게 살려고 노력하긴 하지."

"허허허. 재미있군. 그런데 유쾌한 소울러께서 이 음침한 곳엔 무슨 볼일이신지 모르겠군."

"메먼트 가문에서 생긴 일을 물으러 왔어."

"메먼트 가문이라. 에이플 왕국의 명망 있는 가문이지. 그런데 그 가문의 일이 나와 무슨 상관인지 모르겠군."

"며칠 전에 그 가문에서 큰 일이 생겼거든. 가문의 사람들은 물론이고, 허드렛일을 하는 하녀들까지 모조리 누군가에게 몰살을 당했지."

"슬픈 일일세. 그런데?"

"말했잖아. 그 일 때문에 왔다고."
"허허허. 그러니까 자네 말은……."
"너구리 가면이라고 불러."
"너구리 가면. 그대의 말은 우리가 그 사건의 배후란 말인가?"

너구리 가면이 큰 목소리로 대꾸했다.

"그렇게 생각한다."
"흥미롭군. 증거는 있나?"

너구리 가면이 아쉬운 듯 한숨을 쉬었다.

"솔직히 말하면 없어. 누군지는 몰라도 증거 인멸을 철저히 했더란 말이야."
"증거가 없다니 안타까운 일이군. 만약 증거가 남았다면 우리가 그 일과는 전혀 관계가 없다는 걸 알게 될 텐데 말일세."
"맞아. 증거가 없는 건 아쉽지. 하지만 그렇다고 범인을 찾을 수 없는 건 아니야."
"어떻게 말인가?"
"현장에서 이런 걸 발견했지."

너구리 가면이 작은 쇳조각을 꺼냈다.

"그게 뭔가?"
"검편이야. 부서진 검 조각이지. 보다 정확하게 말하면 검 손잡이 끝의 장식 중 일부지."
"그게 증거가 된단 말인가? 하하하. 이보게, 그런 손톱만 한 쇳조각이 증거가 된다면 세상에 증거 아닌 물건이 어디 있겠나?"

"물론, 평범한 사람들에게는 이게 증거가 될 수 없지만, 우리에겐 조금 달라."

"소울러에겐 다르다고?"

"사물에겐 영혼이 있지. 그리고 부서진 파편들은 완전한 형태로 돌아가고자 하는 욕구가 있거든. 이렇게 말이야."

너구리 가면이 손에 든 쇳조각을 허공으로 가볍게 퉁겼다. 빙빙 돌면서 떠오른 쇳조각이 너구리 가면을 포위하고 있는 사내 한 명에게 날아가더니 검 손잡이 끝부분에 달라붙었다.

"아무래도 쇳조각의 주인을 찾은 것 같군. 확인해 봐도 될까?"

"아무래도 그의 것이 분명한 것 같군. 자넨 그 쇳조각 때문에 이곳을 찾을 수 있었던 겐가?"

"그런 셈이지."

"하하. 대단하군. 과연 소울러가 각광을 받는 이유를 알겠어. 그런데 너구리 가면, 과연 이것만으로 우리가 메먼트 가문을 몰살한 흉수라는 증거가 될 수 있을까?"

"무리겠지. 우리 같은 소울러가 아니라면 알 수 없을 테니까 말이야."

"현명하군. 그럼 이제 또 어떤 증거가 남았는지 궁금하군."

사내의 입가에 득의의 미소가 걸렸다.

너구리 가면이 어깨를 으쓱하며 말했다.
"이제 증거랄 만한 것은 없어. 대신 이런 걸 가져왔지."
너구리 가면이 품에서 종이 한 장을 건넸다.
종이를 본 사내의 표정이 딱딱하게 굳었다.
너구리 가면이 종이를 장난스럽게 흔들며 말했다.
"이 종이엔 당신과 당신의 수하들이 테너스 백작과 꾸민 모의 내용이 자세히 적혀 있지. 이 아래에 있는 인장, 당신의 것인 것 같은데……. 안 그런가? 전 왕실의 근위 기사 단장 타미르 후작?"
"……."
사내는 한동안 말이 없었다.
너구리 가면이 가져온 문서는 정말 의외의 한 방이었다.
뒤늦게 그가 껄껄 대소를 흘렸다.
"이제 보니 자네는 나에 대해 훤히 다 알고 왔군. 그건 대체 어떻게 찾아냈나?"
"주시자의 눈."
"정보길드로군. 그런 곳으로 정보가 새나갈 줄은 꿈에도 몰랐군."
"요즘 세상엔 돈만 있으면 뭐든 구할 수 있다고들 하더군."
"이제 더 이상은 발뺌을 못하게 되었군."
"그래. 그러니까 얌전히 사로잡히는 게 어때?"
"글쎄. 나도 입장이란 게 있어서 말일세. 한 가지 궁금한 것이 있네."

"물어봐."

"메먼트 가문이 소울러와 무슨 관계가 있나? 아이언 왕국의 소울러들이 이 먼 변방의 에이플 왕국까지 찾아와서 죄를 묻는 걸 보니 아무래도 메먼트 가문과 심상치 않은 관계였던 모양이군."

"틀렸어. 난 메먼트 가문이 어떤 곳인지 알지 못해. 대모님은 대충 알고 계시겠지만, 그리 대단한 인연은 아닐걸? 우리 소울러가 움직인 것은 에이플 왕실의 협조 요청 때문이야."

"왕실에서?"

전혀 의외의 말이라, 타미르는 고개를 갸웃했다.

"왕실에서 무슨 이유로 소울러를 불러들였는지 모르겠군. 할 말이 있다면 병사들을 보내서 직접 처리하면 될 텐데 말이야."

"일반적인 일이라면 그렇겠지. 유감스럽게도 당신에게 몹쓸 물건이 있다는 걸 그들이 알아버렸거든."

"몹쓸 물건?"

"그래."

너구리 가면이 타미르를 쏘아보며 말을 이었다.

쾌활하던 지금까지와는 전혀 다른 진중한 목소리였다.

"좋은 말로 할 때 순순히 내놓는 게 좋을 거야. 그 물건은 보통 사람들이 함부로 사용할 수 있는 물건이 아니니까."

타미르가 대소를 터트렸다.

"흐하하하하. 아무리 소울러가 무섭다고 해도 이런 보물을 그냥 순순히 내어 줄 수는 없지 않겠나?"

타미르가 허리에 걸린 검을 가볍게 두드렸다.

검이 섬뜩한 붉은빛을 흘리며 웅웅 울었다.

너구리 가면이 미간을 찌푸렸다.

"비극."

이제는 전설이 된 잔혹한 전장의 지배자 리드가 사용하던 두 자루의 정령검, '절규'와 '통곡'.

그 두 자루의 정령검과 맞서던 바이스란 인물이 사용하던 사악한 정령검.

지금 타미르의 허리에서 웅웅 울고 있는 정령검 '비극'이 바로 그 물건이다.

리드가 파괴시켰다고 전해지는 비극이 어찌 된 이유에선지 에이플의 변절자 타미르의 손에서 부활한 것이다.

"후후. 이 검을 되살리기 위해서 애를 좀 썼지. 돈도 많이 들고, 피도 많이 필요했지. 정적이 많아서 다행이라고 생각한 적은 처음이었네. 그들의 피가 비극을 깨우는 데 많은 도움이 되었으니까."

"고작 검 한 자루를 얻기 위해 그렇게 많은 사람들을 죽이다니. 대체 무슨 생각이냐?"

"글쎄? 뭘 할까? 이 검만 있으면 뭐든 할 수 있을 것 같은데 말이야. 전설의 반열에 오른 리드공. 그가 사용한 정령검과 같은 등급……. 아니, 그 이상의 마력을 발휘하는 정령검이라. 흐흐흐. 무척 매력적인 물건이 아닌가?"

"그래. 매력적이야. 덕분에 왕실의 관심까지 샀으니까. 왕실에선 자네가 왕실 전복을 획책하고 있다고 생각하더군."

"흥, 요즘 왕실에 실실거리는 놈들을 너무 표나게 해치웠나 보군. 머저리 임금 같으니라고. 날 죽이고 싶었으면 직접 달려올 것이지."

"당신 자신감이 지나쳤어."

"정령검 '비극'을 가졌으니 이 정도 자신감은 오히려 겸손이라고 생각해야겠지. 그나저나 자네야말로 자신감이 지나친 사람이군. 내게 비극이 있는 줄 알면서도 혼자 오다니. 무슨 생각인지 궁금하군."

너구리 가면이 씩 웃으며 말했다.

"나 하나면 충분히거든."

"허허. 자네야말로 자신감이 지나치다 못해 하늘을 찌를 듯하군."

타미르가 껄껄 웃으며 손을 들었다.

너구리 가면을 포위하고 있던 열 명의 기사들이 무기를 들었다.

"아쉽지만 자네의 지나친 자신감이 결국 자넬 죽이게 될 걸세."

너구리 가면이 주위를 포위한 기사들을 쭈욱 훑어보았다.

"이 사람들……. 어설픈 뜨내기들이 아닌 것 같은데?"

"제대로 교육받은 기사들일세. 마나도 다룰 줄 알고, 수준도 높지. 장담하지만 현 에이플의 근위기사들과 비교해도 손색이 없을 걸세."

근위기사 정도의 수준이라면 두꺼운 철판을 종잇장처럼 가르고, 2, 3층 정도의 건물은 간단하게 뛰어오를 수 있는 수준이다.

그런 실력의 기사가 무려 10명이다.

"소울러의 재주가 아무리 독특하다 해도 그 특성은 마법사와 다를 바 없지. 과연 근거리에서 기사 10명을 상대할 수 있을까?"

"글쎄. 과연 어떨까."

너구리 가면이 느긋하게 말하며 앞으로 나섰다.

기사들의 눈썹이 꿈틀하고 일어났다.

감히 기사를 상대로 간격을 좁혀?

이거야말로 날 잡아먹으라고 외치는 것과 같지 않은가.

기사들의 분위기가 한결 험악해졌다.

"쳐라!"

누군가 소리쳤다.

그 순간 기사 두 명이 몸을 날렸다.

근위기사 수준이라던 타미르의 말은 사실이었다.

두 기사의 움직임은 그야말로 바람과 같았다.

순식간에 너구리 가면의 면전으로 뛰어든 기사들이 불꽃을 폭사하듯 검을 뽑았다.

"스슷! 촤악!"

번뜩이는 검광이 종횡으로 이어지며 너구리 가면의 전신을 난자했다.

"잡았다!"

"아니다! 손에 감각이 없다."

그 순간 잘게 쪼개지던 너구리 가면의 신형이 허깨비처럼 스르르 흐려졌다.

"위!"

누군가 외쳤다.

당황하던 두 기사가 급히 허공을 올려다보았다.

너구리 가면이 천장에 거꾸로 매달려 있었다.

"질 찾았어."

너구리 가면이 자신을 쳐다보는 기사들을 향해 빙긋 웃었다. 순간, 그의 신형이 팽이처럼 휘돌았다. 그의 몸을 따라 검은 외투가 부채처럼 촤르륵 펼쳐졌다.

서거걱!

섬뜩한 소음과 함께 기사들의 목에서 피가 튀어올랐다.

너구리 가면의 외투가 그들의 목 언저리를 스친 이후에 벌어진 일이었다.

순식간에 목을 당한 두 기사는 신음 한 마디 흘리지 못하고 쓰러졌다.

"아니!"

너구리 가면쯤은 손쉽게 해치울 수 있을 것이라 믿어 의심치 않던 기사들은 생각지도 못한 반전에 할 말을 잃었다.

손 한 번 제대로 쓰기도 전에 두 사람이나 순식간에 당하다니.

"제법…… 큰소리칠 만한 솜씨로군."

"조심해. 아무래도 놈은 암기를 사용하는 것 같다."

"가면은 소울러로 오해하게 만들기 위한 속임수였던 모양이군."

나머지 기사 여덟이 너구리 가면을 둥글게 포위했다.

너구리 가면은 여전히 긴장감이라곤 없었다.

"나 소울러 맞는데."

포위된 상황에서도 한가한 농담이나 흘린다.

"건방진 놈!"

"쳐라!"

촤아악!

기사들의 검이 빛살처럼 날아들었다.

마나를 머금은 검신이 푸르게 빛난다.

쩌저정!

단단한 바닥이 두부처럼 파이고, 흙벽이 거침없이 무너진다.

그물처럼 치밀하게 쏟아지는 검광 무더기.

이번만큼은 너구리 가면도 피할 수 없었다. 아니, 피할 구멍이 없다는 것이 맞는 표현이었다.

너구리 가면은 외투를 벗어서 우산처럼 머리 위로 들어 올렸다.

"허튼수작."

"가소롭구나."

"고작 그런 헝겊 쪼가리로 우리의 공격을 막을 수 있을 성싶으냐!"

마나를 머금은 기사들의 검은 강철도 가른다. 팔랑거리는 헝겊쯤은 아무런 장애도 되지 못한다. 단숨에 외투를 갈라 버리고 그 안에 든 너구리 가면도 반 토막 내어 버릴 것이다.

그런데······.

카카캉!

외투와 부딪힌 기사들의 검이 맹렬한 치찰음을 토하며 튕겨 나왔다.

"무슨!"

기사들은 크게 당황했다.

헝겊으로 만든 옷이 마나를 머금은 검을 막아내다니.

"조심해. 저놈이 입은 옷, 심상치 않다."

"큭! 손아귀가!"

"저놈. 쇳덩이라도 속에 달고 있는 거냐?"

그 순간, 기사들은 의문을 떠올렸다.

그러나 그들의 의문이 채 꺼지기도 전, 너구리 가면이 춤을 추듯 크게 한 바퀴 크게 회전했다.

"우선 셋!"

빙그르르 도는 그의 몸을 따라 외투가 펄럭였다.

퍼퍼퍽!

세 명의 기사가 목에서 피를 쏟으며 쓰러졌다.

처음 열 명이던 기사의 수는 어느새 다섯으로 줄었다.

"조심해라."

"큭. 대체 무슨 짓을 하고 있는 거야? 고작 옷 따위를 막을 수 없다니."

너구리 가면을 상대하고 있는 기사들의 수준은 상당히 뛰어났다. 그들은 은밀히 날아드는 화살도 가볍게 막아낼 수 있고, 매서운 채찍도 두려워하지 않는 반사신경을 가지고 있다.

그런 그들이 고작 옷자락에 목이 베어져서 죽고 있는 것이다. 그것도 뻔히 날아오는 걸 보면서도 막지 못하고 있다.

"조심해라. 이 녀석 이상한 능력을 사용한다."

"실마. 놈의 슬레이브는 입고 있는 검은 외투?"

"정말 소울러였단 말이야?"

기사들이 당황하여 소리쳤다.

너구리 가면이 그들의 틈으로 파고들며 말했다.

"처음부터 말했잖아. 소울러라고."

그가 다시 신형을 팽이처럼 회전시켰다.

촤아아아악!

연달아 터져 나온 다섯 번의 섬뜩한 소음!

"끅!"

답답한 신음과 함께 나머지 다섯 명의 기사들이 목을 감싸쥐며 쓰러졌다.

"이제 방해꾼은 모두 정리된 것 같군."

기사들을 처리한 너구리 가면이 단상 위의 사내, 타미르를 올려다보며 말했다.

"으음."

타미르는 무거운 침음을 흘렸다.

"아무래도 내가 그대의 능력을 과소평가한 것 같군."

너구리 가면이 씩 웃었다.

"말했잖아. 나 혼자서도 충분할 거라고."

"그 검은 외투가 자네의 슬레이브인 모양이지?"

"글쎄."

너구리 가면이 짓궂게 어깨를 으쓱해 보였다.

타미르는 그의 슬레이브를 외투로 단정했다.

"소울러의 슬레이브가 된 사물은 굉장히 특별해진다고 하더군. 소울러가 원하는 대로 움직이고 반응한다. 방금 전의 대결에서도 기사들이 외투를 막지 못한 것은 그 때문이겠지. 소울러의 슬레이브가 된 외투는 단순히 옷이 아니니까. 살아 있는 생명과 다를 바 없지. 그래서 기사들이 자네의 공격을 막지 못했던 게야. 제아무리 뛰어난 기사라 해도 스스로 움직이는 외투를 상대로 훈련을 한 적은 한 번도 없을 테니까 말이야."

너구리 가면은 긍정도 부정도 하지 않은 채 웃기만 했다.

타미르가 건조한 음성으로 말을 이었다.

"과연 신기한 능력이야. 하찮은 외투로 그런 재주를 부릴 수 있는 존재는 아마 천하에 자네 한 명뿐일 걸세. 하지만……."

타미르가 자리에서 몸을 일으켰다.

"과연 자네의 그 하찮은 외투가 내 마검을 극복할 수 있을까?"

너구리 가면이 빙그레 웃으며 대꾸했다.

"그거야 해보지 않으면 모르지."

"원한다면 보여주도록 하지. 마검의 위력을 말이야."

타미르가 단상 위에서 내려왔다.

너구리 가면의 앞에 우두커니 서서 잠시 심호흡을 하더니, 허리에 걸린 검을 천천히 뽑았다.

츠츠츠츠.

난지 검을 검집에서 뽑은 것뿐임에도 섬뜩한 기운이 안개처럼 일어나 사위를 자욱하게 뒤덮었다.

검은 독특한 모양을 하고 있었다.

전체적으로 검붉은 색이었는데, 손잡이와 검신 사이에 둥근 구슬 같은 것이 달려 있었다.

비극을 가만히 쳐다본 너구리 가면이 말했다.

"그 검…… 아직 눈을 뜨진 않았군."

마검 비극에겐 눈이 달려 있었다.

손잡이 부분에 달려 있는 둥근 구슬 같은 것이 바로 그것이다. 마검이 눈을 뜨면 끔찍한 일이 생긴다. 다행히 타미르의 검은 눈을 뜨지 않았다.

"하하. 눈 뜬 모습이 궁금한가? 그렇다면 보여주도록 하지."

타미르가 검을 빙글 회전시켰다.

싸늘한 한광을 뿌리는 검극이 지면을 향해 고개를 숙였다.

"먹어라!"

츠아아아!

주위에 쓰러진 기사들의 시신들이 들썩이더니 그들의 눈과 코, 귀, 입, 열려 있는 모든 곳에서 피가 새어나와 비극에게 빨려 들어갔다.

"크흐흐흐흐!"

섬뜩한 웃음소리가 들려왔다.

타미르가 웃은 것이 아니다.

그가 들고 있는 마검.

놀랍게도 검이 웃음을 흘리고 있었다.

그와 동시에 감겨 있던 마검의 둥근 눈이 조금씩 열리더니,

이내 붉게 충혈된 눈동자를 드러냈다.

츠으으으으!

마검에서 뿜어져 나오던 강렬한 압력이 몇 배나 증폭되었다.

"네가 원하던 대로 마검이 눈을 떴다. 어떤가? 볼만하지?"

"과연 대단하군."

너구리 가면도 이때만큼은 놀람을 감추지 못했다.

이 오만하고 잔인한 흉포함이라니.

그야말로 세상의 모든 영혼을 모조리 삼켜 버리고 말겠다는 악의로 똘똘 뭉쳐진 검이 아닌가.

"리드공께서 검을 부숴 버린 이유가 있었군."

"그래. 리드공조차 두려워한 병기가 바로 이 비극이다. 이 검에 죽게 되는 것을 영광으로 생각하거라. 너의 영혼은 이제 마검과 함께 영원할 것이다."

"미안하지만 난 장래희망이 늙어 죽는 거야!"

한 마디 외침과 함께 너구리 가면이 타미르에게 달려들었다.

빙글!

너구리 가면이 신형을 회전했다.

촤르륵.

그의 외투가 우산처럼 펼쳐졌다.

"흥."

타미르가 코웃음을 치며 마검을 휘둘렀다. 그야말로 나무 작대기를 휘두르듯 가벼운 손놀림이었다.
 부웅!
 검의 궤적을 따라 검은 기운이 돌풍처럼 일어났다.
 파도처럼 넘실대던 너구리 가면의 외투가 검은 돌풍에 말려 힘을 잃고 떨어졌다.
 너구리 가면의 공격이 처음으로 실패하는 순간이었다.
 "말했지 않나. 그대의 능력으로는 마검을 넘어설 수 없다고."
 "아직 멀었어!"
 너구리 가면이 다시 한 번 몸을 던졌다.
 그가 허공에서 몸을 비틀 때마다 검은 외투가 거센 폭풍우처럼 펄럭이며 타미르를 삼키려 들었다.
 "아무리 애써 봐야 비극 앞에선 헛된 잔재주에 불과할 뿐."
 타미르가 다시 비극을 휘둘렀다.
 광폭한 폭풍이 회오리치듯 일어나며 너구리 가면의 외투를 밀어 버렸다.
 또다시 실패로 돌아간 공격.
 타미르는 한껏 거드름을 피웠다.
 "이제 외투 따위로는 날 넘어설 수 없다는 걸 깨달았겠지? 흐흐흐흐. 역시 천하의 소울러도 마검 앞에선 한낱 애송이에 불과하군."

"……."

타미르가 검을 늘어뜨리며 천천히 너구리 가면에게 걸어갔다. 마검에서 뿜어져 나온 검은 기운이 아지랑이처럼 주위를 휘감았다.

"걱정 말게. 쉽게 죽일 생각은 없으니까. 팔다리부터 조금씩 그대의 몸뚱이를 잘라낼 걸세. 아마 죽음에 이르기까지 영원처럼 긴 시간이 될 걸세."

너구리 가면 앞에 이른 타미르가 마검을 들어 올렸다.

이대로 검을 휘두르기만 해도 너구리 가면이 죽을 상황이다.

너구리 가면은 자신의 위기를 아는지 모르는지 멍하니 자신의 외투를 바라보고 있었다. 그러다 돌연 버럭 짜증을 냈다.

"찢어졌잖아!"

그의 갑작스런 태도 변화에 타미르가 눈썹을 비틀었다.

"무슨 소린가?"

너구리 가면이 외투를 들어 올렸다.

"이거 말이야, 이거. 밑단이 찢어졌잖아. 비싸게 주고 산 건데."

"옷 말이군. 천하의 마검을 상대하면서 그 정도면 양호한 걸세. 평범한 옷이었으면 이미 갈기갈기 찢어져 넝마가 되었을 걸세. 하긴…… 그 옷은 자네의 슬레이브니, 안타까운 마음이 드는 것도 당연하겠지."

"슬레이브?"
너구리 가면이 어처구니없다는 표정으로 타미르를 바라봤다.
"내가 언제 이 외투가 내 슬레이브라고 했어?"
"아닌가?"
"물론, 아니지. 내 슬레이브는……."
너구리 가면이 씽긋 웃으며 외투를 넓게 펼쳤다.
외투의 안쪽에 은빛 비늘 같은 것이 빼곡하게 꽂혀 있었다.
"비도야."

\*　　\*　　\*

"비도?"
타미르의 굵은 눈썹이 꿈틀하고 일어났다.
"그대의 슬레이브는 외투가 아니었는가?"
너구리 가면이 태연하게 답했다.
"외투는 내 비도를 담아두는 검집과 같은 물건이지."
"으음. 하지만 방금 전 기사들을 쓰러트릴 때는……."
"외투에 꽂혀 있는 비도에 긁혀서 그렇게 된 거야."
"히허허."
타미르가 웃음을 터트렸다.
"그렇다면 지금까지 기사들과 난 고작 비도의 검집과 싸우고 있었다는 소린가?"

"그런 셈이지."

"오만하구나!"

타미르가 버럭 고함을 쳤다.

"고작해야 비도나부랭이나 다루는 소울러 주제에 거만함이 하늘을 찌르는구나."

그가 마검을 번쩍 추켜들었다.

"네놈이 어떤 무기를 사용하든 상관없다. 내 마검은 네놈의 살을 가르고 네 피와 영혼을 삼켜 버릴 것이다."

흥분한 타미르가 힘차게 몸을 날렸다.

부아아악!

그가 마검을 휘둘렀다.

"끼아아아!"

검은 아지랑이를 뿜어내는 마검이 굶주린 짐승처럼 울부짖었다. 당장이라도 마검에 의해 너구리 가면의 전신이 짓이겨져 버릴 것만 같았다.

바로 그 순간.

퍼퍼퍼퍼퍼퍼퍼퍼퍼퍽!

우박이 와르르 쏟아지는 듯한 소음이 일어났다.

"……!"

당장이라도 너구리 가면을 찢어발길 것 같던 타미르의 신형이 우뚝 멈춰졌다.

무슨 이유에선지 그의 안면이 심한 경련을 일으켰다.

"크으윽!"

그가 떨리는 눈으로 자신의 몸을 내려다보았다.

수십 자루의 비도가 그의 전신에 박혀 있었다.

"대체 언제……."

너구리 가면이 비도를 발출하는 모습을 보지 못했다. 얌전히 검은 외투 속에서 쉬고 있어야 할 비도들이 어느새 날아와 그의 전신을 고슴도치로 만들어 버렸다.

너구리 가면이 친절하게 설명했다.

"말했잖아. 비도는 내 슬레이브라고."

"스스로…… 움직였단 말인가."

"모두 99자루의 비도. 이 녀석들은 날 위협하는 자를 절대로 용서하지 않아."

"그대의 능력은…… 무시무시하군."

마지막 한 마디와 함께 타미르의 숨이 꺼졌다.

너구리 가면이 우두커니 선 채로 죽은 그에게 다가갔다.

스스스스.

마검 비극이 타미르의 피를 게걸스럽게 빨아먹고 있었다.

마검은 무자비하다. 끝내 주인의 영혼까지 삼켜 버렸다.

"저주받은 마병."

마검 비극을 내려다보는 너구리 가면의 표정이 차갑게 식었다.

그가 타미르의 손에서 마검을 빼앗아 들었다.

허수아비처럼 서 있던 타미르의 시신이 털썩 하고 쓰러졌다.

"크흐흐흐흐."

너구리 가면의 수중에 들어간 마검이 흉측하게 웃었다. 곧 너구리 가면의 의식 속으로 마검의 유혹이 흘러들었다. 사람이라면 누구도 거부할 수 없는 짜릿한 유혹.

"날 가져라. 그리하면 세상을 가질 수 있을 것이다."

"가소롭군."

너구리 가면은 냉소했다.

세상을 준다는 마검의 유혹도 그에게는 통하지 않았다. 마검의 힘조차 그는 가소롭게 느껴졌기 때문이다.

"돌아와라."

너구리 가면이 손을 흔들었다.

타미르의 몸에 박혀 있던 비도들이 허공으로 일제히 솟구치며 그의 외투 속으로 돌아왔다.

마검을 챙긴 너구리 가면은 미련 없이 지하를 빠져나왔다.

그가 허름한 집을 나섰을 때, 한 사람이 그를 기다리고 있었다.

두더지 가면을 쓰고 있는 소울러였다.

너구리 가면은 그에게 마검을 내밀었다.

두더지 가면은 미리 챙겨온 특수한 상자에 마검을 넣었다.

"조심히 다뤄라. 귀찮은 물건이니까."
"알겠습니다."
공손히 대답한 두더지 가면이 품에서 편지를 꺼냈다.
"뭔가?"
"매지님의 연락이십니다."
편지 봉투엔 미카엘 가문의 인장이 찍혀 있었다.
너구리 가면이 봉인을 뜯고 내용을 확인했다.
편지엔 적탑에서 생긴 사건에 대한 간략한 내용과 앞으로 해야 할 일이 간략하게 적혀 있었다.
"마왕?"
너구리 가면의 입가가 뒤틀렸다.
그는 마왕에 대해 알고 있는 몇 안 되는 관계자 중 하나였다.
"헬리오스 마탑이라······. 그곳이 어떤 곳이건 간에······ 마왕과 관련이 있다면······."
촤르륵.
비도가 든 그의 외투가 파도처럼 출렁거렸다.
"이 세상에서 완전히 지워 버리겠다."

제8화
# 리자크, 베인, 그리고 너구리 가면

 매지의 지시를 받은 너구리 가면은 텔레포트 게이트를 타고 이스턴 마을에 도착했다.

 그는 그곳에서 몇 가지 용품을 구입한 뒤 사람들을 상대로 메딘 산과 헬리오스 마탑에 대한 정보를 구했다.

 메딘 산에 대한 마을 주민의 생각은 한 마디로 말해 볼품없는 시골 마을이라는 것이었다.

 헬리오스 마탑에 대한 평가 역시 마찬가지였다.

 대다수 주민들이 헬리오스 마탑에 대해 알지 못했고, 설사 알고 있다 해도 시큰둥한 답변이 대부분이었다.

 하지만 일부 주민들은 최근 메딘 산에 변화가 있는 것 같다는 말을 해주었다.

메딘 산이 헬리오스 마탑의 소유가 되면서 인근의 마을이 몰라볼 정도로 변했다는 내용이었다.

하지만 그러한 소문을 곧이곧대로 믿기엔 이상한 점이 한두 가지가 아니었다.

'마을 하나를 불과 한 달 만에 재건했다고?'

아무리 산골의 작은 규모라곤 해도 집을 짓는 일은 많은 시간을 요하는 작업이다. 그런데 집 한 채도 아닌 마을을 한 달만에 짓다니.

마도 시대의 마법사가 아닌 한 불가능한 일이다.

이야기를 들어 보니 헬리오스 마탑은 본래 다 쓰러져 가는 헛간과 같았다고 한다. 번듯한 탑도 없는 마탑에 돈이 많을 리 없다.

'수상하군.'

알아보면 알아볼수록 헬리오스 마탑은 수상한 점이 많았다.

그는 몇 가지 준비를 마친 후, 메딘 산을 향해 길을 떠났다.

이스턴 마을에서 헬리오스 마탑이 있다는 메딘 산까지는 거리가 상당했다.

말을 타고 달려도 반나절 이상 걸리는 먼 거리다.

하물며 너구리 가면이 이스턴 마을을 떠난 시각은 해가 저물 무렵. 길을 나선 지 얼마 지나지 않아 땅거미가 내려앉았다.

산속에서 홀로 맞는 밤은 두렵고 위험하다.

멀리서 들려오는 산짐승 소리에도 가슴이 철렁 내려앉는다. 야영을 하다 몬스터라도 만나게 될까 노심초사하는 게 당연한 일이다.

그래서 나무 위나 안전한 곳을 찾아가 해가 뜰 때까지 뜬눈으로 지새우기 마련이다.

너구리 가면은 야영에 대한 두려움이 없었다.

그는 자신감이 대단한 사람이었고, 또한 그만한 실력을 갖추고 있었다.

그는 적당한 자리를 찾아 모닥불을 피워놓고 나무에 몸을 기댄 채 잠을 청했다.

얼마쯤 눈을 붙였을까.

멀리서 들려오는 소음에 눈을 떴다.

보통 사람이라면 결코 들을 수 없는 미미한 소음이었지만, 그의 귀는 민감하게 반응했다.

'발소리.'

멀리서 들려오는 소음의 정체는 발소리였다.

잠시 후 풀숲을 헤치며 한 사람이 나타났다.

그는 짧은 머리칼에 날카로운 눈매가 인상적인 사내였는데, 야심한 시각임에도 불구하고 산속을 거침없이 헤집고 다녔다.

예기치 않게 맞닥뜨리게 된 두 사람.

둘은 관찰하듯 서로를 쳐다보았다.

한동안 무거운 침묵이 이어졌다.

먼저 입을 연 쪽은 짧은 머리칼의 불청객이었다.

"불빛을 보고 야영객이 있는 줄은 알았지만, 설마 이렇게 간 큰 사람인 줄은 몰랐군."

동료도 없이 홀로 야영하는 걸 말하는 것이다.

너구리 가면은 현재 가면을 쓰고 있지 않았다. 때문에 불청객은 그가 소울러인지 알지 못했다.

너구리 가면이 피식 웃으며 대꾸했다.

"보아하니 당신 역시 배포가 나 못지않은 모양이구려."

짧은 머리칼의 불청객도 동료가 없기는 매한가지였다.

너구리 가면이 물었다.

"피곤하지도 않으시오?"

야심한 시각에 산행을 하는 건 야영을 하는 것보다 훨씬 더 위험한 행동이다.

불청객이 건조한 음성으로 대답했다.

"그다지."

피곤하지 않다는 의미다. 또한 은근히 이 정도에 위험을 느낄 정도로 약하지 않다라는 의미가 저변에 깔려 있는 대답이기도 했다.

너구리 가면이 건성으로 고개를 끄덕이며 말했다.

"그럼. 잘 가시오."

너구리 가면이 작별인사를 하며 나무에 몸을 기댔다.

눈을 감나 싶더니 어느새 코까지 골았다.

짧은 머리칼의 불청객은 그를 묘한 눈으로 쳐다봤다.

그러나 곧 흥미를 잃은 듯 어둠에 잠긴 산을 향해 걸음을 옮겼다.

불청객이 사라진 후 너구리 가면이 눈을 떴다.

그는 불청객이 사라진 방향을 보며 혼잣말을 중얼거렸다.

"이상한 사람이군."

이 야심한 밤에 구태여 험한 산행을 택하다니. 어지간한 강심장이 아니고선 불가능한 일이다.

"헬리오스 마탑의 관계자일까?"

너구리 가면의 눈빛이 날카로워졌다.

짧은 머리칼의 불청객에게서 화염의 기운이 느껴졌다.

헬리오스 마탑은 적탑 계열. 그가 그곳의 관계자라면 화염의 기운이 풍기는 것은 당연한 일이다.

잠깐 조사해 볼끼 고민하던 너구리 가면은 곧 다시 눈을 감았다.

"야밤에 돌아다니는 건 몸에 해로워. 그가 헬리오스 마탑의 관계자라면 곧 다시 보게 되겠지."

그는 그대로 곯아떨어졌다.

한편, 짧은 머리킬의 불청객도 너구리 가면을 돌아보며 눈가를 찌푸리고 있었다.

"저 녀석…… 수상한데."

이 야심한 시각에 혼자서 야영을 하다니. 어지간한 배짱이 아니고선 불가능한 일이다.

"신경 쓰이는데 그냥 죽여 버릴까?"

여유가 넘치는 행동과 뭔가를 숨기고 있는 듯한 비밀스러움.

마음에 걸린다.

평소 같았으면 이런 생각 하나만으로도 그를 제거했을 것이다.

하지만 그는 들끓는 살의를 잠재워야 했다.

"아이볼님께서 당분간 자제하라고 하셨으니."

그에게 떨어진 임무는 어디까지나 감시.

불필요한 충돌과 접촉은 최대한 피해야 한다.

그는 끈끈하게 남는 미련을 애써 털어 버리고 길을 재촉했다.

그의 이름은 베인.

아이볼의 수하로 무려 5개의 오브와 링크한 사나이였다.

\*　　\*　　\*

다음 날 아침.

해가 뜨자마자 코를 골며 자고 있던 너구리 가면이 벌떡 몸을 일으켰다.

"벌써 아침이군."

늘어지게 기지개를 편 그가 주위를 둘러보았다.

"좋아. 이제부터 아침을 시작해 볼까?"

그는 간단한 체조를 한 후, 모닥불을 흙으로 덮고 근처 냇가에서 씻었다.

그가 씻는 동안 몬스터 몇 마리가 근처를 어슬렁거렸지만, 곧 화들짝 놀라며 달아나 버렸다.

그렇게 달아난 몬스터 가운데엔 흉포하기로 악명이 높은 녀석들도 있었다.

제국의 기사단을 보고도 돌진한다는 몬스터가 단지 너구리 가면을 본 것만으로도 전신을 벌벌 떨며 달아난 것이다.

너구리 가면은 몬스터들이 다가온 줄도 모르고 태연하게 세안을 마친 후 길을 나섰다.

메딘 산은 험하기 때문에 헬리오스 마탑이 있다는 마을을 찾는 것은 더더욱 어려운 일이었다. 그러나 그는 걸음이 매우 빨랐다. 가파른 산길을 평지처럼 걸었다.

그리하여 정오가 되기도 전에 문제의 마을에 도착할 수 있었다.

"허어!"

언덕 아래에 위치한 마을을 내려다본 너구리 가면이 나직하게 감탄을 흘렸다.

"이게 이름도 없는 그 산골 마을 맞아?"

마을의 모습은 그야말로 화려했다.

아니, 화려한 도시 모습과는 달랐다. 평화로운 전원 풍경. 하지만 정리도 안 된 일반적인 시골과는 판이하게 다른 모습이었다.

형형색색의 주택들이 중앙의 공원을 중심으로 조화롭게 펼쳐져 있다. 각각의 주택은 각기 다른 모양을 하고 있었지만, 묘하게 주위와 어울렸다. 언덕 위에서 보니 마을의 전체적인 모습이 숲과 조화를 이루고 있었다.

마을을 빙 둘러가게 만들어놓은 시냇물을 비롯하여 마을의 조경도 어느 곳과 비교해도 손색이 없을 만큼 훌륭했다.

"이런 오지에 이렇게 훌륭한 마을이 있을 줄이야."

사막 한가운데에서 오아시스를 만난 기분이다.

"그런데 이 마을을 헬리오스 마탑이 지어줬다고?"

이스턴 마을 사람들이 말하길 몇 개월 전 마을이 모종의 이유로 모두 불타 버렸다고 한다. 그렇게 잿더미가 된 마을을 헬리오스 마탑이 손수 나서서 재건했다고 하는데, 이건 재건 정도가 아니라 아예 새로운 마을을 만든 것이 아닌가.

"이런 오지에 이런 마을을 짓는 건 매우 어려운 일이지. 돈과 인력이 무한정 필요했을 텐데. 그것도 몇 개월 만에 이런 마을을 지었다면…… 의심스러울 만하군."

마을의 독특한 구조도 마음에 걸렸다.

만약 헬리오스 마탑이 마왕과 관련이 있다면, 이 마을 또한 마왕의 마수에서 자유롭지 못했을 것이다.

마을의 전체적인 모습은 너무나 훌륭하지만, 오히려 그 때문에 더 의심이 들었다.

"어쩌면 의심의 눈을 피하기 위해 일부러 마을을 밝게 꾸민 것인지도 모르겠군."

너구리 가면은 의심 가득한 눈으로 마을로 진입했다.

"멀리서 보던 것보다 훨씬 더 좋잖아?"

마을의 주택을 둘러본 너구리 가면의 눈이 휘둥그레 떠졌다.

마을은 겉만 훌륭한 것이 아니었다.

집의 내부 구조나 눈에 띄지 않는 마감까지.

그야말로 완벽이라는 말이 어울리는 주택이었다.

"너무 완벽해서 오히려 의심이 되는걸."

너구리 가면은 턱을 쓰다듬으며 의심의 눈을 번뜩였다.

그는 지나가는 마을 주민들을 붙잡고 헬리오스 마탑과 탑주에 대한 이야기를 들었다.

다들 칭찬일색이었다.

특히 탑주에 대한 신망이 두터웠다.

"주민들의 추앙이 거의 신앙 수준이군."

탑주가 현자라고 불릴 정도라니.

"대체 어떤 사람인지 궁금하군. 그리고……."

너구리 가면의 눈이 날카로워졌다.

"주위에 풀풀 날리고 있는 마력도 수상하고 말이야."

마을에 진입하면서부터 그는 온몸을 휘감는 불편한 기운을 느꼈다.

탁하고 어두운 느낌의 마력.

절대로 정상적인 공간에서는 발생할 수 없는 암흑의 기운이었다.

그는 속으로 생각했다.

어쩌면 정말로 마왕이 있는 건지도 모르겠군.

"탑주라는 사람을 만나 봐야겠다."

그는 굳은 표정으로 헬리오스 마탑을 향해 걸어갔다.

헬리오스 마탑을 찾는 건 어렵지 않았다.

마을에서 탑 모양으로 생긴 건물은 헬리오스 마탑이 유일했기 때문이다.

그렇게 마탑으로 터벅터벅 걸어가던 그는 무슨 생각에서인지 미간을 찌푸렸다. 잠시 우두커니 선 채 갈등하던 그는 결국 참지 못하고 고개를 돌렸다.

"그런데…… 당신은 왜 아까부터 주위를 얼쩡거리는 거요?"

"그건 내가 할 소리다."

노란 주택의 뒷마당에서 한 사내가 걸어 나왔다.

짧은 머리에 날카로운 눈빛, 그리고 삭막한 표정.

어젯밤 마주친 불청객.

베인이었다.

그가 짐승처럼 으르렁대며 말했다.

"넌 뭐냐?"

그는 밤새 산을 헤매다 아침 일찍 이 마을에 숨어들 수 있었다.

혹시 있을지도 모르는 감시의 눈을 피하느라 그는 마을 사람들과의 접촉을 피하고, 음지로만 다녔다.

그렇게 힘들게 정보를 모으고 있던 중, 그로서는 화가 날 만한 사건이 일어났다.

때는 정오 무렵.

웬 사내 하나가 터덜터덜 마을로 들어왔다.

어젯밤 산에서 우연히 마주친 게으른 녀석이었다.

녀석은 하기 싫은 표정이 역력한 얼굴로 마을 이곳저곳을 대충 둘러보더니, 대뜸 지나가는 마을 사람들을 붙잡고 헬리오스 마탑에 대한 질문을 쏟아냈다.

들키지 않으려고 노심초사 노력했던 모든 것이 물거품으로 변하는 순간이었다.

그는 화가 나서 견딜 수가 없었다.

"넌 대체 뭐하는 놈이냐!"

너구리 가면이 귀를 후비며 반문했다.

"그러는 넌 뭔데?"

"난…… 베…….''

대답하려던 베인이 아차 했다.

너구리 가면의 유들유들한 태도에 자칫했으면 순순히 정체를 밝힐 뻔했다.
"이름이 베야? 특이하네. 혹시 사람들이 놀리지 않아?"
너구리 가면은 혀를 내밀며 아이처럼 베 하고 소릴 냈다.
"다, 닥쳐라!"
베인은 저도 모르게 발끈했다.
"아이고, 귀야. 그렇게 소릴 지르면 고막이 아프잖아."
너구리 가면이 귀를 후비며 물었다.
그의 능글맞은 태도에 베인은 이를 으득 갈았다.
어째서인지 이 녀석만 보면 괜스레 화가 난다.
그럴수록 너구리 가면은 오히려 더 뻔뻔하게 굴었다.
"대체 왜 그렇게 화를 내는 거야. 혹시 내가 대놓고 물어보고 다니는 것 때문에 그런 거냐? 넌 숨어 다니며 힘들게 하는 일을 난 너무 대놓고 해서?"
노골적인 지적에 베인은 다시 한 번 발끈했다.
"정보는 숨어서 몰래 알아보는 게 당연하잖아!"
"그런가?"
너구리 가면이 고개를 갸웃했다.
잠깐 생각해 보더니 이번엔 고개를 끄덕였다.
"과연 그럴 수도 있겠군. 알겠어. 다음부턴 조심하지."
그의 태연함에 베인은 그야말로 머리뚜껑이 열릴 지경이었다.

"크읔! 넌 어디의 누구냐. 정체를 밝혀라."

"나?"

너구리 가면이 씩 웃으며 품속에서 가면 하나를 꺼내어 얼굴에 썼다.

빙그레 웃는 너구리 가면이었다.

"난 이런 사람이야."

"소울러!"

베인의 얼굴이 일그러졌다.

'어째서 이런 곳에 소울러가.'

소울러는 골치 아픈 존재다.

이상한 능력을 써서 상대하기도 어렵지만, 그보다 배후가 더 문제다. 소울러의 대모라 불리는 매지는 대륙에 막대한 영향력을 끼치는 인물이다.

그녀가 일어나면 아이언 왕국을 비롯한 몇 개국이 조력을 아끼지 않는다. 그 때문에 혹자는 매지를 걸어 다니는 제국이라고 일컫기도 했다.

베인의 굳은 표정을 본 너구리 가면이 싱글싱글 얄밉게 웃었다.

"당황한 표정이네. 소울러에게 죄 지은 거라도 있어?"

"닥쳐라!"

베인은 버럭 고함을 질렀다.

소울러는 결코 두렵지 않다.

그 배경에 있는 매지라는 인물이 걸리는 것일 뿐.

"그런데 난 아직 호기심이 풀리지 않았는데 말이야, 너······ 정체가 뭐냐?"

너구리 가면이 진지하게 물었다.

처음 그는 베인을 헬리오스 마탑의 관계자라고 생각했다. 그에게서 화염의 기운이 느껴졌기 때문이다. 하지만 지금은 그것이 아니라는 확신을 가지게 되었다.

베인이 숨어서 헬리오스 마탑을 정탐하고 있었기 때문이다.

너구리 가면은 그의 정체가 궁금해졌다.

어쩌면 적탑에서 보낸 마법사일지도 모른다.

'아니야.'

만약 그가 적탑의 마법사라면 굳이 숨어서 정탐을 할 이유가 없다. 헬리오스 마탑이 적탑 계열인 이상 떳떳하게 찾아갔을 것이다.

'대체 이 녀석은 뭘까?'

너구리 가면이 의심 가득한 눈으로 베인을 보았다.

한 번 의심이 들자 더더욱 베인의 행동이 이상하게 느껴졌다. 게다가 정신을 집중하여 베인의 몸속을 관찰하니 뭔가 묘한 것이 잡혔다.

겉은 분명 화염의 기운으로 넘실거리는데, 그 내부엔 흉악한 무언가가 도사리고 있다.

너구리 가면의 미간에 주름이 잡혔다.

그는 심각한 어투로 베인에게 물었다.

"너 혹시…… 마족과 접촉했냐?"

"그게 무슨 소리냐?"

베인은 무슨 황당한 질문이냐는 표정을 지었다.

하지만 그의 내면에서 심상치 않은 것을 보게 된 너구리 가면은 이미 심각해질 대로 심각해진 상태였다.

"네 몸속에서 끔찍한 기운이 느껴져서 말이야."

"내 몸?"

무슨 소린지 모르겠다는 표정을 짓던 베인은 뒤늦게 놀랐다.

'이 녀석 상위 소울러구나.'

소울러는 영혼에 민감하다. 특히 상위 소울러 정도 되는 수준이면 상대의 내면을 관찰하는 것도 가능하다.

녀석이 봤다는 내면의 끔찍한 기운.

그것은 오브의 잔재기억이다.

오브 속에 힘과 함께 저장된 끔찍한 전생의 기억.

그런 것을 다섯 덩이나 흡수하다 보니 나름대로 일정한 형태를 이루게 된 모양이다. 그리고 그 끔찍한 잔존 기억을 너구리 가면이 읽은 것이다.

'낭패로군. 이 녀석, 오브의 기억을 마족과 오해하고 있어.'

하긴 그렇게 오해할 만도 하다.

오브에 저장되어 있던 힘과 기억은 마족 특유의 성질과 유사하다. 광폭하고 거칠며 또한 잔혹하다.

소울러가 마족으로 오인하는 것도 당연한 일이다.

설마 그의 내면을 들킬 줄 몰랐던 베인은 당황했다.

이것은 꼭 그의 잘못이라고 말할 수 없다.

소울러가 아니고서야 누가 남의 영혼을 들여다본단 말인가. 이런 오지에서 하필이면 소울러를 만난 것이 그의 불운이었다.

'난감하군.'

뭐라 설명을 하긴 해야겠는데, 마땅한 변명이 떠오르지 않았다. 그렇다고 오브와 링크했다고 순순히 말하긴 어렵다. 현재 대륙의 거의 모든 오브는 리버스가 소유하고 있다. 그럴 수 있었던 것은 오브를 연구하던 마탑이 기존의 세력을 배신하고 리버스의 산하로 모여들었기 때문이다.

만약 그가 오브를 흡수했다는 것이 밝혀지면 당장 입장이 곤란해진다.

"말하기 어려운가? 과연 마족과 관련이 있는 자로군."

너구리 가면은 베인을 마족의 하수인으로 단정했다.

촤르륵!

그의 외투가 파도처럼 출렁거렸다.

"마족과 연관이 있는 이상, 널 이대로 그냥 보낼 수는 없다."

너구리 가면이 엄한 목소리로 외쳤다.

"네가 날? 감히 누굴 막겠다는 거냐."

베인도 참지 않고 마음껏 힘을 드러냈다.

어차피 소울러가 두려운 것이 아니라, 그의 뒷배경이 껄끄러웠던 게 아니던가. 안 그래도 눈엣가시 같던 녀석이다.

"흔적도 없이 태워 버리면 네가 이곳에서 죽었다는 걸 누구도 알지 못할 테지."

그가 좌우로 팔을 펼치자 양손에서 화염이 이글이글 타올랐다.

베인과 너구리 가면.

두 사람이 힘을 쓰자 뜨겁고 날카로운 기세가 폭풍처럼 일어났다. 단지 기세를 올리는 것만으로도 땅바닥이 거북등처럼 쩍쩍 갈라지고, 칼바람소리가 귓가를 진동했다.

한껏 기세를 올리고 대치하던 두 사람.

어느 순간 돌연 고함과 함께 부딪혔다.

"정화시켜주마, 마족의 종자!"

"죽어라, 재수 없는 놈!"

\* \* \*

디스터와 수련을 마치고 마을로 돌아온 리자크는 마을 전체를 쩌렁쩌렁 울리는 소음에 인상을 썼다.

"이게 대체 무슨 일이야?"

잠깐 마을을 비운 사이에 이 무슨 소란이란 말인가.

"마족 중에 누가 공사라도 하고 있나요?"

디스터에게 물어봤다.

"글쎄. 마을 공사는 내 관할이 아니라서. 잠깐만 있어 봐라."

디스터가 혼잣말을 하듯 마계어를 중얼거리니 잠시 후, 암흑의 종자 하나가 숲의 그늘 아래에서 모습을 드러냈다.

"마을이 소란스럽군. 무슨 일인가?"

"외부인 두 명이 마을 중앙의 공원에서 격돌하고 있습니다."

"외부인?"

리자크의 표정이 굳어졌다.

"장로님. 아무래도 전 마을에 가 봐야겠습니다."

헬리오스 마탑이 관리하는 마을을 외부인이 멋대로 휘젓고 다니다니.

용납할 수 없는 일이다.

스승님과 사형이 없으니 더욱더 신경을 써야겠다고 생각하는 리자크였다.

"흥미로운 일이군. 과연 얼마나 간 큰 녀석들인지 한번 보러 갈까?"

디스터도 관심을 보였다.

*     *     *

 리자크가 문제의 공원에 도착했을 때, 베인과 너구리 가면의 싸움은 심각한 단계에 이르러 있었다. 시비로 시작된 싸움이 어느새 생사를 넘나드는 치열한 격전으로 변질된 것이다.
 "뭐야, 이 격돌은?"
 싸움을 직접 두 눈으로 목격한 리자크는 벌린 입을 다물지 못했다.
 베인과 너구리 가면의 실력은 그야말로 엄청난 수준이었다.
 베인은 오브를 다섯 개나 흡수해서 6레벨을 넘은 마법 능력을 손에 넣었고, 너구리 가면은 가장 뛰어난 소울러 중의 한 명이었다.
 당연히 두 사람의 싸움 또한 섬뜩하고 화려한 공방의 연속이었다.
 "재앙의 불길!"
 베인이 검을 휘두르자 붉은 화염 기둥이 일어나 너구리 가면을 덮쳤다.
 "느려."
 너구리 가면은 신형을 회전하며 화염 기둥을 피하며, 동시에 소매를 흔들며 서너 발의 비도를 쏘았다.
 "그까짓 쇳조각은 내게 통하지 않는다!"
 베인이 가볍게 손을 뒤집어 올렸다.

퍼엉!

불기둥이 그의 몸을 휘감아 올렸다. 너구리 가면의 비도는 불기둥에 휩싸여 표적에 이르기도 전에 녹아내렸다.

"대단한 열기!"

너구리 가면이 헛바람을 토했다.

그의 비도가 순식간에 녹다니.

대체 화염의 온도가 몇 도가 되어야 저런 일이 가능하단 말인가. 적어도 대장간의 화로와는 비교도 할 수 없을 만큼 뜨거워야 가능하리라.

"이제야 깨달았느냐! 그럼 네 비도와 함께 녹아내려라!"

베인의 검이 허공에 복잡한 문양을 그렸다.

그는 마법과 검술을 동시에 사용하는 매직나이트였다.

마법진이 완성되자 화려한 섬광과 함께 화염폭풍이 일어났다.

"파이어 스톰(Fire Storm)!"

휘아아악!

바람과 함께 일어난 화염폭풍은 광범위한 범위를 자랑했다. 워낙 그 범위가 광대해서 피하는 것 자체가 불가능에 가까웠다. 게다가 화염을 동반한 폭풍인 탓에 열기가 대단했다.

한 줄기 바람이라도 들이마셨다간 당장 목구멍이 후끈 달아오르며 폐가 타 버릴 것이다.

너구리 가면도 화염폭풍에 걸려든 옷자락이 줄줄 녹아내렸다.

"이래서 화염 계열하고는 싸우기 싫다니까."

화염 계열과의 싸움은 부상을 면키 어렵다. 열기라는 것이 음으로 양으로 사람 몸을 망치기 때문이다. 게다가 워낙 공격 범위가 광범위해서 막기도 어렵고, 피하기는 더더욱 어렵다.

게다가 그의 슬레이브는 비도.

무쇠 조각도 한순간에 녹이는 베인을 상대하기엔 상성상 불리한 점이 많았다.

"에휴. 내 신세야. 어떻게 만나는 놈들마다 하나같이 이렇게 골치 아픈 족속들이냐."

한숨을 포옥 내쉬던 너구리 가면이 용솟음치는 화염폭풍 속으로 몸을 날렸다. 곧 그의 두 손에서 은빛 광채가 쏟아져 나오기 시작했다.

"흠. 제법이군."

멀리서 내결을 감상하던 디스터가 고개를 끄덕이며 중얼거렸다. 둘의 실력을 다소나마 인정한 것이다.

"적어도 지금까지 본 인간들 중에선 제일 강하군."

그러다 뒤늦게 한 마디를 더 첨가했다.

"주인님을 빼고 말이다."

그만큼 베인과 너구리 가면의 실력은 대단했다.

"정말 엄청난 실력인데요."

리자크는 마른침을 삼켰다.

특히 베인의 실력이 인상적이었다.

그것은 리자크가 화염 마법을 배웠기 때문이다.

헬리오스 마탑에서 그가 익힌 마법은 두 가지.

그에 반해 베인은 다양한 화염 마법을 계속해서 펼쳐내고 있었다.

어떤 때는 불기둥을 부르고, 또 어떤 때는 화염폭풍을 이끌어낸다. 그러다 다음 순간엔 용암을 바닥에 깔고, 광대한 지역에 화염비를 뿌려댄다.

"정말 다양한 마법을 쓰는구나."

리자크는 감탄했다.

갑자기 그가 배운 두 가지 마법이 수수하게 느껴졌다.

'하아. 난 정말 한심한 수준이구나.'

그는 자신의 실력이 베인에게 미치지 못한다는 걸 깨달았다.

요 근래 몇 차례의 사건으로 그는 다소 우쭐해 있었던 것이 사실이다. 예전에는 감히 눈도 마주치지 못할 강적들을 너무도 쉽게 쓰러트리기도 했다.

그래서 그는 내심 자만하고 있었다.

이 정도 실력이면 어디 가서 어깨에 힘 좀 줄 수 있겠거니 하고 말이다.

그런데 막상 오늘 베인과 너구리 가면을 보니 그동안 자부했던 모든 것이 와르르 무너지는 느낌이다.

그만큼 베인의 능력은 대단했다.

솔직히 스승님보다 더 강한 것은 아닌가 하는 의구심이 들 지경이었다. 비록 디스터 장로는 스승님의 능력이 하늘에 닿았다고 입이 마르고 닳도록 칭송하지만, 실제로 본 적이 있어야 믿을 것 아닌가.

그가 람스의 실력을 본 것은 고작 몇 차례. 그것도 대개 마법보다는 주먹으로 해결을 한 경우다.

게다가 헬리오스 마탑의 마법도 다들 수수하게 보여, 상대적으로 화려한 마법을 사용하는 베인의 능력이 더 대단해 보였다.

"실망스럽느냐? 헬리오스 마탑의 마법이?"

리자크의 마음을 눈치챈 디스터가 말을 걸었다.

"솔직히 그렇습니다."

"실망할 것 없다. 너의 능력은 전혀 저들에게 뒤지지 않으니까. 다만 숙달되지 못한 것일 뿐. 특히, 저기 저 짧은 머리 녀석은 더더욱 신경 쓸 필요 없다. 너와 비교해도 크게 나을 것 없는 실력이니까 말이야."

짧은 머리는 다름 아닌 베인을 가리키는 말이었다.

"저 사람이 저와 비슷한 실력이라고요?"

"물론이다."

리자크는 믿을 수가 없었다.

베인의 능력은 그야말로 불의 화신 같다.

검을 휘둘러 허공에 빛나는 마법진을 그릴 때마다 온갖 마법이 쏟아진다. 그렇게 펼쳐진 마법 하나하나가 위력적이지 않은 것이 없다.

그가 특성 수련을 하고 있는 두 마법과는 천지차이의 위력이다.

"전 믿을 수가 없어요. 제가 어떻게 저 사람과 비슷하다는 건지. 혹시 가면 쓴 사람과 착각한 것은 아닌가요?"

"아니다. 저 녀석은 그리 강하지 않아. 오히려 위험하기로 따지면 저쪽의 가면 쓴 녀석이 훨씬 더 까다롭지."

"가면요?"

정말 의외의 말이었다.

리자크가 보기에 너구리 가면을 쓴 소울러는 베인의 강력한 공격에 제대로 된 대응도 못한 채 수세에 몰려 있었다. 그런데 오히려 그가 더 강하다니.

만약 다른 사람이 이런 말을 했다면 그는 결코 믿지 않았을 것이다. 하지만 그러한 평가를 내린 이가 다름 아닌 디스터가 아닌가.

마족 중에서도 상위의 실력자.

디스터의 눈이 잘못되었다고 생각할 수는 없다. 그렇다면 정말로 너구리 가면을 쓴 소울러가 더 강하다는 말일 것이다.

"그나저나 저 둘, 너무 심하게 싸우는데요?"

둘의 화려한 싸움을 보는 건 분명 즐거운 일이다.

하지만 그렇다고 애써 재건한 마을이 파괴되는 건 싫다.

"파괴되면 또 귀찮게 수리해야 하잖아."

그의 입장에서는 마을이 안전해야 만사가 편하다. 자칫 그들의 싸움에 마을 사람이라도 말려든다면 당장 스승님의 불호령이 떨어질지도 모른다.

그런데 우려하던 사태가 일어났다.

용케 광장 주변을 벗어나지 않던 두 사람의 싸움이 갑자기 급격히 확대되더니 인근의 가옥을 덮치기 시작한 것이다.

"쥐새끼 같은 놈! 이 공격도 당해내나 보자!"

베인이 악을 쓰며 최후의 공격을 쏟아냈다.

여러 번에 걸친 공격에도 끝내 소울러를 잡을 수 없자 독한 마음을 품은 것이다.

부우우욱!

그가 두 손을 올리자 머리 위에 거대한 화염구가 떠올랐다. 그 크기는 능히 집 한 채만 한 크기였다.

"저 마법은…… 위험하다!"

리자크가 놀란 목소리로 소리쳤다.

이름도 모르는 마법이지만, 그 기운만큼은 확실히 알 수 있다. 저 불타는 거대한 공이 떨어지면 이 주변은 흔적도 없이 사라진다.

리자크가 반사적으로 튀어 나가며 주먹을 질렀다.

"그만둬!"

그가 질풍처럼 달리며 두 팔을 섬전같이 쏘아내자 손 그림자를 따라 화염 줄기가 쏟아져 나갔다.

버스트플레임(Burst Flame).

헬리오스 마탑이 자랑하는 네 가지 마법 중 첫 번째.

그 위력은 네 마법 중에서 가장 약하지만, 대신 가장 빠르다. 마을의 위기를 보고 리자크가 몸을 날린 순간, 이미 열 다발이 넘는 화염이 쏘아졌고, 그가 베인의 앞에 이르렀을 때는 무려 오십 발이 넘는 화염 줄기가 날아간 후였다.

그가 날린 화염다발들은 모조리 베인이 생성한 화염구에 부딪혔다. 애초에 리자크가 노린 것은 베인이 아니라 그가 생성한 마법이었다.

콰콰콰콰쾅!

강렬한 폭발과 함께 화염구가 허공에서 터져 나갔다.

거대한 열 풍선이 터진 듯 사방으로 열기가 확산되었다.

키 높은 나무들이 열기에 영향을 받아 노랗게 타들어 가고, 뜨거운 열기를 품은 돌개바람이 공원을 휩쓸었다.

"크윽!"

베인이 피를 토하며 주춤주춤 물러났다.

시전 중인 마법이 깨지자 그 반작용으로 베인이 큰 타격을 입은 것이다.

"네, 네놈이…… 감히!"

한 바가지의 피를 울컥 토해낸 베인이 붉게 충혈된 눈으로 리자크를 노려보았다.

"감히 내 앞을 막다니! 너 또한 소울러와 한패렸다!"

버럭 고함을 지른 그가 검끝을 요란하게 흔들며 마법을 시전했다.

하지만 마법이 완성될 때까지 얌전히 기다릴 리자크가 아니었다.

이미 베인의 엄청난 마법을 보지 않았던가.

그는 즉시 베인의 품으로 파고들며 주먹을 먹였다.

퍼퍼퍽!

또다시 터진 버스트플레임.

이번엔 직접 주먹으로 상대의 몸을 타격한 것이라 위력이 제대로 터져 나왔다.

"커헉!"

리자크의 공격을 받은 베인은 피 화살을 뿜으며 허공으로 떠올랐다.

그곳에서 2차 충격이 터졌다.

파파팡!

버스트플레임은 타격과 동시에 상대의 내부에 폭발성 화염을 집어넣는 직접 타격식 마법.

주먹으로 외부를 부수고, 폭발하는 화염 마법이 내부를 녹여 버리는 중첩 공격이다.

베인의 내부에서 폭발한 화염은 그대로 등을 터트리며 외부로 뿜어져 나왔다. 양 어깨 아래, 그리고 아래쪽 등이 주먹 크기로 뜯겨져 나갔다.

쿵!

베인이 묵직한 소리를 내며 떨어졌다.

충격이 얼마나 대단한지 전신을 부들부들 떨며 경련을 일으켰다.

가슴의 타격으로 갈비뼈가 모조리 부러지고, 등과 척추에 치명상을 입었다. 그리고 보이지는 않지만 그의 내부 역시 절반 가까이 녹아 버렸다.

이런 상태로 다시 일어날 수 있다면 그건 이미 사람이 아니라 괴물일 것이다.

"하아."

리자크는 안도의 한숨을 쉬었다.

무서운 적이었다. 어떻게 상대해야 할지 생각도 안 날 정도로. 다행히 머리보다 몸이 먼저 움직였다. 상대가 마법을 시전하는 틈을 노리고 가장 빠르게 사용할 수 있는 버스트프레임을 날린 것이다.

그 반응은 리자크 본인이 생각하기에도 놀랄 만큼 신속했다.

'이게 훈련의 성과로구나.'

그동안 마물들에게 쫓기며 생사의 고비를 수도 없이 넘어야 했던 고단한 나날들. 그 시간들이 위기상황에서 빛을 발한 것이다.

 '강하구나. 헬리오스 마탑의 마법은.'

 새삼 헬리오스 마탑의 마법에 대해 재인식하게 되었다.

 마법 대결에 있어 가장 중요한 요점은 마법의 효과와 위력이 아니라 치명적인 한 방이다.

 그런 관점에서 본다면 헬리오스 마탑의 마법은 화려하진 않지만 가장 효율적인 마법을 구사한다고 볼 수 있다.

 리자크가 간신히 자신감을 회복하고 씩 미소를 지었을 때였다.

 "조심하시오!"

 너구리 가면이 돌연 큰 목소리로 경고했다.

 동시에 리자크는 섬뜩한 느낌을 받고, 반사적으로 몸을 굴렸다.

 화아악!

 방금 선 그가 서 있던 곳으로 불덩이가 떨어졌다.

 리자크는 등골이 서늘해졌다.

 조금만 늦었어도 불덩이에 당하고 말았을 것이다.

 "크하하하하하하!"

 누군가 찢어질 듯한 대소를 터트렸다.

 웃음소리에 놀라 고개를 돌려 보니 다름 아닌 베인이었다.

 죽은 줄 알았던 그가 광소와 함께 다시 몸을 일으키고 있었다.

"괴, 괴물?"

베인의 모습을 본 리자크는 놀람을 감추지 못했다.

광소를 흘리고 있는 베인은 그야말로 괴물 그 자체였다.

그의 가슴은 손자국 모양으로 세 곳이나 움푹 패여 있고, 터져 나간 등짝에선 피와 내장이 흘러나오고 있었다.

당장 죽어도 하등 이상할 것이 없는 상태.

그럼에도 불구하고 베인은 움직이고 있었다.

비단 살아서 움직이고 있는 것뿐만 아니라 그는 광기에 휩싸인 짐승처럼 울부짖고 있었다.

"크아아아아! 누구냐! 감히 이 몸을 훼손한 무뢰배가."

어찌 된 이유에선지 목소리마저 변하여 쇠를 긁는 것처럼 불쾌한 음성으로 떠들어댔다.

'전혀 다른 사람이 된 것 같은걸? 아니, 그보다 저 녀석 상태가 이상하잖아.'

베인의 상태는 정상이 아니었다.

그렇게 심각한 타격을 받았으니 정상이 아닌 것은 당연한 일인지도 모른다. 하지만 리자크가 이상하게 생각한 것은 가슴과 등의 상처가 아니었다.

그의 얼굴에 이상한 변화가 일어나고 있었다.

눈과 코, 입, 그리고 양쪽 귀에서 검붉은 불길이 뿜어져 나오고 있었다.

얼굴의 구멍이란 구멍에선 모두 불길이 뿜어지고 있는 것이다.

"저런 마법도 있나?"

겉보기는 헬리오스 마탑의 세 번째 마법인 프롬헬(From Hell)과 닮았다.

화염을 전신에 두르는 고급 마법.

하지만 프롬헬은 신체 외부에 불길을 두르는 것이지, 베인처럼 눈, 코, 입 등에서 불을 토해내지는 않는다.

"혹시 엉덩이나 거기에서도 불길이 나오는 건 아니겠지?"

인체의 구멍이라는 생각에 문득 궁금해졌다.

"나오는군."

베인의 엉덩이에서 불길이 피어오르고 있었다.

그 앞쪽도 마찬가지였다.

"당신. 그게 무슨 마법인지는 모르겠지만, 모양새가 영 흉측한데…… 그래가지고선 마치 배 속에 불길이 들어찬 것 같잖아."

"크으으으."

"위력은 어떨지 몰라도 모양새가 영 별로라니까. 그래가지곤 당신을 낳아준 엄마도 외면할걸? 내 아들 거시기에서 불이 뿜어져 나와요, 라고 말하기 좀 그렇잖아?"

"크르르르."

"거봐. 당신도 좀 창피하지? 어디 땅속에라도 숨고 싶지? 그러니까 그 마법은 그만 사용해. 자칫하다간 몸속이 줄줄 녹아내릴지도 모르잖아. 어라? 그런데 당신, 원래 그렇게 송곳니가 날카로웠어?"

들짐승처럼 으르렁거리고 있는 베인의 입속에서 날카로운 송곳니가 촘촘하게 자리 잡고 있었다.

변화는 송곳니뿐만이 아니었다.

손톱과 발톱도 길게 자라더니 송곳처럼 끝이 뾰족해졌다.

리자크가 혐오스런 표정으로 말했다.

"당신…… 어째 인간 같지 않은 모습으로 변했는걸?"

리자크의 계속된 말에도 베인은 아무런 반응이 없었다.

그저 어깨를 들썩이며 거친 숨을 헐떡일 뿐이었다.

"소용없소."

누군가의 목소리가 들려왔다.

조금 전 경고의 말로 리자크를 위험에서 구한 바로 그 목소리. 바로 너구리 가면이었다.

너구리 가면이 베인을 응시하며 말했다.

"그는 더 이상 본래의 그가 아니오."

"……?"

리자크는 혼란을 느꼈다.

그가 더 이상 본래의 그가 아니라니?

그렇다면 다른 무언가가 되기라도 했단 말인가?

"그렇소. 그는 끔찍한 무언가에 영혼을 빼앗기고 말았소. 바로 마족에게!"

"마족?"

리자크는 다시 한 번 베인을 보았다.

'확실히 인간 같지는 않지만, 그렇다고 마족 같지는 않은데…….'

그는 평소 마족과 늘 함께 있다.

장로들이 고위급 마족인데다, 마물과 생사를 넘나드는 싸움도 여러 번 했다.

그야말로 마족과 함께하는 일상이라고 해도 과언이 아니다.

그렇다 보니 자연 마족의 기운에 매우 익숙해졌다.

베인은 어떤가.

확실히 인간 이외의 어떤 느낌이 있기는 하다.

하지만 그 기운이 마족과는 다르다.

비슷하기는 한데, 미묘한 차이가 있다.

사실 베인을 지배하고 있는 것은 오브에 깃들어 있던 의지다. 베인이 죽음에 가까운 타격을 입자, 사악한 의지가 즉시 그의 몸을 빼앗은 것이다.

오브의 기운은 광폭하고 잔인하여 사악한 마족과 일면 비슷한 측면이 있었다.

그래서 너구리 가면은 베인이 마족에게 잠식당했다고 착각한 것이다.

"어떤 마족인지는 몰라도 대단한 능력이군. 고위급인가?"

너구리 가면의 표정이 한층 더 심각해졌다.

그만큼 베인의 전신에서 뿜어져 나오는 마력은 심상치 않았다. 본래의 베인도 실력이 출중했지만, 지금은 그때와는 비교도 할 수 없을 만큼 강해졌다.

'이건 무리겠는데.'

리자크는 상대의 강함에 기가 질렸다.

방금 전까지의 베인은 어찌어찌 상대할 수 있었지만, 지금은 절대로 무리다. 덤볐다가는 단숨에 당하고 만다. 그러한 직감이 강하게 들었다.

『적이 얼마나 강한지 파악하는 것도 능력이지.』

디스터의 목소리가 흘러들어 왔다.

그는 제법 멀리 떨어진 곳에서 이곳의 상황을 지켜보고 있었다.

『장로님. 아무래도 장로님께서 나서야 할 것 같습니다.』

리자크가 조심스럽게 청했다.

제아무리 베인이 강해졌다고 해도 디스터에 비할 바는 아니다.

리자크는 장로들에 대한 강한 믿음이 있었다.

『아니. 이번엔 내가 나설 필요가 없을 것 같다.』

디스터는 나서는 걸 거부했다.

『네?』

단순무식에 폭력제일주의인 디스터가 싸움을 거부하다니. 놀랄 일이다.

곧 디스터의 심드렁한 음성이 들려왔다.

『굳이 내가 나설 필요는 없어. 보아하니 가면을 쓴 녀석이 해치울 것 같군.』

『소울러가요?』

리자크는 너구리 가면을 돌아봤다.

'그러고 보니 장로님은 이 소울러가 저 녀석보다 강할 거라고 했었지?'

다시 자세히 살펴봤지만 이번 역시 고개가 절로 기울어진다. 너구리 가면이 강한 건 사실이지만, 베인을 능가할 것 같지는 않다.

무엇보다 소울러는 무기를 모두 잃어버린 상태가 아닌가.

그의 비도는 베인의 화염에 모조리 녹아 버렸다.

슬레이브를 잃은 소울러는 그야말로 무력하다.

마력을 잃은 마법사보다 나을 게 없다.

리지그는 처음으로 디스터의 눈을 의심했다.

그때, 베인이 비명을 터트렸다.

"크아아아악!"

두 손으로 얼굴을 감싸 쥐며 고통스럽게 울부짖던 그가 쇠를 긁는 듯 불쾌한 음성으로 소리쳤다.

"크으으. 고통스럽구나. 배 속이 녹아내리는 것 같다."

리자크는 고개를 끄덕였다.

"녹아내리는 것 같은 게 아니라 실제로 녹아내리고 있어.

배 속만 아니라 당신의 두 눈도 녹아 버렸는걸. 지금은 눈동자 대신 불길만 활활 뿜어져 나오고 있잖아."

베인도 인간의 탈을 완전히 벗은 건 아니었다.

"크흐흐. 괴롭다. 대체 어떻게 된 거지? 너무 괴로워서 미칠 것 같아. 하지만…… 이렇게 괴로운 것도 나쁘지는 않군."

고통은 느낀다. 하지만 괴롭다는 느낌보다는 희열에 가깝다.

"어쩌다 내가 이런 꼴로…… 그래, 쥐새끼 같은 녀석! 놈 때문에 이렇게 됐지. 모든 게 그놈 때문이야."

베인의 숨이 가빠졌다. 얼굴을 흉악하게 일그러뜨리더니 주위를 둘러봤다.

눈은 없지만 앞은 보였다.

"거기 있었군."

너구리 가면을 발견한 베인이 사악하게 웃었다.

"또 나야?"

너구리 가면이 앓는 소리를 냈다.

"좀 억울한데."

베인을 쓰러트린 건 리자크인데, 정작 베인 본인은 리자크보다는 너구리 가면에게 적의를 불태우고 있었다.

오브의 힘에 영혼이 잠식당하며 기억에 혼란이 왔다.

너구리 가면과의 싸움에서 머리뚜껑이 열리도록 분노했던 기억도 그러한 착란에 영향을 미쳤다.

"크흐흐. 어찌 된 이유에선지 온몸에 힘이 넘치는군. 지금이라면 네놈을 간단히 죽일 수 있을 것 같군."

실제로도 베인의 전신에선 가공할 만한 열기가 뿜어져 나오고 있었다. 그가 걸음을 옮길 때마다 발바닥 아래가 지글지글 녹아내렸다.

경악을 금치 못할 정도의 화력!

근처에 서 있는 것만으로도 피부가 화끈거릴 지경이다.

그나마 리자크는 화염계열의 마법을 익혀 내성이라도 있어 이 정도다. 일반인이 근처에 서 있었다면 순식간에 몸에 불이 붙었을 것이다.

이렇게 엄청난 능력의 베인이 너구리 가면을 노리고 있다.

'끄, 끝이다.'

리자크는 너구리 가면이 순식간에 당할 것이라 생각했다. 그만큼 표면적인 능력은 베인 쪽이 압도적이었다.

그러나 의외로 너구리 가면은 긴장하는 기색이 없었다.

"날 죽이겠다고? 그것도 간단히? 하하. 꿈도 야무지시군."

"내가 못할 것 같은가?"

"당연히 못하지."

"크흐흐. 허세가 심하구나. 슬레이브도 모두 잃어버린 소울러가 대체 뭘 할 수 있단 말이냐!"

"네가 내 슬레이브를 모두 처리했다고?"

너구리 가면의 입매가 뭔가 웃긴 이야기를 들은 사람처럼 비틀어졌다.

"소울러와 슬레이브의 관계를 너무 우습게봤군."

"크르르. 네놈, 무슨 소릴 하고 싶은 거냐!"

"보여주지. 소울러와 슬레이브의 관계가 어떤 것인지 말이야."

너구리 가면이 손을 들었다.

"그만 자고 일어나라. 나의 슬레이브들아."

즈즈즈즈즈.

기묘한 소음과 함께 쇳물이 되어 사방에 흩어졌던 비도들이 한데 모여들었다.

너구리 가면의 주위에 둥글게 모인 쇳물들이 일렁일렁 움직이더니, 물방울이 합쳐져 물줄기가 되듯 어느새 수십 자루의 비도 모양으로 변했다.

촤아아아아악!

너구리 가면이 가볍게 손을 털자, 노랗게 달궈진 비도들이 일제히 허공으로 솟구쳤다.

모두 99개의 비도들.

단 한 자루의 비도도 사라지지 않고 모두 부활했다.

"어때? 이래도 내가 슬레이브를 모두 잃은 것 같나?"

"흥. 그깟 쇳조각쯤 수십 개가 아니라 수백 개가 있어도 두렵지 않다."

베인의 말에 리자크는 자신도 모르게 고개를 끄덕였다.

"크흐흐. 어찌 된 이유에선지 온몸에 힘이 넘치는군. 지금이라면 네놈을 간단히 죽일 수 있을 것 같군."

실제로도 베인의 전신에선 가공할 만한 열기가 뿜어져 나오고 있었다. 그가 걸음을 옮길 때마다 발바닥 아래가 지글지글 녹아내렸다.

경악을 금치 못할 정도의 화력!

근처에 서 있는 것만으로도 피부가 화끈거릴 지경이다.

그나마 리자크는 화염계열의 마법을 익혀 내성이라도 있어 이 정도다. 일반인이 근처에 서 있었다면 순식간에 몸에 불이 붙었을 것이다.

이렇게 엄청난 능력의 베인이 너구리 가면을 노리고 있다.

'끄, 끝이다.'

리자크는 너구리 가면이 순식간에 당할 것이라 생각했다. 그만큼 표면적인 능력은 베인 쪽이 압도적이었다.

그러나 의외로 너구리 가면은 긴장하는 기색이 없었다.

"날 죽이겠다고? 그것도 간단히? 하하. 꿈도 야무지시군."

"내가 못할 것 같은가?"

"당연히 못하지."

"크흐흐. 허세가 심하구나. 슬레이브도 모두 잃어버린 소울러가 대체 뭘 할 수 있단 말이냐!"

"네가 내 슬레이브를 모두 처리했다고?"

너구리 가면의 입매가 뭔가 웃긴 이야기를 들은 사람처럼 비틀어졌다.

"소울러와 슬레이브의 관계를 너무 우습게봤군."

"크르르. 네놈, 무슨 소릴 하고 싶은 거냐!"

"보여주지. 소울러와 슬레이브의 관계가 어떤 것인지 말이야."

너구리 가면이 손을 들었다.

"그만 자고 일어나라. 나의 슬레이브들아."

ㅈㅈㅈㅈㅈ.

기묘한 소음과 함께 쇳물이 되어 사방에 흩어졌던 비도들이 한데 모여들었다.

너구리 가면의 주위에 둥글게 모인 쇳물들이 일렁일렁 움직이더니, 물방울이 합쳐져 물줄기가 되듯 어느새 수십 자루의 비도 모양으로 변했다.

촤아아아아악!

너구리 가면이 가볍게 손을 털자, 노랗게 달궈진 비도들이 일제히 허공으로 솟구쳤다.

모두 99개의 비도들.

단 한 사루의 비도도 사라지지 않고 모두 부활했다.

"어때? 이래도 내가 슬레이브를 모두 잃은 것 같나?"

"흥. 그깟 쇳조각쯤 수십 개가 아니라 수백 개가 있어도 두렵지 않다."

베인의 말에 리자크는 자신도 모르게 고개를 끄덕였다.

자신의 생각도 그렇다.

좀 전에도 베인이 일으킨 불길에 별다른 공격도 못해 보고 한 줌의 쇳물로 녹아내린 비도들이 아닌가.

지금의 베인은 그때와는 상대도 안 될 정도로 위험한 열기를 뿜고 있다. 너구리 가면의 비도는 근처에 가기도 전에 모조리 녹고 말 것이다.

"과연 그럴까?"

너구리 가면이 손을 펼쳤다.

파파파!

허공에 떠 있던 비도들이 베인을 향해 일제히 날아갔다.

"소용없다!"

베인이 큰 소리와 함께 화염을 일으켰다.

쾅!

그의 전신에서 일어난 화염이 폭발하듯 불길을 토했다.

너구리 사면의 비도들이 그 화염에 모조리 녹아내렸다.

"크하하! 죽어라."

비도를 처리한 베인이 너구리 가면을 향해 달려들었다.

오브의 의지는 그의 육체마저도 몇 배나 강화시켰다.

스팟!

베인이 몸을 움직였다 싶은 순간, 이미 그는 너구리 가면 앞에 도착했다.

그 움직임은 인간의 눈으로 따라잡을 수 없을 만큼 빨랐다.

베인에게서 뿜어져 나오는 열기에 너구리 가면의 옷과 가면이 지글지글 타올랐다.

"어디 한 번 이번에도 피해 보시지."

베인이 놀리듯 말했다.

너구리 가면이 건조한 목소리로 대꾸했다.

"피할 생각 따윈 없다."

"흐흐. 죽음을 각오했구나."

"아니. 피할 필요가 없기 때문이지."

너구리 가면이 막 말을 마쳤을 때다.

촤아악!

비도가 녹은 쇳물이 분수처럼 튀어 올라 베인에게 날아들었다.

"뭣?"

크게 놀란 베인이 헛바람을 삼켰다.

설마 녹아 버린 쇳물까지 조종할 수 있을 줄은 몰랐다.

어떻게든 비도로 되돌린 후에야 공격할 수 있는 것인 줄 알았더니.

"형태가 중요한 게 아니야. 그 속에 깃든 영혼이 중요한 거지."

"그런…… 컥!"

경악성을 부르짖던 베인이 답답한 소리를 토했다.

액체로 변한 비도가 물줄기처럼 그의 입속으로 파고든 것이다. 베인은 급히 입을 닫았지만, 쇳물은 그의 코와 귀, 그리고 휑하니 뚫린 눈으로 파고들었다.

"크어어억!"

용암처럼 뜨거운 쇳물이 배 속으로 흘러 들어가자 베인은 비명을 질러댔다.

제아무리 오브의 힘으로 강화되었다 해도 근본은 인간.

뜨거운 쇳물을 마시고도 무사할 수는 없었다.

"끄으으으으!"

베인이 전신을 푸들푸들 떨며 경련을 일으켰다.

그의 몸이 풍선처럼 점점 부풀기 시작했다.

비도들 때문이다.

그의 몸속으로 들어간 비도들은 그의 육체를 내부에서부터 수백, 수천 조각으로 분쇄해 버렸다. 완전히 잘게 갈린 내장은 물처럼 변해 그의 몸을 채웠다.

겉은 멀쩡해도 베인의 몸은 그저 핏물이 가득 고여 있는 물풍선과 다를 바가 없었다.

"비도가 안 된다면 쇳물로. 외부공격이 안 된다면 내부에서부터 부숴주마!"

너구리 가면이 두 손을 모으며 정신을 집중했다.

슬레이브와 강렬한 교감을 주고받으며 집중력을 높였다.

그리고 그의 집중력과 슬레이브의 반응이 최고점에 오른 순간!

"이카노이드(Echinoid)!"

촤아악!

베인의 몸속에서 수많은 가시 같은 것이 튀어나왔다.

몸속에서 갑자기 거대한 성게가 부풀어 오른 것처럼 그의 전신을 뚫고 노란 가시들이 튀어나왔다.

그 가시들은 바로 액체가 된 비도들이었다.

베인의 몸속을 마구 헤집어놓은 비도들이 성게의 가시모양으로 그의 전신을 뚫고 튀어나온 것이다.

비도가 빠져나온 구멍으로 검붉은 핏물이 물줄기처럼 새어나왔다. 머리에서 발끝까지 99개의 구멍으로부터 잘게 으깨진 그의 내부조직이 줄줄 새어나오는 것이다.

"꺼윽."

허무한 비명과 함께 베인은 속이 빈 헝겊조각처럼 허물어졌다.

오브의 힘으로 실제보다 훨씬 강화되었던 베인이지만 결코 너구리 가면의 상대가 아니었다.

"제아무리 괴물이라도 몸속이 완전히 거덜나면 버틸 수 없는 법이지."

너구리 가면이 손을 흔들자 노란 쇳물들이 그의 주위로 몰려들며 형태를 이뤘다.

"고생했다. 그만 쉬렴."

너구리 가면이 외투를 펼쳤다.

열기가 식으며 비도의 형태로 돌아간 쇳물이 그의 외투 속에 차곡차곡 꽂혔다.

"대단하다."

리자크는 자신도 모르게 탄성을 흘렸다.

현재 너구리 가면의 정체는 모호하다.

단지 그가 소울러라는 것과 슬레이브로 99자루의 비도를 사용한다는 것밖에 모른다.

어쩌면 너구리 가면은 헬리오스 마탑의 적인지도 모른다. 하지만 적아를 떠나 그의 능력은 정말 놀라웠다.

"고맙소."

너구리 가면이 힘없는 미소를 보였다.

그의 가면은 반쯤 불에 타서 맨얼굴이 그대로 보였다.

적당히 그을린 피부에 서글서글한 인상.

호감 가는 인상의 사내였다.

"헬리오스 마답의 관계자요?"

"그렇소."

"그렇다면 한 가지 부탁을 해도 되겠소?"

"말해 보시오."

"부상을 입어서 그러는데 잠시 쉬게 해주시오."

"부상을 입었단 말이오?"

"그렇소. 매우 심각한 부상이오."

너구리 가면이 오른손을 펼쳐 보였다. 검지 끝에 작은 화상

자국이 있었다.

"치명적인 곳에 생긴 화상이라 당분간 식사도 못할 것 같소. 당신의 마탑에서 제대로 된 치료를 받고 싶소."

너구리 가면의 능청에 리자크는 기분 좋게 웃었다.

"하하하. 당신 좀 재미있는 사람이군."

너구리 가면이 고개를 끄덕였다.

"가끔 듣는 소리긴 하오."

리자크는 그가 마음에 들었다.

능청스럽긴 하지만 밉지 않다고 할까.

리자크는 고개를 끄덕였다.

"좋소. 치료해주지."

너구리 가면이 씩 하고 웃었다.

"당신이 그렇게 말해줄 거라 생각했소."

부드럽게 웃던 리자크가 무슨 생각이 난 듯 고개를 돌렸다.

"그런데 당신과 싸우던 저 괴물은 뭐요?"

너구리 가면이 고개를 저었다.

"나도 모르오. 이곳에서 우연히 만났으니까."

"우연히 만난 사이에 그렇게 싸운단 말이오?"

너구리 가면이 짐짓 심각한 표정으로 대답했다.

"아무래도 그는 날 질투하고 있는 것 같았소."

아니다. 그는 너구리 가면의 엉뚱한 행동에 짜증이 났던 것이다. 하지만 너구리 가면은 베인이 자신을 질투한 것이라고 굳게 믿고 있었다.

"그는 획기적인 내 정보수집 방법에 크게 실망했던 모양이오. 그렇지 않으면 그렇게 미친 듯이 달려들 턱이 없지."

"허. 뭔지는 모르지만 복잡한 사연이 있는 모양이구려. 그나저나 저 사람의 시신을 어떻게 치워야 할지 고민이구려."

너구리 가면이 다시 고개를 저었다.

"고민할 필요 없소."

"왜 그렇소?"

"그는 이미 이곳에 없기 때문이오."

"……?"

리자크는 그의 말을 이해할 수 없었다. 그러다 고개를 돌려 베인의 시신을 찾으려 한 순간, 너구리 가면의 말을 이해하게 되었다.

"그의 시신이…… 사라졌다."

짐낀 눈을 뜬린 사이, 베인의 시신이 감쪽같이 사라지고 없었다.

"그 꼴이 되고서도 죽지 않았다는 말인가?"

리자크의 안색이 딱딱하게 굳어 버렸다.

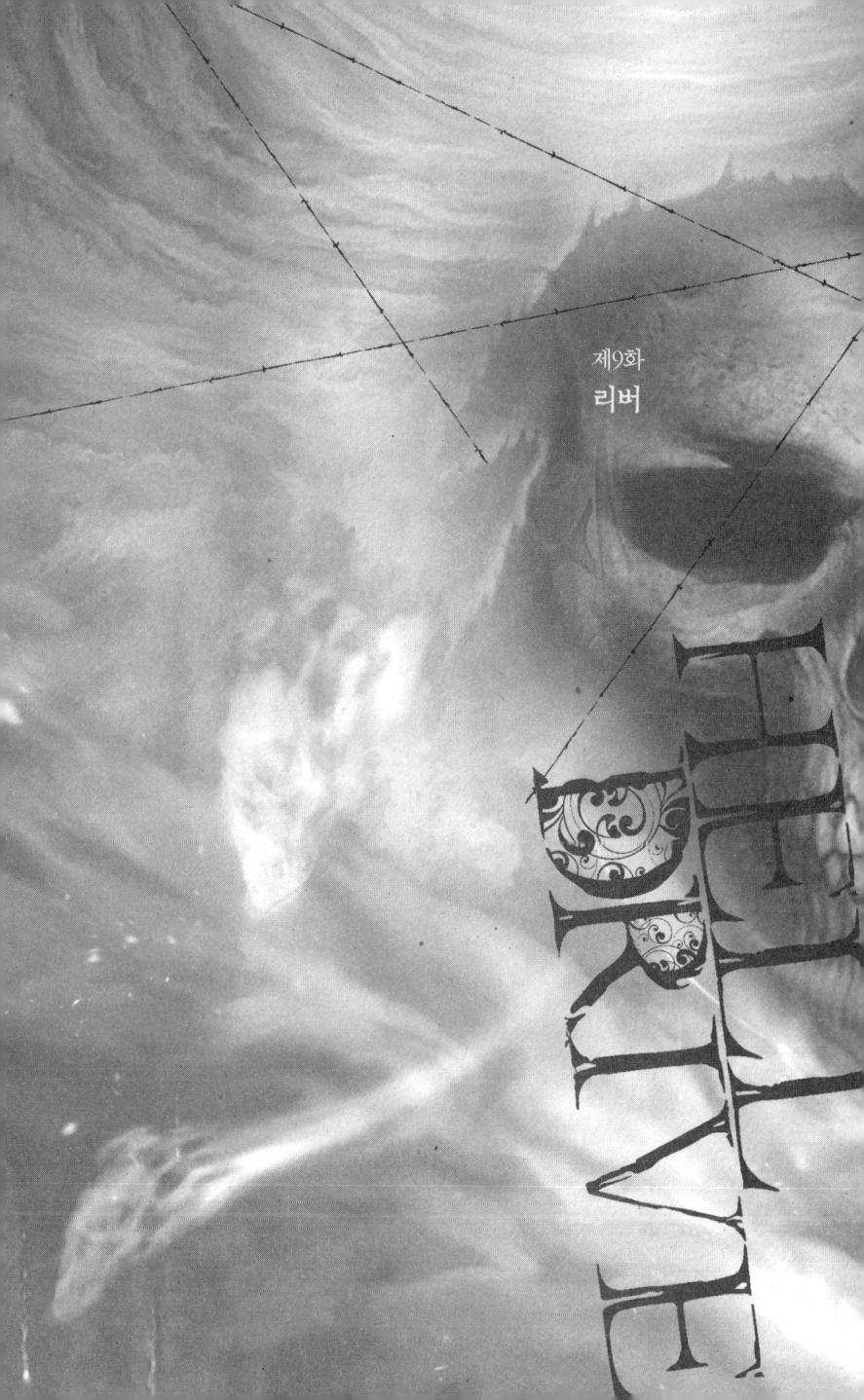

피를 뒤집어 쓴 사내가 험한 산길을 숨 가쁘게 달리고 있었다.

그의 이름은 베인. 방금 전까지 너구리 가면과 치열한 혈투를 치렀던 사내였다.

"제길. 그놈이 그런 식으로 힘을 사용할 줄이야."

베인은 너구리 가면을 떠올리며 이를 으득 갈았다.

소울러를 너무 쉽게 생각한 것이 패인이다.

다행히 너구리 가면이 방심한 틈을 타 몸을 뺄 수 있었지만, 자칫했으면 그곳에서 목숨을 잃을 뻔했다.

"이놈들. 두고 봐라. 반드시 복수하고 말 테니까."

베인은 다짐하고 또 다짐했다.

언젠가 반드시 이 굴욕을 갚아 주리라.

하지만 현재 상태로는 무리다.

지금은 몸속이 완전히 엉망이 된 상태다.

몸속으로 파고든 놈의 비도들은 내장 조직을 모조리 파괴했다.

살아 있는 것 자체가 기적인 상태.

아니, 정상적으로는 살아 있어서는 안 되는 상태다.

그럼에도 그는 오브의 힘으로 죽지 않고 생존해 있을 수 있었다. 그러나 다른 한편으로 생각하면 간신히 목숨만을 부지하고 있는 정도라고 할 수도 있었다.

'우선은 회복이 먼저.'

복수는 그 후에 생각해도 늦지 않다.

허겁지겁 메딘 산을 벗어난 베인은 이스턴 마을 외곽에 몸을 숨기고 상처를 회복했다.

그는 오브의 힘으로 단 하루 만에 기적적인 회복을 이뤘다.

"정말 대단하군."

베인은 새삼 감탄했다.

그런 부상을 입고도 고작 반나절 만에 회복하다니.

이 얼마나 대단한 능력이란 말인가.

불사신이라도 된 느낌이다.

"고작 다섯 개의 오브가 이 정도일진데, 10개나 20개의 오브를 흡수하면 대체 얼마나 강해질까."

탐욕이 일었다.

한 번 욕심이 일자 곧 참을 수 없는 갈증이 밀려왔다.

"오브를 먹고 싶다. 힘을 더 키우고 싶어."

그러기 위해선 오브를 구해야 한다.

하지만 어디에서……?

어느새 복수에 대해서는 까맣게 잊어버렸다. 그의 머릿속은 오브에 대한 욕망으로 가득했다.

어떻게든 오브를 더 흡수하고 싶었다.

"그렇지. 그 수가 있었어."

기억을 더듬던 베인이 사악한 미소를 지었다.

사용하지 않은 오브라면 몰라도 누군가의 몸속에 들어간 오브라면 알고 있다. 그것도 한두 명이 아니라 여러 명을.

'그가 좋겠군.'

위치를 확실하게 알고 있는 사람 히나를 떠올린 베인이 이스턴 마을을 향해 걸음을 옮겼다. 잠시 뒤, 그는 텔레포트 게이트를 타고 다른 도시로 이동했다.

\* \* \*

텔레포트 게이트를 타고 목적지에 도착한 베인은 곧장 도시 외곽으로 향했다. 그곳에서 비밀통로를 통해 모처로 이동했다.
 퀴퀴한 악취가 물씬 풍기는 지하실 통로 끝에서 은밀한 장소를 발견했다.
 베인은 그곳에서 그를 만날 수 있었다.
 리버.
 리버스의 수장 중 한 명이자, 대지의 마법을 익힌 사람.
 오브를 잔뜩 흡수한 인물 중 하나.
 그는 작은 마법등 아래에서 책을 읽고 있었다.
 한 손으로 들 수도 없을 만큼 두꺼운 책이었다. 노랗게 변색된 종이. 얼마나 오래된 책인지 조금만 소홀히 다뤄도 책장이 찢어질 것만 같았다.
 그는 깨알처럼 작은 글자를 한자 한자 음미하듯 읽었다. 모르는 사람이 본다면 그가 시집을 읽는 것으로 착각할 정도다. 하지만 그가 들고 있는 책은 심오한 내용으로 가득한 마법서였다. 학식 있는 마법사들도 고개를 절레절레 흔들 만큼 어려운 내용. 그런 책을 그는 아끼는 음식을 먹듯 찬찬히 훑어보고 있었다.
 '어떻게 이런 곳에서 책을 읽을 수 있는 거지?'
 리버의 연구실에 들어설 때마다 베인은 불쾌한 느낌을 받았다. 그의 연구실은 한 마디로 말해 기괴했다.
 끔찍한 몰골의 가죽들이 박물관의 그림들처럼 벽에 걸려 있고, 탁자 위엔 너저분한 실험도구들이 탑처럼 쌓여 있다.

무엇보다 끔찍한 것은 실험실 중앙에 놓인 유리관이다.

 투명한 유리관 안에 둥둥 떠다니는 물체는 보는 사람으로 하여금 역겨움을 참을 수 없게 만들었다.

 어두운 구석 어딘가에서 유령이나 괴물이 튀어나온다 해도 전혀 이상할 것이 없는 살풍경한 실내의 모습. 그런 곳에서 그는 태연하게 책장을 넘기고 있었다. 마치 세상에서 가장 안락한 장소에서 휴식을 취하고 있는 사람처럼 말이다.

 하지만 막상 그에게서 풍기는 기세는 결코 편안하지 않았다.

 '무슨 이런 존재감이……'

 리버의 잠재력을 가늠해 본 베인은 가슴이 덜컥 무너지는 충격을 받았다.

 원래 베인의 계획은 리버를 순식간에 해치우고, 오브를 흡수하자는 것이었다.

 제아무리 대단한 놈이라도 방심한 틈을 노린다면 충분히 해치울 수 있을 것이라는 판단에서였다. 하지만 정작 리버를 보게 된 순간, 기습을 하려던 생각이 싹 가시고 말았다.

 '이건…… 터무니없는 괴물이잖아!'

 현재 베인은 오브를 통한 각성 덕에 본래보다 몇 배나 강한 능력을 소유하게 되었다. 그래서 알 수 있었다. 무능력한 노인처럼 행동하는 리버가 실은 터무니없는 실력의 소유자라는 것을.

리버에게서 풍기는 압도적인 존재감에 몸이 벌벌 떨렸다.
얼굴에서 배어나온 식은땀이 턱을 타고 뚝뚝 떨어졌다.
자신이 갓 태어난 강아지라면 리버는 지축을 흔들며 달리는 거대한 몬스터다.
이 정도 힘이라면 못할 것이 없을 것 같다.
'그는 내가 감당할 수 있는 상대가 아니다.'
베인은 슬금슬금 연구실에서 몸을 빼려 했다. 하지만 은밀히 사라지는 것조차 쉽지 않았다.
"누군가?"
책에 몰두하던 리버가 고개를 들었다.
그의 주름진 눈이 베인이 숨어 있는 곳을 정확하게 짚었다.
"저, 접니다."
숨어 있던 베인이 주춤거리며 몸을 드러냈다.
리버가 베인을 가만히 쳐다보았다.
그 서늘한 눈빛이란.
고양이 앞에 선 쥐처럼 절로 몸이 떨려왔다.
"아이볼의 수하로군. 무슨 볼일인가?"
베인이 눈알을 굴리다 대답했다.
"아이볼님께서 안부를 전하셨습니다."
"아이볼이 내 안부를? 농담이 지나치군."
리버가 웃는다.
"아이볼이 내게 헬리오스 마탑에 대한 의향을 떠보라 시키던가?"

"네? 네. 그렇습니다."

"끈질긴 사람이군. 관심 없다고 전하게. 그리고 다시 한 번 또 이런 일로 날 귀찮게 하면 좋지 않은 전례를 남기게 될 것이라고 전해주게."

"알겠습니다. 그럼."

베인은 리버에게 고개를 숙였다. 그러곤 급히 물러섰다. 그의 앞에 서 있는 것만으로도 오금이 저렸다.

그러면서도 속으론 의문을 지울 수 없었다.

그는 어째서 헬리오스 마탑을 도모하지 않는 걸까.

이 정도의 무력이라면 헬리오스 마탑 뿐만이 아니라, 그 배후인 적탑까지도 순식간에 지워 버릴 수 있을 텐데.

하지만 의문은 나중 일이다. 지금 당장 급한 것은 이곳을 빠져나가는 일.

"잠깐."

물러나는 베인을 리버가 불러 세웠다.

"무슨 일이신지……."

"자네 혹시 몸이 불편하지는 않은가?"

"네?"

"식은땀을 흘리고 있어서 말일세. 몸살이라도 앓는 것은 아닌지 걱정이 되는군."

"더, 더워서 그렇습니다."

베인이 어설픈 핑계를 댔다.

리버가 고개를 끄덕였다.

"너무 무리하지 말게."

"그리하겠습니다."

베인이 물러섰다. 그런데 느닷없이 그의 목소리가 다시 들려왔다.

"그런데 정말 괜찮은가?"

목소리를 듣는 순간, 베인은 벼락이라도 맞은 사람처럼 놀랐다.

리버의 차가운 숨결이 귓가를 스치고 지나갔기 때문이다.

베인은 터져 나오려는 비명을 가까스로 참았다.

방금 전까지만 해도 저만치 떨어진 소파에 앉아 책을 읽고 있던 리버다. 그런데 어느 틈엔가 그의 등 뒤에 우두커니 서 있는 것이 아닌가.

'대체 언제.'

고개를 돌린 잠깐 사이에 순간이동을 한 것처럼 등 뒤에 접근한 것이다. 이 말은 리버가 마음만 먹으면 언제라도 그의 목숨을 취할 수 있다는 이야기가 된다.

척추를 타고 일어난 싸늘한 한기가 머릿속까지 서늘하게 만들었다.

리버가 다시 물었다.

"내가 묻지 않았는가? 괜찮으냐고."

베인이 더듬더듬 말했다.
"저, 정말로 별 이상 없습니다."
"그런가? 허면 정말로 이상하군. 아무런 이상도 없다는 그대의 몸이 무슨 이유로 이렇게 비틀린 거지? 마치 사람이 아닌 것처럼 느껴지는구나."
그가 무심한 목소리로 중얼거리며 말했다.
베인은 긴장했다.
'눈치챘다!'
과연 그는 모든 것을 알고 있었다.
"쯧쯧. 오브에게 먹히다니 불쌍한 사람이로군. 아이볼이 주의를 주지 않던가? 방심하면 마음을 잃게 된다고."
베인은 더 이상 정체를 숨기지 않았다.
신형을 돌리며 음침한 목소리로 물었다.
"흐흐흐흐. 어떻게 알았지?"
"그렇게 사악한 기운을 풀풀 날리는데, 모르는 게 오히려 이상한 일이지. 쯧쯧, 유능한 젊은이가 어쩌다 그리되었는가? 참으로 처량한 일이로고."
"처량해? 흐흐. 잠깐 그 비슷한 느낌이 있었던 것도 같지만, 이젠 아무렇지도 않아. 오히려 최고야. 왠지 모르지만 기분도 좋아졌고 말이야."
"대신 마음을 잃어버리지 않았는가?"
"마음? 그게 다 무슨 소용이야? 이제 와 생각하면 다 부질

없는 것이었어. 욕구를 참지 않으면 이처럼 편하고 좋은데, 어째서 그리 참고 지냈는지 이해가 가지 않을 정도로 말이야."

리버의 주름진 눈가가 잔잔한 파도를 그린다.

"아무래도 넌 완전히 먹혀 버린 것 같구나."

베인이 광인처럼 키득거렸다.

"그런 것 같아. 내 머릿속이 뒤죽박죽 섞여 버렸어. 오브의 기억과 본래 내 기억이 한데 섞여서 이젠 어떤 게 내 기억이고, 어떤 것이 오브의 기억인지 구분할 수 없을 지경이야."

"……."

"하지만 무슨 상관일까. 기분이 이렇게 좋은데. 기분만이 아니지. 난 변했다. 육체는 불사신이 되었고, 정신은 더더욱 견고해졌다. 이젠 어떤 말에도 마음의 상처를 받지 않아. 아니, 감정 자체가 사라진 느낌이야. 그야말로 더 이상의 진화가 필요 없는 완벽한 몸과 마음을 가진 셈이지. 그런데 말이야, 한 가지는 해결이 안 돼. 나 배가 고파. 그래서 그러는데, 당신을 좀 먹어도 될까?"

베인의 입에서 흘러나온 침이 턱 아래로 뚝뚝 떨어졌다.

베인의 눈엔 리버가 잘 익은 고기 덩어리 정도로 보였다. 그 맛있는 고기 안에 힘을 증폭시켜주는 오브까지 실려 있으니 세상에 이처럼 먹음직스러운 먹이도 없을 것이다.

리버가 인상을 찌푸렸다.

"추잡하군."

"실망스러운 거야? 하지만 너도 곧 이해하게 될걸? 내 배 속에 들어오게 되면 말이다!"

말을 마치기도 전 베인이 돌연 리버를 덮쳤다.

실력으로는 밀린다는 판단이 들자 기습을 한 것이다.

'제아무리 놈이 강하다 해도 이렇게 가까이서 기습을 받으면 어쩔 수 없을 것이다.'

실제로 베인과 리버 사이의 간격은 팔만 뻗어도 닿을 수 있을 정도로 가까웠다. 눈 깜짝할 사이에 그의 전면에 도착한 베인이 뾰족한 송곳니로 리버의 목을 물어뜯으려 했다.

"구취가 심하군. 자네 입은 닦고 다니는 겐가?"

리버가 불쾌한 표정을 지었다.

그 순간.

"크악!"

비명과 함께 베인이 나가떨어졌다.

"크아아아!"

괴롭게 바닥을 뒹구는 베인의 가슴이 움푹 들어가 있었다.

"어, 어떻게."

간신히 고통을 추스린 베인이 놀란 눈으로 리버를 올려다보았다.

도대체 언제 어떻게 당했단 말인가.

리버는 주문을 영창하지도 않았고, 지팡이를 흔들지도 않았다. 그저 불쾌한 표정을 지은 것이 전부다.

그런데 갑자기 무언가가 베인의 가슴을 후려쳤다.
움푹 들어간 가슴의 상태는 심각했다.
늑골이 부서지고, 뼈의 파편이 양쪽 폐를 찔렀다.
숨을 쉴 때마다 쇳소리가 흘러나왔다.
'재, 재생이 안 된다.'
베인은 피가 싸늘하게 식어 버리는 느낌이었다.
죽음에서도 그를 부활시킨 재생력이 전혀 발동하지 않았기 때문이다.
"원동력이 파괴되면 재생능력도 소용이 없는 법. 도마뱀의 꼬리를 불로 지지면 재생이 되지 않는 것과 같은 이유일세."
"다, 당신은…… 대지의 마법을 사용할…… 텐데."
"그래서 불로 지지는 대신 다른 방법을 썼다네."
리버가 자상한 웃음을 보였다.
그 웃음만 본다면 그가 지금 누군가를 죽이려 한다는 걸 짐작도 못할 것이다.
베인은 마음이 조급해졌다.
'무슨 마법을 쓰는지는 모르지만, 놈에겐 내 재생력이 통하지 않는다.'
리버와의 실력 차는 그야말로 하늘과 땅. 비교할 수조차 없다. 그나마 재생능력까지 통하지 않는다면 전혀 상대가 안 된다.
'다, 달아나야 한다.'

너구리 가면에게 그렇게 했듯 어떻게든 틈을 만들어 빠져나가야 한다.

하지만 리버는 결코 호락호락한 위인이 아니었다.

"눈동자가 부지런히 움직이는 걸 보니 딴생각을 하고 있는 모양이군. 달아나고 싶은가? 하지만 유감스럽게도 난 자넬 이대로 돌려보낼 생각이 없네."

리버가 가볍게 손가락을 흔들었다.

콰드득!

그의 발밑. 단단한 돌바닥이 서서히 일어나더니 형태를 만들어갔다. 그 모양은 거인의 거대한 손과 같았다.

돌바닥으로 만들어진 거인의 손이 베인의 몸을 움켜잡았다.

"그만 가시게."

리버가 주먹을 움켜쥐었다.

베인의 몸을 움켜쥔 손 모양의 돌바닥이 그의 손 움직임대로 움직였다.

과일을 짜듯 엄청난 힘으로 베인의 몸을 쥐어짰다.

"크아악!"

처절한 비명이 터져 나왔다.

주우우욱!

흙더미 아래로 피가 쏟아졌다.

"그만 됐다."

손 모양의 돌바닥이 손을 펼치자, 그 안쪽에 형체를 알 수 없는 살덩이가 보였다.

"소멸시키기 전에 받아야 할 것이 있었지."

리버가 살덩이로 다가가 손을 펼쳤다.

"오라."

살덩이의 중심 부위가 밝게 빛나더니 붉은 기운이 일어나 리버의 손바닥으로 흡수되었다. 그렇게 흡수된 붉은 기운은 모두 다섯 개. 베인이 흡수한 오브의 수와 동일했다.

"이제 됐다. 그만 그를 묻어두어라."

오브를 회수한 리버가 말했다.

그그그그!

손 모양의 돌바닥이 베인의 몸뚱이를 삼킨 채, 바닥으로 서서히 가라앉았다. 잠시 후, 그곳엔 그 어떤 흔적도 남지 않았다.

베인의 족적. 공허한 외침. 그가 흘린 피.

그 모든 것들이 감쪽같이 사라져 버렸다.

오브의 힘을 흡수하여 마족에 버금가는 존재로 재탄생한 베인마저도 리버의 가벼운 손짓 몇 번을 견디지 못한 것이다.

"이제 오브에 먹힌 무능한 녀석은 처리가 되었고……. 그럼, 이제부터 귀찮은 꼬리를 처리해야겠지?"

그가 실내의 어두운 구석을 바라보며 말했다.

"그만 나오시는 게 어떠신가?"

어둠 속에서 거대한 덩치의 괴물이 걸어 나왔다.

괴물을 본 리버가 너털웃음을 흘렸다.
"허허. 마족이라. 분위기를 보아하니 평범한 마족은 아닌 것 같은데……. 오늘 정말 진귀한 구경을 다 해 보는군."
어마어마한 기세를 날리는 마족 앞에서도 리버는 별반 긴장하는 기색이 없었다. 마치 평소 알고 지내는 옆집 청년을 대하듯 자연스럽게 행동했다.
리버가 물었다.
"그대는 누군가?"
마족이 종이 울리듯 큰 목소리로 말했다.
"디스터."
마족은 바로 헬리오스 마탑의 장로인 디스터였다.
리버가 디스터를 올려다보며 물었다.
"마족이 무슨 이유로 날 찾아왔는지 모르겠군. 설마 소울 세일즈를 하러 온 건 아니겠지?"
"흥!"
디스터가 콧김을 뿜으며 말했다.
"영혼을 사고파는 것엔 흥미 없다. 특히, 혼탁한 영혼이라면 더더욱 그렇지."
"마족에게도 거절당하는 신세라니. 기뻐해야 할지, 슬퍼해야 할지 모르겠군."
씁쓸하게 웃던 리버가 돌연 정색했다.
"베인을 쫓아왔나?"

디스터가 고개를 끄덕였다.

"그렇다."

"그렇다면 아이볼이 보낸 것인가? 아니지. 스컬킹이라면 모를까 그가 마족을 동원했을 리는 없지. 그대를 내게 보낸 사람이 스컬킹인가?"

"스컬킹? 그게 누구지?"

"아이볼도 스컬킹도 아니라면, 그대를 보낸 자는 대체 누군가?"

"날 보낸 자는 없다. 난 단지……"

디스터가 심드렁한 목소리로 말을 이었다.

"인간도 아니고 그렇다고 마족도 아닌 어정쩡한 놈이 어떻게 만들어진 것인지 호기심이 일었을 뿐이다."

디스터는 베인의 뒤를 쫓아온 것이다.

베인이 헬리오스 마탑을 수월하게 빠져나올 수 있었던 것도 따지고 보면 디스터의 묵인이 있었기 때문에 가능했던 일이다.

"저런…… 그렇다면 번지수를 잘못 찾아온 걸세. 난 방금 그자와는 아무런 관련이 없는 사람일세."

디스터가 머리를 긁적였다.

"글쎄…… 그건 아무래도 상관이 없다. 그보다…… 너 정체가 뭐냐?"

"이름말인가? 리버라고 하네."

"아니. 네놈의 하찮은 이름 같은 거 말고. 정체 말이야."

"보다시피 인간일세."

"인간?"

디스터가 비웃음을 흘렸다.

"내가 보기엔 방금 전 땅속으로 사라진 그 쓰레기 녀석과 비슷하게 느껴지는데?"

리버가 헛웃음을 흘렸다.

"허허허. 마음대로 생각하게. 하지만 날 저급한 녀석과 같은 취급을 한 것만큼은 기분이 좋지 않군."

실내의 분위기가 무겁게 가라앉았다.

허공을 날아다니던 작은 먼지알갱이들이 일제히 바닥으로 가라앉고, 고막을 울리는 날카로운 소음이 귀를 먹먹하게 만들었다.

리버가 말했다.

"자네의 의도가 무엇이건, 그를 따라온 것은 실수일세."

"실수?"

"평소에 운이 나쁘다는 소릴 듣지 않나?"

디스터가 큰 소리로 웃었다.

"크하하. 내가 운이 없다고?"

리버도 웃었다. 하지만 그는 소리 내어 웃지 않았다. 그저 입가를 슬며시 들어 올리는 차가운 미소였다.

디스터가 그에게 물었다.

"왜 내가 운이 없다고 생각하는 거지?"
"날 만났기 때문에 자네가 죽게 될 것이기 때문이지."
"흐흐흐."
디스터가 나직하게 웃었다. 섬뜩한 미소 사이로 톱날처럼 날카로운 송곳니가 번뜩였다.
"과연 죽게 되는 게 어느 쪽일까."
순간 디스터의 덩치가 부풀어 올랐다.
원래도 거대했던 덩치다. 그런 디스터가 순식간에 두 배 가까이 커졌다.
연구실은 크고 넓었지만, 디스커가 몸을 부풀리자 마치 장난감으로 만들어진 미니어처처럼 보일 지경이었다.
"과연 마족다운 변신이군."
"이곳이 마계라면 훨씬 더 좋은 모습도 보여줄 수 있을 텐데. 아쉽게도 이곳에선 이 정도가 한계다. 중간계의 질 나쁜 공기는 나처럼 고귀한 마족에겐 해롭거든."
"하하하. 패배했을 때를 대비한 변명인가?"
"이 정도만으로도 널 죽이기 충분하다는 소리다!"
마지막 외침과 함께 디스터가 공격을 시작했다.
어느 사이엔가 등 뒤에서 거대한 철퇴를 꺼내 번개 같이 휘둘렀다.
철퇴는 서재의 책장보다도 훨씬 크고 거대한 흉기였다.
쾅!

지축을 울리며 지하실의 단단한 돌바닥이 무른 나무토막처럼 부서졌다.

"좁은 공간에서 그런 흉기는 비효율적일세."

리버가 조소하며 마법을 사용했다.

"신의 손(God's Hands)!"

지면이 우르르 진동하며 거대한 손이 튀어나왔다.

"그 기술이라면 이미 봤다."

부웅!

디스터가 신의 손을 향해 철퇴를 휘둘렀다.

콰콰쾅!

폭음과 함께 신의 손이 부서졌다.

"흙과 자갈로 만들어진 신의 손이라. 보잘것없는 신이로군."

"과연 그럴까?"

푸스스스스.

흩뿌려진 흙과 자갈이 본래의 자리로 돌아갔다. 순식간에 신의 손은 본래의 형태로 돌아왔다.

디스터가 인상을 썼다.

"이거 골렘이냐?"

리버가 즐겁게 웃으며 대꾸했다.

"내가 손을 좀 봤네."

"마법을 개조했다는 미치광이는 또 처음 보는군."

"방법이 무슨 상관인가? 중요한 것은 얼마나 강화시킬 수 있느냐 하는 것이지."

콰아악!

본래의 형태로 돌아온 신의 손이 디스터를 덮쳤다.

디스터는 다시 해머를 휘둘러 신의 손을 날려 버렸다. 사방으로 비산하는 흙과 자갈들.

"이 망할 놈의 손이 복구되기 전에 네놈을 끝장내마!"

디스터가 쿵쿵 지축을 흔들며 리버에게 달려들었다.

거대한 괴물의 돌진. 두려운 광경이다. 그러나 리버는 눈썹 하나 까딱하지 않았다.

"신은 외팔이가 아닐세."

바닥에서 일어난 또 하나의 신의 손이 디스터를 거머쥐었다. 디스터도 컸지만, 신의 손 역시 대단히 거대했다. 신의 손이 디스터의 몸을 거머쥐자, 팔다리만이 간신히 골렘의 손가락 사이로 삐쳐 나왔다.

"이따위……!"

디스터가 용을 썼다.

퍽퍽 하는 소리와 함께 흙과 자갈로 만들어진 손가락들이 부서져 나갔다. 하지만 그 사이, 다른 신의 팔이 복구를 끝마치고 그의 등 뒤를 덮쳤다.

앞뒤로 포위당하자, 천하의 디스터라도 저항할 수가 없었다.

버둥거리는 디스터를 올려다보며 리버가 물었다.

"마법은 할 줄 모르나?"

실망스럽다는 표정이 역력한 얼굴이었다.

디스터가 어깨를 들썩이며 씩씩거렸다.

"크으으. 이놈!"

"억울한 표정이군. 왜? 아직도 세계관 타령이나 할 텐가?"

디스터가 울부짖었다.

"크아아! 네놈을 죽이고 말겠다."

리버가 차갑게 웃었다.

"죽을 때가 되면 다들 그런 대사를 읊곤 하지."

그가 주문을 영창했다.

신의 손들이 쥐어짜듯 디스터를 압박했다.

으득! 뿌걱! 투드득!

뼈가 부서지고, 신경이 끊어지는 소리가 터져 나왔다. 끔찍한 고통일 텐데도 디스터는 인상주차 찡그리지 않았다. 부릅뜬 눈으로 리버를 쏘아볼 뿐이었다. 만약 눈빛으로 사람을 죽일 수 있다면 리버는 이 순간 천 갈래 만 갈래로 찢겨졌을 것이다.

"아무리 쏘아본다고 해도 상황은 변하지 않는 법이지."

퍼퍼퍽!

급기야 디스터의 몸이 터져 나갔다.

"크와아아아아!"

디스터가 포효했다.

비참함과 분노가 한데 뒤섞인 외침이었다.

"그만 사라지게."

리버가 최후의 주문을 던졌다.

바로 그 순간, 디스터가 서 있는 허공이 수직으로 갈라지며 헬 게이트가 열렸다.

쩌거거거걱!

갑자기 열린 차원의 문은 빨아들이듯 디스터를 삼켰다. 리버가 소환한 신의 손은 고차원의 마법이지만, 헬 게이트의 권능을 능가할 수는 없었다.

"아니!"

리버가 크게 놀란 얼굴로 급히 마법을 사용했으나, 그보다 한 발 앞서 헬 게이트가 닫혔다.

헬 게이트가 닫히기 직전, 디스터의 음성이 흘러나왔다.

"곧…… 다시 오마."

쩌거거거거걱!

뇌성과 함께 헬 게이트가 닫혔다.

리버가 심각한 표정으로 허공을 올려다보며 중얼거렸다.

"헬 게이트. 차원의 문인가?"

차원을 여는 문은 이미 오래전에 소실된 마도의 유산. 그런데 마족이 그 힘을 사용했다.

아쉽다는 듯 리버가 혀를 찼다.

"마도시대의 마법을 알고 있는 마족이었던가? 아깝게 됐군. 사로잡았으면 내 연구에 큰 보탬이 됐을 텐데."

하지만 그는 이내 평온을 되찾았다.

"다시 온다고 했지? 그렇다면 조급해할 필요가 없겠지."

마족의 끔찍한 복수 선언도 리버를 불안하게 만들지 못했다. 그는 그만한 자신감이 있었다.

"부디 다음엔 이보다 조금 더 나은 실력을 보여주길 바라겠네."

어둠 속에서 리버가 싸늘한 미소를 보였다.

\* \* \*

메딘 산 기슭의 헬리오스 마탑.

쩌거거거걱!

천둥소리와 함께 헬 게이트가 열렸다.

활짝 열려진 공간의 틈으로 거대한 괴물이 모습을 드러냈다.

디스터였다.

"리자크! 어디 있느냐!"

헬리오스 마탑으로 돌아오자마자 그는 리자크를 찾았다.

너구리 가면에게 헬리오스 마탑의 내부를 안내해주고 있던 리자크가 급히 달려왔다.

"장로님. 부르…… 헉!"

부리나케 달려온 리자크가 디스터를 보고 헛바람을 삼켰다.

"이게 어떻게 된 일입니까?"

디스터의 몸은 그야말로 엉망진창이었다.

팔다리는 물론이고, 몸 어디에도 온전한 구석이 없었다.

온전한 것은 두 눈뿐. 그나마도 붉게 충혈된 채 독기를 뿜어내고 있었다.

"날 도와줘야겠다. 리자크."

"도와줘요? 어떻게요. 그보다 우선 치료부터 하시는 게 좋을 것 같습니다. 대체 어디서 이렇게 당하신 거죠? 맙소사. 이건 뼈가 으스러진 거잖습니까."

"조금 긁힌 정도다."

"뼈가 으스러진 게 긁힌 정도라고요? 헉! 왼팔은 덜렁거리고 있잖습니까!"

리자크가 기겁을 하며 소리쳤지만, 디스터는 아랑곳하지 않았다.

"잔소리 말고 따라와!"

디스터는 리자크를 끌고 헬 게이트에 올라탔다.

"이놈! 죽여주마!"

누군가를 향해 복수를 다짐하는 디스터. 그와 함께 활짝 열려진 헬 게이트가 닫혔다.

"자, 잠깐만…… 어디에 가는지만이라도……?"

쩌거거거거걱!

리자크의 당황스런 비명을 삼키며 헬 게이트가 닫혔다.

그들이 사라진 직후, 한 사람이 그곳에 도착했다.

"이것은 마족의 기운이 아닌가."

놀란 목소리로 혼잣말을 중얼거리는 사내.

그는 바로 너구리 가면이었다.

치료를 빙자하여 헬리오스 마탑에 잠입한 너구리 가면은 불온한 기색을 느끼곤 한달음에 이곳으로 달려왔다.

비록 간발의 차로 디스터를 보진 못했지만, 주위에 팽배한 마족의 마력만큼은 확실히 감지할 수 있었다.

"역시 수상한 곳이었군."

너구리 가면의 두 눈이 날카롭게 빛났다.

제10화
**딥블루에 닥친 불행**

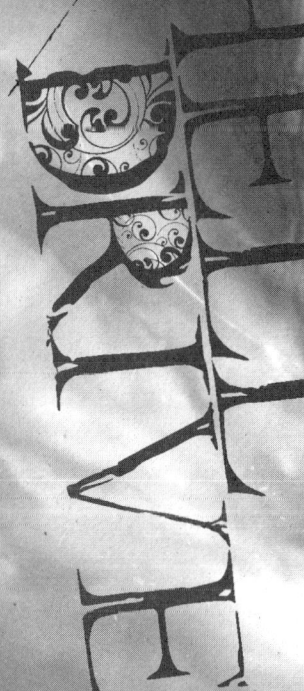

 람스와 그의 일행은 이스턴 마을에서 텔레포트를 타고 알타의 변방에 위치한 작은 도시에 도착했다.

 딜레포드 게이드의 밝은 심꽹이 사라진 순간, 서늘한 공기가 그들을 맞았다.

 "이곳이 바로 딥블루라는 도시입니다."

 텔레포트 게이트를 나서자마자 오드만이 수다스럽게 도시에 대해 설명하기 시작했다. 마치 고향에 돌아온 것처럼 들뜬 기분을 느낄 수 있었다.

 "우거진 숲이 진청색을 띠고 있어, 바람이 부는 날 먼 곳에서 보면 흡사 깊은 바다를 보는 것 같다고 해서 붙여진 이름이라고 합니다."

실제로 딥블루는 알타에서 손꼽히는 아름다운 도시였다.

"볼거리가 아주 풍성한 곳이죠. 스승님과 넬도 틀림없이 좋아하시게 될 겁니다."

오드만은 신이 난 목소리로 딥블루에 대한 칭송을 늘어놓았다.

이곳은 먹을거리가 풍족하고, 천연염료로 염색한 옷이 화려하고 멋지다고 했다. 그리고 유명한 수학자와 천문학자들이 많아 학자들의 도시로도 불린다고 했다.

"사람들도 활달하고 순박해서 외지인을 무척이나 반기지요. 그래서 이곳을 한 번 경험한 사람은 잊지 못하고 꼭 다시 한 번 찾아오곤 한답니다."

오드만은 오랜만에 고향에 돌아온 사람처럼 들떠 있었다.

딥블루라는 도시에 대한 인상이 깊게 각인되어 있었다.

그러나 정작 딥블루에 도착한 오드만은 황폐하게 변한 도시의 모습에 말을 잇지 못했다.

"이, 이게 어떻게 된 일이란 말인가!"

깊은 바다를 연상케 한다 할 정도로 울창했던 수목들. 그러나 지금은 그 화려했던 산의 모습이 온데간데없고, 노랗게 타들어 가는 잡초들만 무성한 민둥산만이 남아 있었다.

변한 것은 산만이 아니었다.

외지인들을 반긴다던 순박한 사람들도 다들 사라졌는지, 도시로 들어서자 곳곳에서 경계심이 가득한 시선들이 느껴졌다.

고작 십 년 사이에 풍요로운 푸른빛의 도시가 볼품없는 촌락으로 변해 버렸다.

주위를 둘러본 람스가 물었다.

"십 년 전엔 이곳이 살기 좋은 곳이었다고?"

오드만이 귀신에 홀린 사람 같은 표정으로 고개를 끄덕였다.

"네. 분명 십 년 전엔 아름다운…… 한 번 보면 잊을 수 없을 정도로 아름다운 도시였습니다. 분명 십 년 전에는……."

오드만은 큰 충격을 받은 듯 멍한 표정으로 도시를 살피고 또 살폈다.

그의 기억은 바로 어제의 일처럼 선명한데, 정작 도시의 모습은 말라 버린 노송처럼 늙고 병들어 있었다.

"고작 십 년 만에 이렇게 됐다라……."

상식적으로는 생각하기 어려운 변화다.

람스는 발아래에서 그 해답을 찾았다

'이곳의 대지는 극지방의 땅처럼 차갑구나.'

인근의 땅.

온기를 전혀 느낄 수 없다.

얼음덩이처럼 차갑다. 손을 대 보니 싸늘한 냉기가 올라온다.

이런 대지 위에선 그 무엇도 살 수 없다.

식물도, 그 식물을 기반으로 사는 동물들도.

건강한 사람도 맨땅에서 몇 시간만 자면 몸에 병이 생길 지경이다.

'그렇게 추운 지방 같아 보이진 않는데……'

의외로 날씨는 온유하다.

훅훅 찌는 이스턴보다는 서늘하지만, 대지가 싸늘하게 냉각될 정도로 추운 지방은 아니다.

람스가 오드만에게 물었다.

"땅이 매우 차갑군. 한기가 올라오고 있어. 예전에도 이런 일이 있었는가?"

"아닙니다. 그런 일은 없었습니다."

"이곳에서 얼마나 머물렀었지?"

"친구가 운영하는 고아원에서 십오 년 가까이 지냈습니다."

십오 년. 결코 적은 시간이 아니다.

당시에 이런 일이 없었다면, 이 지방 특유의 기온 변화라고 보기에도 문제가 있다.

"마을 사람에게 자초지종을 물어봐야겠습니다."

근처의 여관 주인에게 자세한 설명을 들을 수 있었다.

"오 년 전부터 모든 게 엉망이 되었습니다. 기온이 좀 오른 것 같더니 어느 날부터인가 변화가 시작되었습니다. 산의 나무들이 노랗게 변한다 싶더니, 하룻밤 사이에 잘 자라던 가축들이 죽어나갔죠. 최근엔 우물물도 얼기 시작했습니다."

"우물물이 얼 정도였단 말인가?"

"말도 마세요. 그것도 시작에 불과했어요. 새벽마다 우물이 얼어서 불편하게 만들더니, 그 다음엔 아이들마저 시름시름 앓기 시작하고, 밤사이 노인들도 하나둘 죽기 시작했지요. 누군가 도시가 저주를 받았다는 소리를 떠들었어요. 처음엔 아무도 믿지 않았지만, 사방에서 죽음이 들끓자 결국엔 모두가 그 말을 믿게 되었지요."

"사람이 많이 죽었는가?"

"죽은 사람도 많지만, 떠난 사람은 그보다 더 많습죠."

여관 주인은 피폐한 얼굴로 자신도 얼마 후엔 이곳을 떠날 거라고 말했다.

"이곳에도 영주가 있을 텐데. 원인을 조사하지는 않았는가? 갑자기 이런 일이 발생했다면 뭔가 원인이 있었을 텐데."

"웬걸요. 영주님은 그야말로 백방으로 노력했죠. 하지만 그게 영 쉽지가 않더란 말입니다. 주술사도 불러 보고, 마법사도 초빙해 봤지만 결론은 땅이 식어 버렸다는 것뿐이었습니다. 원인이나 해결방법을 제시하는 사람은 아무도 없었지요."

한풀이를 하듯 사연을 풀어놓던 여관 주인이 음식을 내왔다.

수프를 한 수저 뜨던 오드만이 인상을 찌푸렸다.

맛이 형편없었기 때문이다.

여관 주인이 미안한 표정을 지었다.

"죄송합니다. 재료가 엉망이라서. 채소도, 과일도 모두 말라비틀어져 버렸습니다. 이 도시에서 싱싱한 물건은 갓 태어난 아이 밖에 없을 겁니다."

"이곳에서 나는 작물이 문제라면 외지에서 들여오면 되지 않겠는가?"

여관 주인이 한숨을 쉬었다.

"그렇게라도 해결이 되면 얼마나 좋겠습니까."

"안 되던가?"

"제아무리 싱싱한 채소나 야채도 가져온 지 반나절이면 주름투성이 노인처럼 푸석푸석하게 변해 버립니다."

"반나절 만에?"

"정말로 이 도시는 저주를 받은 모양입니다. 한여름에도 우물은 얼어 버리기 일쑤고, 비가 내린 날 저녁은 한겨울이 따로 없습니다."

생각보다 도시의 사정은 심각했다.

"이런 곳에선 아무도 살지 못할 겁니다. 지금까지 남아 있는 사람들도 정 때문에 버티고 있는 것뿐입니다. 아마 올해를 버티지 못하고 다들 떠날 겁니다."

이야기를 마친 여관 주인은 깊은 한숨을 내쉬었다.

그는 많이 지쳐 보였다. 마을에 대한 애정으로 마지막까지 버티고 있는 사람들 가운데 하나가 바로 그였지만, 인내심도 이미 바닥이 난 지 오래였다.

"땅이 차갑게 변한 것 때문에 번영하던 도시가 이렇게 몰락하다니. 자연재해 앞에서 인간은 정말 무력한 존재로군요."

여관을 나서며 오드만이 한숨을 쉬었다.

도시의 몰락에 그는 가슴이 아팠다.
'과연 이것이 자연재해일까?'
람스는 생각에 잠겨 있었다.
딥블루에 닥친 재앙은 단순히 자연재해로 보기엔 이상한 점이 많다.
무엇보다 뚜렷한 이유도 없이 대지가 싸늘하게 식어 버렸다는 것이 수상하다.
제아무리 추운 극지방이라 할지라도 따뜻한 햇볕이 내리쬐는 여름이 오면 눈이 녹고, 대지도 달아오르는 게 일반적이다. 그러나 이곳은 한여름에도 대지가 얼음덩이처럼 싸늘하게 얼어 있다.
'조사해 볼 필요가 있겠군.'
람스는 마을의 변화에 흥미를 느꼈다.
더더구나 이곳은 오드만이 아끼는 장소가 아닌가.
원인을 찾아 해결힐 수 있다면 제자가 무척 기뻐할 것이리는 생각이 들었다.
어느새 오드만의 걱정은 이 도시에 살고 있다는 친구에게로 옮겨갔다.
"그나저나 그 친구가 잘 지내고 있을지 걱정이군요."
"그 친구라는 사람, 고아원을 운영하고 있다고 했는가?"
"네. 초창기엔 고아원 설립으로 참 고생이 많았던 친굽니다. 영주도 반대하고 마을 사람들도 반대가 참 심했지요. 심지어 주민들에게 돌팔매질을 당하기까지 했답니다."

"고아원을 만드는데 도와주지는 못할망정……."

"당시 이곳은 개발이 한창이었거든요. 관광지로 유명해져서 외부인이 부쩍 늘던 시기였지요. 그런 때에 거지꼴을 한 아이들이 몰려다니는 고아원이 생기면 도시의 이미지에 안 좋은 영향을 미칠 것 같다고 생각한 모양입니다. 그래도 나중엔 다들 이해하고 넘어가서 다행이었죠."

아이볼은 당시를 회상하며 희미한 미소를 지었다.

그 역시 친구를 도와 고아원을 설립하는 데 일조를 했었다.

어려운 시절이었지만, 또 그만큼 보람도 있었던 시절이었다.

"다들 잘 있을지 걱정이군요."

오드만은 람스와 넬을 이끌고 도시의 외곽으로 향했다.

가파른 언덕길을 한참 걸어 올라가자 작은 농장이 나타났다.

이곳에서 그들은 딥블루에 들어선 이후 처음으로 잘 자라고 있는 식물과 작물을 발견할 수 있었다.

다른 곳은 식물이 모두 노랗게 타들어 가고 있는데, 유독 이 농장에서만큼은 작물이 잘 자라고 있었다.

"아!"

오드만이 나직한 탄성을 흘렸다.

그가 람스를 돌아보며 기쁜 음성으로 말했다.

"다행히 이곳은 아무 이상이 없는 모양입니다."

"친구가 있다는 곳이 이곳인가?"

"네. 그가 운영하는 고아원입니다. 자급자족을 위해 텃밭을 가꿨는데, 그것이 어느새 이렇게 농장이 되었군요."

세 사람이 잘 정리된 농장 안으로 들어선 지 얼마 후, 농장 중앙의 가옥에서 몇 사람이 뛰어나왔다.

모두 다섯이었는데, 대략 10세에서 18세가량의 어린 소년 소녀들이었다.

그 중 나이가 가장 많은 여자아이가 오드만을 보고 눈을 동그랗게 떴다.

"오드만 할아버지?"

오드만이 소녀를 보고 방긋 미소를 흘렸다.

"이게 누구냐. 주근깨 꼬맹이 에밀리가 아니냐? 그새 숙녀가 다 됐구나."

"할아버지!"

에밀리라 불린 소녀가 환성을 지르며 오드만에게 안겼다. 오드만이 그녀의 머리를 쓰다듬으며 말했다.

"정말 많이 자랐구나."

"그럼요. 벌써 십 년도 전인걸요?"

"그래. 벌써 그렇게 됐구나. 그런데 에밀리는 용케 날 잊지 않았구나."

"어떻게 할아버지를 잊겠어요? 절 구해주신 분인데."

"녀석."

오드만이 인자한 얼굴로 에밀리의 머리를 쓰다듬어 주었다.

에밀리는 부끄러워하며 혀를 쏙 내밀어 보였다.
"헤헤. 그런데 할아버지는 하나도 안 변하셨네요."
"그러니? 난 많이 늙은 것 같다만."
"아니에요. 오히려 젊어지신 것 같아요. 흰머리도 없어지시고……. 아버지처럼 젊어지셨나?"
아버지란 말에 오드만의 표정이 밝아졌다.
"리차드 그 친구는 잘 있니?"
"그럼요. 아버진 잘 계세요. 오히려 너무 잘 계셔서 탈이에요."
"정말 다행이구나."
오드만이 인자한 미소를 지었다.
"아버지도 할아버지를 무척 보고 싶어 하셨어요."
"아버지는 어디 있니?"
"연구실에 계세요."
"요즘에도 연구를 하고 있느냐?"
에밀리가 한숨을 포옥 내쉬었다.
"네. 오히려 갈수록 더하신 것 같아요. 어떤 날은 며칠 동안 연구실에서 나오시지 않을 정도니까요."
"그래. 다행이구나. 날 아버지께 안내해주겠니?"
"네."
방긋 웃으며 대답하던 에밀리가 람스와 넬을 보며 머뭇거렸다.

"할아버지는 괜찮지만, 저분들은 조금 곤란해요."
"괜찮단다. 믿을 수 있는 분들이니까."
에밀리가 고개를 저었다.
"요즘 아버지는 외인을 만나지 않으세요. 아마 함께 가셔도 만나주지 않으실 거예요."
"그 친구가? 예전에는 누구든 거리낌 없이 만나지 않았느냐."
오드만이 기억하는 리차드는 털털하고 솔직한 사람이었다. 또한 사람 만나는 걸 좋아해서 시간이 날 때마다 도시에 나가 많은 사람들을 만나고 다녔다.
에밀리의 얼굴 위로 슬픔이 떠올랐다.
"할아버지께서 안 계신 동안 많은 일이 있었어요. 아버지는 마음에 큰 상처를 입으셨어요."
"그래. 그런 일이 있었구나."
오드만이 울적해진 에밀리의 머리를 쓰다듬으며 위로했다.
"저 스승님……."
오드만이 람스를 돌아보며 송구한 표정을 보였다.
람스가 허락의 뜻으로 고개를 끄덕였다.
"괜찮으니 다녀오게."
오드만이 고개를 숙이며 감사의 뜻을 표했다.
"지금 그를 만날 수 있겠니?"
에밀리가 활짝 웃었다.
"물론이죠. 할아버지가 오셨다고 하면 아버지도 많이 좋아하실 거예요."

　　　　　＊　　　＊　　　＊


　에밀리는 오드만을 건물의 지하로 안내했다.
　퀴퀴한 냄새가 풍기는 지하엔 늙은 연금술사의 연구실이 자리하고 있었다.
　부글부글 끓고 있는 용기들.
　플라스크 안에 든 신비한 빛을 머금은 용액.
　어지럽게 널린 책 더미 사이에서 한 사내가 뭔가를 열심히 적고 있다.
　그는 연구에 열중한 나머지 누가 들어온 것도 모르고 있었다.
　'여전하군.'
　오드만은 사내의 뒷모습을 보며 미소를 지었다.
　비록 뒷모습일 뿐이지만, 그가 친구 리차드임을 알 수 있었다. 10년이 넘었건만 늙은 친구는 예전 그대로의 모습으로 이곳을 지키고 있었다.
　"아버지."
　에밀리가 사내를 불렀다.
　"무슨 일이냐? 에밀리."
　고개도 돌리지 않은 채 사내가 물었다. 그의 눈과 손은 여전히 책상 위에서 떠나지 않고 있다.

"아버지. 오드만 할아버지께서 오셨어요."
"누가 왔다고?"
하늘이 무너져도 움직일 것 같지 않던 사내가 고개를 돌려 뒤를 바라보았다.
"오랜만일세."
오드만이 옛 친구에게 부드러운 웃음을 보였다.
"아니, 이게…… 이게 누군가!"
리차드가 벌떡 일어나 오드만에게 다가왔다.
"정말 자네가 맞나?"
"그럼 내가 누구 같은가?"
리차드가 고개를 끄덕였다.
"오드만. 분명한 것 같군. 이게 대체 몇 년 만인가. 무심한 친구 같으니."
"다시 만나 정말 반갑네. 리차드."
두 노인이 손을 맞잡았다.

\* \* \*

오드만과 리차드는 거실로 자리를 옮겼다.
에밀리가 내온 차를 마시며 이런저런 이야기를 했다.
리차드는 오랜 친구와의 재회로 한껏 고무되어 있었다. 그는 신이 난 목소리로 정신없이 이야기를 쏟아냈는데, 그 이야기의 대부분이 연금술에 대한 것이었다.

"휴대용 텔레포트 게이트? 정말 그런 일이 가능하단 말인가?"

"나도 불가능하다고 생각했는데, 오랜 연구 끝에 실현시킬 수 있는 여러 가능성을 발견하게 되었네."

"리차드. 정말 대단하군. 자네 말대로만 된다면 그건 마법 역사에 길이 남을 혁명일세."

"허허허. 혁명이라고까지 할 만한 일은 아닐세. 진정한 혁명이라면 마도의 마법이지. 잃어버린 마도의 마법을 능가하게 되는 날, 비로소 사람들은 과거를 뛰어넘는 새로운 시대를 맞이하게 될 걸세."

"자네라면 분명 그 새로운 시대를 개척해 낼 수 있을 걸세."

"농담이라도 고맙군."

두 노인은 연금술에 대한 대화를 나누며 껄껄 웃었다.

'연구에 대한 끊임없는 열정. 그는 변하지 않았구나.'

오드만은 속으로 안심했다.

외부인을 만나지 않는다는 에밀리의 말에 혹시 친구가 변하지 않았을까 우려했다. 다행스럽게도 그의 옛 친구는 옛 모습 그대로였다.

부드러운 미소와 여유 넘치는 태도, 연금술에 대한 열의까지.

'그는 우리 마탑에 꼭 필요한 인재다.'

대륙을 모두 뒤져도 리차드만큼 뛰어난 연금술사를 찾기란 어려운 일이다.

단순히 필요에 의해서 그를 끌어들이려는 건 아니다. 헬리오스 마탑은 그에게도 큰 도움이 될 것이다.

'내가 마법을 되찾았듯이.'

리차드 역시 오래전 모종의 사건으로 마법을 잃었다. 그가 연금술에 매달리게 된 것도 그 때문이다.

그는 연금술이 잃어버린 마법을 되찾게 해줄 열쇠라고 생각했다.

"아차! 그러고 보니 또 정신없이 내 이야기만 하고 있었군."

유리병 속에 마법을 담는 연금술에 대해 떠들던 리차드가 문득 생각난 듯 말했다.

"그동안 자넨 어떻게 지냈나? 보아하니 많은 일이 있었던 듯한데."

"정말 많은 일이 있었네."

오드만의 말에 리차드가 고개를 끄덕였다. 여전히 여유 넘치는 듯한 미소다. 둘의 나이 차이는 얼마 되지 않았지만, 리차드는 언제나 형이 동생을 대하듯 오드만을 대했다.

"그럴 거라 생각했네. 사라졌던 자네의 마법도 돌아오고. 틀림없이 멋진 일이 많았겠지?"

"들으면 정말 놀랄 걸세. 헬리오스 마탑에 간 이후로 난 정말 엄청난 경험들을 많이 하게 되었다네."

헬리오스 마탑.

그 말을 꺼내는 순간, 뭔가가 변했다.

떠들썩한 웃음이 사라지고 대신 숨 막힐 듯한 정적이 내려앉았다.

딸깍.

리차드가 마시던 찻잔을 테이블 위에 올려놓았다.

"방금…… 헬리오스 마탑이라고 했나?"

무심코 그의 얼굴을 본 오드만은 깜짝 놀라지 않을 수 없었다. 리차드가 지금 떠올리고 있는 표정. 과거 단 한 번도 보지 못한 삭막하고 차가운 표정이었기 때문이다.

\* \* \*

오드만이 리차드와 만나 서로에 대한 이야기를 나누고 있을 때, 람스와 넬은 농원을 거닐고 있었다.

고아원이 직접 운영하고 있다는 농원엔 갖가지 과일과 채소가 먹음직스럽게 영글어 있었다.

람스가 과일 하나를 따서 먹어 봤다.

"맛있군."

달콤한 과즙이 입안에 가득 들어왔다.

그는 과일 하나를 더 따서 넬에게 주었다.

넬이 과일을 손 위에 올린 채 그를 가만히 올려다봤다.

람스가 입을 크게 벌리고 과일을 먹는 시늉을 했다.

그 모습을 빤히 보고 있던 넬이 가면의 아래쪽을 들어 올린 채, 앙 하고 과일을 베어 물었다. 아삭아삭 씹어 보더니 람스를 올려다보며 눈을 반짝였다.
"맛있니?"
끄덕.
넬이 다시 과일을 아삭거리며 씹었다. 순식간에 과일을 다 먹어치운 넬이 다시 람스를 올려다보며 눈을 반짝였다.
람스는 잘 익은 과일을 하나 더 따서 그녀에게 주었다.
넬은 사각거리며 열심히 과일을 먹었다.
람스는 부드러운 눈길로 그녀를 보았다.
넬은 과거의 충격으로 이지를 상실했다. 최근 약간이나마 이지가 돌아오긴 했지만, 여전히 무표정하고 말수가 적었다.
무언가 표현을 할 때도 지금처럼 말보다는 눈빛을 보내는 경우가 많았다. 그것도 람스에게만 그렇다. 다른 사람에게는 그러한 눈빛 변화조차도 보이지 않았다.
가끔 그녀가 입을 열어 말을 할 때가 있긴 하지만, 그런 경우도 대개는 그녀 자신의 의지보다는 마왕의 뜻 모를 소리를 번역해줄 때였다.
아삭아삭.
넬은 과일을 무척 좋아했다.
잠깐 사이에 세 개나 아삭거리며 먹었다.
'돌아가면 음식에도 신경을 써야겠군.'
근래 들어 마을 재건도 마무리되었고, 마탑 신축 공사도 제

궤도에 올랐으니 슬슬 제자들의 복리에도 관심을 가질 때가 되었다.

'그나저나 이곳을 어떻게 한다?'

람스는 굳은 표정으로 생각했다.

농원에 들어선 이후로 그는 기분이 썩 좋지 못했다.

땅속에서 어떤 기운이 흘러나와 자꾸만 그의 신경을 간질간질 자극했기 때문이다.

처음엔 그 기운의 정체를 알지 못했다.

하지만 이젠 확실히 알 수 있게 되었다.

'열기를 빼앗아가는 기운이로군.'

놀랍게도 지하에서 흘러나온 모종의 기운이 사람의 체온을 빼앗아가고 있었다. 그 기운은 극히 미세하고 은밀하게 움직여서 좀처럼 느끼기 힘든 것이었지만, 람스만은 예외였다. 그는 불의 군주. 미미한 온기의 흐름도 놓치는 법이 없었다.

'이것이 원인이었군.'

딥블루의 몰락.

땅이 온기를 잃어버린 원인.

바로 이곳에서 발견한 기운이 그 원인이었다.

이곳에서 뻗어 나온 모종의 기운이 주위에서 온기를 빨아들이고 있었던 것이다.

'딥블루와 다르게 이곳의 작물이 시들지 않았던 것도 그 때문이겠지.'

문제는 무엇이 주변 지역의 온기를 빨아들이고 있느냐 하는 것이다.

'조사해 봐야겠군.'

안 그래도 딥블루의 변화에 관심이 생겼던 차다.

마침 그 변화의 진원지라고 생각하는 곳을 발견했다.

하지만 원인을 찾았다 해서 곧바로 조사를 할 수는 없었다. 무엇보다 냉기의 근원지가 기운의 땅속 깊은 곳에 있다는 게 문제다. 조사를 위해선 적어도 땅을 파고 지하 10여 미르 아래로 내려가야 한다.

'녹여 버릴까?'

그의 능력이면 지면을 지글지글 녹여 버리면서 지하로 내려갈 수 있다.

'하지만 그리되면 농원에 피해가 생긴다.'

이 농원은 오드만의 친구라는 사람이 경영하는 곳이 아닌가. 그런 곳을 녹여 버릴 수는 없었다.

잠시 생각하던 람스가 넬에게 말했다.

"다크니스를 불러주겠니?"

넬이 고개를 끄덕였다.

그녀가 말했다.

"다크니스."

"끼르륵!"

그녀의 그림자 아래에서 검은 물체가 부글부글 일어났다.

람스가 형체를 갖추기 시작하는 다크니스에게 명했다.
"여길 먹어라."
"끼르륵?"
그의 명령을 이해하지 못한 다크니스가 몸을 비틀며 묘한 소리를 냈다.

먹으라니? 설마 농원에 있는 식물들과 과일 모두를 말하는 걸까?

마음 같아서는 모조리 먹어치우고 싶었지만, 넬이 이곳의 과일을 좋아한다.

최근 들어 마왕 다크니스는 넬과의 관계가 더욱 깊어져서 그녀가 싫어하는 행동을 자제하는 편이었다.

"농원을 먹으라는 게 아니다. 여길 먹으라는 거다."
람스가 발로 바닥을 가볍게 두드렸다.
"끼르륵."
다크니스가 바짝 굳은 모습으로 람스를 힐끔 올려다본다.
넬이 무표정한 얼굴로 다크니스의 말을 통역했다.
"니가 말한 먹을 것이 맨땅은 아니겠지?"
람스가 고개를 끄덕였다.
"맞다."
"끼르르르륵!"
다크니스가 몸을 비틀어대며 소란스럽게 떠들었다.
넬이 다시 다크니스의 말을 통역했다.

"못해. 안 해. 내가 아무리 배가 고파도 이건 못하겠다. 내가 누군지 잊었느냐. 난 고귀한 혈통, 마계의 공포인 마왕이다."
"먹어."
람스가 다시 말했다.
"끼리릭!"
넬이 통역했다.
"차라리 죽여라."
"원한다면."
람스가 주먹을 들었다.
"끼리링!"
넬이 통역했다.
"꼭 한번 먹어 보고 싶었습니다."

　　　　　*　　　*　　　*


"끼리리릭. 끼륵. 끼리릭."
다크니스는 의미가 불분명한 소리를 뱉으며 열심히 땅을 파먹었다.
그 옆에 다소곳이 앉아 있던 넬이 책을 읽듯이 다크니스의 말을 통역했다.
"내 살다 살다 흙 파먹으라고 하는 변태는 또 처음 보네."
"끼롸롸롸락!"

"그런 건 통역하지 마."

"끼르르르."

"융통성 없기는."

"끼륵."

"앓느니 죽지."

"……"

그 후로 한동안 다크니스는 묵묵히 작업에 열중했다.

다크니스가 입을 열 때마다 지면이 푹푹 파이며 깊은 구덩이가 생겼다.

"끼라라락!"

"변태. 이 정도면 됐냐?"

"끼롸락!"

"변태는 통역하지 마."

"끼롸롸락! 끼롸락! 끼라락!"

"책 읽는 것처럼 남의 다급한 사정을 표현하지도 마."

"끼루루루루."

"아흐. 내 신세야."

람스가 구덩이 아래로 내려갔다.

잠시 눈을 감더니 구덩이 한쪽을 가리켰다.

"이쪽이다."

"끼릭? 끼루룩?"

"설마 더 파먹으란 소리는 아니겠지?"

람스는 대답 대신 주먹을 들었다.

"끼릭!"

"지금 먹으러 갑니다."

      \*   \*   \*

람스의 지시대로 다크니스는 열심히 흙을 파먹었다.

그렇게 어느 정도 파들어 가자 흙 대신 단단한 벽이 나왔다.

'이건 단순한 암석층이 아니군.'

잘 다듬어진 표면. 누군가 인위적으로 설치한 구족물의 외벽이다.

'누군지는 몰라도 지하실의 보안에 신경을 많이 썼군.'

건물의 외부엔 강력한 방어 마법이 몇 단계나 설치되어 있었다. 뛰어난 마법사가 심혈을 기울인다고 해도 마법을 모두 해체하는 데 며칠은 족히 걸릴 정도로 뛰어난 설계였다.

하지만 다크니스에겐 통하지 않았다.

콰드득. 콰득.

다크니스는 복잡한 마법이 걸려 있는 외벽을 그야말로 과자처럼 부숴 먹었다.

"끼롸라락!"

"이건 좀 먹을 만하군."

순식간에 외벽에 커다란 구멍이 뚫렸다.

람스는 주저 없이 내부로 걸어 들어갔다.

지하실에서 흘러나온 후끈한 열기가 그를 감쌌다. 숨이 턱 하고 막힐 듯한 고열. 그러나 람스는 오히려 고향에 돌아온 것처럼 편안했다.

'넓군.'

벽을 뚫고 들어간 지하 시설은 겉보기보다 훨씬 넓었다. 웬만한 저택의 1층보다도 더 넓은 공간. 그곳에 복잡한 기구들이 빼곡하게 설비되어 있었다.

"누군가의 연구실인 것 같다."

갖가지 실험도구들이 넓은 공간을 가득 메우고 있었다.

도구들은 최근까지 사용된 듯한 흔적이 남아 있었다.

람스는 연구실의 실험도구들을 살펴봤다.

독특한 실험도구들과 기괴한 실험물들이 탁자 위에 가득 쌓여 있다.

이 연구실의 주인은 취향이 평범하지 않은 모양이다.

무엇보다 주인의 취향을 짐작하게 하는 것은 벽에 걸린 모피들이었다.

'모피? 아니다. 저건 모피가 아니야.'

람스는 눈이 가늘어졌다.

벽에 걸린 것은 모피가 아니었다.

뭔가의 가죽이었다.

작은 크기의 짐승에서부터 거대한 몬스터의 가죽까지.

백여 개의 가죽들이 박물관의 전시품들처럼 벽에 걸려 있었다. 그리고 그 끝에…… 문제의 그것이 있었다.
　둥근 유리관 내부, 정체를 알 수 없는 액체 속을 둥둥 떠다니고 있는 가죽. 그것은…….
　"사람의 가죽이 아닌가."
　마치 뱀이 벗어놓은 허물처럼. 사람의 가죽 하나가 유리관 속에 담겨 있었다.
　만약…… 이 자리에 오드만이 있었다면 이렇게 외쳤을 것이다.
　"리차드!"
　유리관 속에 담겨 있는 사람의 가죽.
　바로 오드만의 오랜 친구인 리차드의 것이었다.

*　　*　　*

　람스가 의문의 지하실에서 누군가의 허물을 발견했을 그 시각, 알타 왕국에서 멀리 떨어진 외딴 지역에선 의문의 무리가 기묘한 의식을 진행하고 있었다.
　거대한 마법진의 중앙. 음침한 사내가 지팡이를 흔들며 주문을 외운다.
　"타락한 어둠이 빛을 쫓는다. 위대한 어둠의 진리가 이 땅에 뿌리내릴지니…… 하늘은 검게 변하고, 대지는 붉은 재앙에 몸부림치리라."

재앙을 청하는 그가 하늘을 노려본다.

오전까지 청명했던 하늘은 주문의 영향 탓인지 먹구름이 가득했다.

때마침 불어온 싸늘한 바람에 그의 로브가 펄럭였다. 로브 아래에 감추어진 얼굴이 슬쩍 드러났다.

뼈만 앙상하게 남은 안면.

해골이나 진배없는 끔찍한 몰골이다.

스컬킹.

리버스의 수장 중 한 명이자, 배덕의 무리를 이끌고 있는 네크로맨서.

괴이한 주문과 함께 마법진을 운용하는 이는 바로 스컬킹이었다.

"갈라져라! 갈라져라!"

스컬킹이 마른 목소리로 외치며 지팡이를 흔들었다.

지팡이를 흔들 때마다 그가 서 있는 바닥에 그려진 마법진에서 불길한 적색 기운이 솟구쳤다.

"갈라져라! 갈라져라! 갈라져라! 갈라져라!"

스컬킹의 제자들이 마법진 위에 엎드린 채 노래를 부르듯 외쳤다.

기이한 것은 주문이 계속되는 동안 그들의 신체가 조금씩 말라가고 있다는 점이었다. 건장한 체격의 사내가 불과 몇 분만에 말라깽이로 변하고 다시 얼마의 시간이 흐르자 미라처럼 바짝 말라 버렸다.

퍼억!

끝내는 썩은 나뭇등걸처럼 육체가 바스러졌다.

마법진의 안쪽에서부터, 바깥쪽까지 차례로.

한 명 한 명 그렇게 모든 마력을 마법진에 빼앗긴 채 죽어 나갔다. 몇 시간 만에 백 명이 넘는 네크로맨서들이 모조리 죽었다.

제자들이 모두 죽었음에도 마법진을 운용하는 스컬킹은 눈 하나 깜짝하지 않았다.

'아직 턱없이 부족해.'

제자들의 희생에도 불구하고 아직 원하는 바를 이루기엔 요원하기만 하다. 신의 장벽을 넘는 것은 이처럼 어렵다.

'어쩔 수 없군.'

모험을 감행할 때다.

스컬킹은 곁에 둔 철궤를 열었다.

커다란 철궤 안엔 영롱한 빛깔을 번뜩이는 오브들이 잔뜩 들어 있었다.

그 수는 무려 17개.

리버스의 수장으로 있으면서 그가 받은 할당이었다.

"안타깝지만 어쩔 수 없지."

스컬킹은 복수를 위해 약속된 힘을 포기했다.

그는 철궤의 오브를 마법진의 주요 위치에 박아 넣었다.

"오오…… 사악한 전조가 종말의 때를 알리니, 어둠의 주인이 나타나 신의 종들을 멸하리라."

오브의 힘까지 모조리 끌어낸 주문은 확실히 좀 전과는 그 효과가 달랐다.

두쿵 두쿵!

마법진이 거세게 출렁이며, 발정난 심장처럼 약동한다.

스컬킹 또한 마약에 취한 짐승처럼 울부짖으며 한껏 고조된 목소리로 외친다.

"오소서! 위대한 어둠의 왕이시여!"

그의 간절한 소망이 지하에 닿았다.

쩌거거걱!

마법진의 중앙 부위에 벼락이 떨어졌다.

벼락은 공간을 찢고, 차원의 벽을 허물었다.

계곡의 입구처럼 갈라진 차원의 균열 속에서 거대한 형체가 나타났다.

"우리를 부른 게 네놈인가?"

입을 연 존재는 다른 존재들보다 크고 광활한 존재감을 과시했다. 그가 입을 열 때마다 싸늘한 냉기에 공기마저 얼어붙었다.

스컬킹은 고개를 조아리며 그의 발에 입을 맞췄다.

"오오. 위대한 주인이시여."

가공할 존재는 차가운 눈으로 스컬킹을 내려다보았다.

그의 눈길만으로도 스컬킹은 심장이 얼어붙는 것 같았다.

그가 물었다.

"너와 너의 하찮은 제자들의 영혼을 대가로 우릴 부른 이유가 뭐지?"

핏발이 곤두선 눈으로 스컬킹이 외쳤다.

"복수! 복수를 하고 싶습니다."

그가 홀연히 웃으며 물었다.

"세상에 멸망이라도 부르고 싶은가?"

그는 위대한 존재다.

그 힘은 능히 세상을 멸할 수 있다.

그러나 스컬킹이 원하는 것은 세상이 아니었다.

"제가 원하는 것은 한 사람에 대한 복수입니다."

"한 사람?"

그는 실소했다.

고작 한 사람을 쓰러트리기 위해 헬 게이트를 열었단 말인가. 백 명이 넘는 제자들을 희생했단 말인가.

참으로 어리석은 자다.

그러나 스컬킹의 입에서 한 사람의 이름이 언급되는 순간, 그는 더 이상 웃을 수 없게 되었다.

"람스! 그자를 죽여주십시오."

"……"

돌연 찾아온 적막.

헬 게이트를 넘어온 존재들의 숨소리가 거칠어졌다.

그가 스컬킹을 굽어보며 물었다.

"지금 람스라고 했느냐?"

"그, 그렇습니다."

"흐흐흐흐흐."

그가 음침한 웃음을 흘렸다.

창백한 입술 사이로 웃음소리가 새어나올 때마다 새하얀 안개가 일어났다.

"역시 이곳에 있었는가? 다섯 번째 파멸?"

다섯 번째 파멸을 언급하며 두 눈을 이글이글 불태우는 존재.

그는 마계의 첫 번째 파멸.

콜드레인이었다.

〈5권에서 계속〉

# 역천의 황제
## Rebirth the Great

태제 판타지 장편소설
FANTASYSTORY & ADVENTURE

**문피아 판타지 베스트 1위, 골든 베스트 1위!**
**『리버스 담덕』의 작가 태제의 신작 판타지 장편소설!**

신들의 꼭두각시가 되기를 거부한 황제의 마지막 선택
이 미를란 대륙의 역사를 송두리째 뒤흔든다!

베헬린 대전과 함께 정복황제 샤르엔의 시대는 끝이 났다.
그러나 새로운 철혈군주의 시대는 이제부터 시작이다!

dream books
드림북스